徳間文庫

私を殺さないで

浜口倫太郎

徳間書店

プロローグ

一体、ここはどこなの……。

ほんの少し前まで家のリビングでくつろいでいた。なのに、今は見知らぬ場所にいる。やわらかなソファもモスグリーンのカーペットもない。

千絵は、びくびくとあたりを見回した。もう日は暮れている。夜だ。だがまっ暗というわけではない。上向きの状態で、床に懐中電灯が置かれている。だからほのかに明かりがある。

白い巨大なものが見える。それは馬だった。ただ、それは実物の馬ではない。置物だ。白馬の置物が千絵を見下ろしている。

床と天井を、何十本もの金色の棒がつないでいる。天井には天使の絵が描かれ、きらびやかな装飾がほどこされていた。

しかしその全体はうす汚れていた。どこもかしこもひび割れ、金属はさびついている。

そこは遊園地のメリーゴーランドだった。だがきらびやかな印象はどこにもない。

そのメリーゴーランドは風雨にさらされ、朽ち果てる寸前だった。その白馬も、見る影もなかった。白が黒に変色している。もう一見白馬かどうかもわからない。

千絵は顔を上げた。天使の瞳からは、一筋の黒い線がたれ下がっている。手入れがされていないので、塗料が溶け落ちてきている。

無念のあまり、天使が漆黒の涙を流している。そう見えて、千絵は怖気(おじけ)をふるった。

そこは悪夢の世界だった。楽園から、突如こんな邪悪な場所に移されている。千絵の恐怖は絶頂に達した。

そのときだった。

誰かいる……人の気配を感じ、千絵は急いで上を見やる。すると、何者かが見下ろしていた。それは千絵の見知らぬ人物だった。

誰なの？　パパ、助けて！

そう叫ぼうとするものの、彼女は声を出せなかった。戦慄が喉をしめつけているのだ。

もうひとつのライトが点(つ)いた。その謎の人物の顔が照らされる。そしてうすく笑った。

それは鋭いメスを連想させるような、あまりに冷酷な笑みだった。

その直後、千絵の全身を激痛が襲いかかった。万力(まんりき)のような力で、千絵をしめつけてくる。その圧倒的な暴力の前に、千絵はなすすべがなかった。

うすれゆく意識の中、彼女は愛する父親の姿を思い浮かべた。くしゃくしゃの髪に丸ぶちの眼鏡、そしてあのやさしい笑顔。

パパ、パパ……。

そうつぶやくと、千絵はうなだれた。その体からは、すでに命の火は消えていた。

第一章

1

目が覚めた瞬間、三津間宗近（みつまむねちか）は強烈な吐き気に襲われた。

ベッドから飛び起きると、あわててキッチンに駆け込む。それからシンクに向けてげえげえと吐いた。胃がからっぽだったのか唾しか出てこない。だが、どうにか吐き気がおさまった。目に浮かんだ涙を手の甲でぬぐう。

シンクには大量の唾が落ちている。宗近はそれに見入っていた。そして胸のうちでこう漏らした。

これは俺だ……。

今の自分の社会的地位は、この唾みたいなものだ。

宗近は吐息をつくと、それを洗い流した。ついでにコップに水を注ぎ、喉に流し込んだ。カルキの味が口の中に充満する。宗近はつい舌打ちをした。あいつ浄水器まで持っていきやがった……。

ベッドに腰を下ろし、見るともなく部屋を眺めた。

部屋はゴミで埋めつくされている。レジ袋とコンビニ弁当の残骸とビールの空き缶が散乱している。

宗近は頭をかきむしり、ベッドに倒れ込んだ。あお向けになると、照明がちかちかしている。この部屋は電灯までもが終わりかけている。

どうしてこうなったんだ？　この三ヶ月くり返し浮かんでくるその質問が、またもや心に飛来する。そして答えは同じだ。

わからない……ただ、ただ、わからなかった。

もつれた思考の塊を懸命にときほぐす。けれどどうにもうまくいかない。宗近は考えるのをあきらめ、サイドテーブルの缶ビールに口をつけた。

それと同時にスマホが鳴り響く。着信表示は、『長野典太（てんた）』となっている。宗近はよどんだ息を吐いた。今の俺に電話をくれるのはこいつぐらいなもんだ。

宗近が電話に出る。

「おーい、無職野郎、生きてるかあ」

長野が上機嫌で訊いてくる。宗近がぼそりと応じる。

「……生きてるよ。それに無職はおまえも同じだろうが」

「一緒にしないでくださいよ。俺は光り輝く聖なる無職で、ミツさんはどぶ臭い匂いのする闇の無職ですから」

「無職に光と闇の属性なんかあるか……」

と宗近が苦い声を吐いた。

「だいたいおまえは敏腕プログラマーだろうが。俺と違って手に職あるんだからなんか仕事口あるだろ」

「いやあ、プログラムは飽きましたわ。なんか別のことしようかなって思ってるんですよ」

「別ってなんだよ？」

「うーん、そうっすね。なんかこうグッときてガッときて、ドギャーンってくる仕事ですかね。ミツさん、何かないっすか？」

宗近がいらいらと言った。

「知るか。なんだ。ドギャーンとくる仕事って。ハローワークの職員でもそんな仕事知らねえよ」

「ミツさんもまだまだっすね。それにミツさん、俺のルックスで普通の仕事できないでしょ」

「まあそうだけどよ」

と宗近はそこではじめて同意する。

長野は金髪のおかっぱ頭で、全身にタトゥーを入れている。それも柄は、アニメやゲームのキャラクターだ。背中には任天堂のマリオのタトゥーが入っている。

服装もいたって奇妙で、とにかく派手だ。ピンクや水色のパステルカラーで、ときにはスカートも穿(は)いている。

長野と出会ったのは、ひょんなことからだった。

大学時代、宗近がコンビニに向かった。すると駐車場で、何やらもめごとが起きていた。ガラの悪い連中に何者かが囲まれている。それが、まだ中学生の長野だった。そのときから今のような格好をしていた。

宗近は正義の使者ではない。そのままやり過ごそうとした。だがその直後、長野が高々と跳躍した。集団に飛びかかったのだ。

ぎゃあと悲鳴が上がり、その中の一人が倒れている。痛い痛い、と七転八倒している。

何ごとか、と宗近が慄然とした。そして長野が手に持っていたものを見て、驚きはさらにふくらんだ。

長野はスタンガンを手にしていた。なんの躊躇(ちゅうちょ)もなく、それで一撃を加えたのだ。あまりの早技に全員が困惑している。長野は、のたうちまわる男を平静に眺めていた。なんてやばい奴だ、と宗近はぞっとした。攻撃を加えるまでの間が短すぎる。ほんの一瞬で、感情が沸点に達するタイプだ。

すると不良どもの一人が正気に戻り、長野の方を見やった。その顔は怒気で染まっている。長野はそれに気づいていない。

そのときだ。宗近の体が勝手に動いていた。その不良に向かって走り込んでいる。そして宙を飛ぶと、ドロップキックをお見舞いしたのだ。

不良はもんどりうって倒れた。宗近は長野の方を見やった。さすがの長野も驚きの色を隠せない。

「逃げるぞ」

と宗近が叫び、長野の手をつかんだ。そして一目散に逃げ出した。

正直、なぜ長野を助けたのかわからない。ただ無意識のうちに体が反応していたのだ。

それが、長野との出会いだった。

長野はこの近所の中学生で、家も宗近と近かった。

この妙な服装は長野の趣味だ。宗近は知らなかったが、原宿の古着屋には似たような格好の若者が集っているらしい。ただそのメルヘンな格好に反して、長野は頭に血が上りやすい。その服装のせいで、さっきのような不良によくからまれる。すると長野は、間髪入れずスタンガンを叩き込むそうだ。

それ以降、長野は宗近の側にいるようになった。ミツさん、ミツさんと何かと宗近と一緒にいたがるのだ。長野は学校でも変わりもの扱いされているようで、友達も誰もいなかった。幸か不幸か、宗近が最初の友達になってしまったのだ。

しゃあねえ。これも何かの縁か、と宗近は長野の面倒を見続けているのだ。

すると長野が訂正する。

「でもミツさんがまた起業するんならプログラマーやってもいいっすよ。なんせ暇で暇で。このまま何もしなかったら体中にキノコ生えそうですわ」

宗近は黙り込んでいる。長野のたわごとなど一切耳に入らない。脳裏には、ある光景があざやかに描き出されている。

それは、こじゃれたオフィスの一室だった。

エントランスは美術館のような感じだ。宗近が世界から集めた、一級の美術品が展示されている。

そこから中に入る。クリーム色の壁と、特注であつらえた大ぶりのテーブル。通常のテーブルよりも高さがある。これは立ちながら使用するスタンディングデスクだ。

宗近と社員たちは、ここで毎日会議をする。立ちながらだと、効率良く会議が進められるからだ。

さらに、その奥にはずらっとテーブルが並んでいる。社員たちが、そこでノートパソコンで作業をしている。スーツなど着ていない。みんなラフな服装をしている。

そこにさんさんと太陽が降り注いでいる。天井が高く、明かりとりの窓がいくつもある。日光を浴びないと作業効率が格段に落ちる。だから採光は計算しつくしている。

社員たちがどれだけ快適に、どれだけ楽しく仕事ができるか。宗近はそれを念頭に置きながらこのオフィスを作ったのだ。このオフィスこそが、宗近のすべてだった。


宗近は情報工学系の大学を卒業すると、ある中古ブランドショップに就職した。ここ数年都内で店舗を増やし、業界で注目されている新進気鋭の質屋だった。宗近は、学生時代からここでアルバイトをしていたのだ。

ともにコンピューターサイエンスを学んだ友人たちの大半は、ＩＴ企業に入社した。

質屋とITはほぼ関係ない。だから彼らは、宗近に奇異な目を注いでいた。ばかなことをしたな、と面と向かって揶揄する奴もいた。だが宗近は意に介さなかった。宗近はある野望を抱いていた。

それは起業することだった。宗近は、IT関連のベンチャービジネスを起こそうとしていた。

当初の計画では学生時代に起業するつもりだった。だがそこで一旦踏みとどまった。コンピューターに詳しいだけでは成功できない。たとえ成功しても、それでは長続きしない。実地で物を売買する経験を積み、商売のいろはを体に染み込ませる必要がある。ネットという土俵で戦うからこそ、その実体験は武器になる。そこで宗近は質屋でアルバイトをし、さらには就職まで決めたのだ。

安く仕入れて高く売る。商売の基本を、宗近は骨の髄まで叩き込んだ。寝る間も惜しんで働き続けた。給与は、すべて将来のための貯金にまわした。

周りの同世代の連中のように、友人と遊び呆けるなど言語道断だ。そんなことをする暇などない。人の二倍、三倍の密度と時間で働かなければ、成功などできるわけがない。そう自分に言い聞かせていた。

宗近はすぐに頭角をあらわし、現場主任となった。それと並行して、宗近はネット通販サイトの運営もまかされた。

宗近は、他店にない簡易な課金システムを作り上げた。さらに会員特典をつけることで売り上げを大幅に伸ばした。ヴィトンのバッグやティファニーのペンダントが飛ぶように売れる。宗近は会社でも注目の新人となった。

その一年後、宗近は質屋を辞めた。社長が宗近をひきとめたが、宗近の決心は変わらなかった。

宗近はネットだけに特化した、ブランド商品のレンタルショップを立ち上げた。質屋での経験から、レンタルビジネスには需要があると考えたのだ。

しかも店を直接訪れてブランド品をレンタルするというのは、人間の心理として気恥ずかしい。けれどネットならば店を訪れる必要はない。さらに実店舗ではないので経費もかからない。これはいける。宗近はそう胸をふくらませた。

サイトのシステム構築と管理を担当したのが、長野だった。実は長野は、卓越したプログラミング技術を持っていた。

長野の両親はプログラマーで、長野は幼い頃からプログラミングに親しんでいた。宗近と出会った中学生の頃には、もうすでに両親の仕事を手伝っていた。

当時の長野は高校を中退し、一人ぶらぶら遊び歩いていた。結局、長野という人間は学校という器にはおさまりきらなかった。

そこで宗近は、長野を自分の会社に引き入れた。

普通こんな凄腕のプログラマーが、小さなベンチャー企業に入ってくれるわけがない。ただ長野は、宗近にしかなつかないのだ。身近に長野という存在がいたことは、宗近にとって最大の幸運だった。

こうして宗近と長野の二人で会社はスタートした。

当初は利益がまったくなかった。サイトの認知度が低すぎて会員が集まらなかったのだ。さらに実店舗を持たないネットショップとはいえ、大量のブランド品を扱うための人件費と倉庫代など管理費が必要となる。そのための経費もばかにならなかった。

知り合いの社長から集めた出資金と、宗近が起業のために蓄えていた貯金は一瞬のうちになくなった。口座に穴が開いているのではないか？　そう疑いたくなるほどの速度だった。

そしてカードローンで借金するようになった。すぐに与信限度額いっぱいになり、アパートの家賃も払えなくなった。電気も水道もとめられた。宗近と長野は、コンビニの廃棄弁当を拾って食べていた。もう限界だ。宗近はそう観念した。

ところが奇蹟が起こった。

宗近のサイトがテレビで紹介されることになったのだ。顧客の一人がテレビ関係の人間だったらしく、企画が通ったと教えてくれた。オンエア当日は長野と一緒にテレビの前にかじりついた。番組が放映されるやいなや、会員登録希望者が殺到した。あまりのアクセス数にサーバーがダウンしたほどだ。

ここから状況が一変した。マスコミから取材依頼が殺到し、宗近の会社は一躍有名になった。新しい時代のブランド品の楽しみ方だ。そう認知されたのだ。

赤字が黒字へと様変わりした。倉庫で埃(ほこり)をかぶっていた商品が、つぎつぎとまわりはじめる。宗近は人手を増やし、長野を補佐するためのプログラマーも雇った。

とうとう宗近の会社は株式上場を果たした。あれほど苦労していた資金繰りが嘘のように順調になった。ベンチャーキャピタルからも多額の出資金をうけた。その資金を使い、六本木のタワービルにオフィスをかまえた。成功した企業しか入居できない。そんな憧れの場所だった。

「いつかここにオフィスをかまえてやる」

賞味期限切れのコンビニ弁当を食べながら、宗近はこのビルをにらみつけていた。その夢がついに実現したのだ。

俺はやったんだ。

クリーム色に統一されたオフィスを眺めながら、一人悦に入るのが宗近の日課となった。しかし、ここが宗近の絶頂だった。

ある日、宗近の会社をゆるがす事件が起こった。ある企業が、ブランドグッズのレンタル事業に参入してきたのだ。それは、ネットショッピングで業界最大手の企業だった。世界的にも有名で、ＩＴ企業の代名詞のような存在だ。

宗近の会社の業績はすぐさま悪化した。どうにかしなければと宗近はあせった。送料を安くし、会員特典をサービスするなどの工夫はした。けれど敵はあざ笑うかのように、宗近の一枚も二枚も上をいった。

ブランド品のレンタル事業は差別化しにくい。客が重要視するのは、他より安いかどうかの一点のみ。つまり大手企業が参入した時点で、宗近の負けは決定していたのだ。

そんな折、その企業からこんな提案がされた。宗近の会社を合併したいというのだ。このまま潰すよりも自分の会社にとり込み、宗近の会社の顧客とシステムを奪った方が合理的だ。そう判断したのだろう。

この提案を受けて、すぐさま緊急ミーティングが開かれた。まだ挽回の余地はある。宗近はそう全員を説きふせた。ここは宗近が死ぬ想いで作り上げた会社だ。それを買収するなど言語道断だ。許されることではない。ところが他の役員たちの反応はにぶく、宗近の熱弁だけが空回りした。結局、決断は先送りとなった。

その一週間後、取締役会は宗近の社長解任を発表した。それが出資者や株主の結論だった。宗近がクビになると、なぜか長野も会社を辞めた。長野の卓越した技術は貴重なため、会社側も慰留してきた。給与も倍にすると提案してきた。だが長野は、「俺、ミツさんとしか仕事できないんで」とあっさり退社した。

同棲していた彼女とも別れた。ドラマや映画に出ている新進気鋭の女優だった。ＩＴ企業の社長が集まるパーティーで知り合ったのだ。宗近の社長解任のニュースが流れた直後、彼女から別れを切り出された。あまりのわかりやすさに、宗近は笑い声を上げた。

その彼女は、今は別のＩＴ系会社の社長と付き合っている。この前週刊誌でスクープされていた。どれだけＩＴが好きなんだ、と宗近はあきれ返った。成功しているＩＴ社長であれば誰でも良かったのだ。おそらく彼女は、ＩＴがなんの略称かも知らないだろう。イカかタコとでも思っているのだろうか？　でもイカやタコが億万長者ならば、彼女は気にせず付き合うのだろう。

宗近は毎日のように酒を呑んで暮らした。アルコールで思考を麻痺させせないと、頭がどうにかなりそうだった。

宗近は長野からの電話を切った。ふらつく足どりでキッチンに向かい、冷蔵庫を開ける。

もう酒がない。コンビニに行くか、とサンダルを履いた。コンビニと家の往復しかしていない。もうこれならばコンビニの中に住んだ方がいい。

　ロビーに下りるとポストが目にとまった。しばらくポストを開けていない。宗近は中をたしかめてみた。

　おびただしい数のチラシで埋めつくされている。そのすべてをゴミ箱に放り捨てる。もうポストとゴミ箱を直接つなぎゃいいんだ、と宗近はうんざりした。

　ゴミ箱を見下ろすと、一通の緑の封筒があった。宗近はそれを拾い上げ、中をたしかめてみた。

『奈良市立都小学校同窓会』と書かれていた。

　奈良という文字が、宗近の心をざわつかせる。若草山と奈良公園のあざやかな緑が、頭の中を駆けぬける。宗近は、中学生までは奈良に住んでいた。親の転勤で高校から東京に引っ越したのだが、それ以来奈良には戻っていない。

　それは二ヶ月後に開かれる同窓会のお知らせだった。案内用紙の隅には、鹿のイラストが添えられている。

　差出人は岡となっていた。その名前は覚えている。宗近と仲が良かった友人だ。

「同窓会か……」

と宗近は口の中で漏らした。

一瞬なつかしさがこみ上げたが、すぐにかぶりをふる。会社を追い出された人間が同窓会に出席する？　わざわざ奈良まで出向いて、そんな恥をかく必要はない。

封筒と案内用紙をゴミ箱に投げ入れる。そのままコンビニに行こうとする。なのに足が動かない。床に固定されたみたいだ。

宗近はか細い息を吐いた。そしてゴミ箱に手をつっ込み、ふたたび同窓会のお知らせを拾い上げた。同窓会に出たくはないが、一度奈良に帰るのは悪くないな……皮肉なことに時間ならたっぷりある。宗近は、ジーンズのポケットからスマホをとり出した。そして、翌日の新幹線を予約した。

2

「『獣医さんにうちで飼っている猫のポメラの避妊手術をすすめられました。でも手術だなんてかわいそうでできません。人間の勝手な都合で、猫にむりやり手術をするなんて許されるのでしょうか？　私には疑問です』という質問が寄せられました。溝部（みぞべ）先生いかがですか？」

河田アナウンサーが溝部俊平に話をふる。俊平は一度唾を呑み込み、カメラのタリーランプをたしかめる。緊張が喉元を通過するのを待ってから、そろそろと口を開いた。

「そうですね。飼い主さんのペットに避妊手術をさせることに抵抗があるという気持ちはよくわかります。でもそれは人間と猫を同じものとして考えておられるからなんですね。河田さん、猫が生涯でいったい何匹子供を産むかご存じですか？」

「うーん、どれぐらいだろう？　五匹ぐらいですか？」

と河田が自信なげに答える。

打ち合わせで答えは知っているが、そんなそぶりは一切見せない。プロのアナウンサーとは見事なものだ。俊平は毎回感心する。

「いえいえ、そんな数じゃありません」

俊平が笑いながらかぶりをふる。

「正解はだいたい六十匹といったところでしょうか」

河田が仰天の声を上げる。

「六十匹！　そんなに産むんですか？」

「ええ、猫は一回の出産で平均三〜六匹ほど産みます。しかも猫の妊娠期間は二ヶ月ほどで、出産後もすぐに妊娠が可能なんです。人間でさすがに六十人も子供を産む方はいませんよね」

「たしかに」

「六十匹もの猫の面倒を見るとなったら大変です。里親を探すにしてもさすがにこれだけの数になれば、もらい手を見つけることはできません。余った子猫たちは路頭に迷うはめになります。猫は人間と違って本能で生きてます。人間のように理性で出産をコントロールできません。

かわいそうだからといって去勢や避妊手術を避ければ、日本は不幸な子猫たちであふれてしまいます。さらに避妊手術は、未来の病気予防にもなります。ぜひともこの方にはポメラちゃんの手術を検討していただきたいですね」

「溝部先生の医院でも猫ちゃんの避妊手術はやっているんですよね」

「ええ、もちろん」と俊平はうなずいた。「でも私のところで手術してくれといってるわけじゃありませんからね。どの動物病院でも手術はうけられますから。信頼のできる獣医さんにぜひ相談してみてください」

「わかりました。避妊手術をお考えのみなさま、ぜひ溝部動物病院を訪れてみてください。溝部先生が格安で手術をしてくれるそうです。以上、ペットお悩み相談のコーナーでした」

河田が冗談で締める。スタジオが大きな笑いで包まれる。テレビ番組ではこの笑い声も重要な要素となる。

「CM入りました。溝部先生ありがとうございました」

とフロアディレクターが叫んだ。キャップを前後さかさまにかぶっている。そして力強く拍手をする。手が腫れあがるんじゃないか、と俊平はひやひやする。それほど大きな拍手だ。

それが呼び水となり、観覧のお客さんが手を叩く。俊平は、何度も頭を下げながら出口に向かった。

竹内プロデューサーが俊平の側にやってきた。スタジオを出ると、大げさに褒めたたえた。

「溝部先生ありがとうございました。ずいぶんトークがうまくなられましたね。短期間でここまで腕を上げられる方なんてなかなかいません」

「いえいえ、とんでもない」と俊平が驚いて手をふる。「もう毎回緊張してばかりで。河田アナがいなければとてもできません」

「またまたご謙遜を。溝部先生のおかげでこのコーナーの視聴率も上々ですよ。先生目あての観覧のお客さんも増えてきて、いつも観覧客集めに苦労するAPが、溝部先生さまさまだと大喜びしてますよ」

APとはアシスタントプロデューサーの略称だ。俊平も業界用語を少しずつ覚えてきた。

廊下を歩きながらも、竹内の褒め言葉は止まらない。番組出演者に気分よく帰ってもらう。それがプロデューサーの仕事だとわかるまで、俊平は恐縮しきりだった。

エレベーターが来たので中に入る。

「では先生、次回もよろしくお願いします」

と竹内が頭を下げる。それと同時に、エレベーターの扉が閉まる。見事なほどの間の良さだ。

俊平はそこで大きく息を吐いた。


俊平は、半年前からこの番組のコメンテーターとして出演している。ローカル放送なのだが、地元の奈良では人気のある番組だ。

俊平が番組に出ることになった経緯はこうだ。「番組に出演してくれる若い獣医がいないか」と竹内が俊平の父親に相談したのだ。

俊平の父である溝部正雄は、この奈良では有名な獣医だった。市内だけでも三施設の動物病院を経営し（俊平はその中のひとつをまかされている）、その他ペット専用のカフェやホテルなど、ペット関連の事業も展開している。このあたりのペットの飼い主で、溝部動物病院を知らない者はいなかった。

竹内の依頼を受けて、正雄は息子の俊平を紹介した。テレビに出るなんてとんでもない。俊平は強くそう断ったのだが、正雄がそれで承知するはずがない。

正雄が真顔でこう諭した。

「テレビに出て視聴者にペットの正しい情報を伝えるのは、獣医としての大事な仕事やないんか」

俊平は目を見開いた。

たしかに正雄の言う通りだ。ペットの病気や怪我(けが)の大半は、飼い主の不注意や無知からくるものだ。飼い主への指導も、獣医の大切な仕事のひとつだ。テレビに出て目立ちたくないというのは、ただの自分のわがままだ。

「……わかったよ」

俊平は覚悟を決めた。こうして番組に出演することになったのだ。

テレビ局を出るとすぐに奈良公園が見えてくる。

草の匂いが鼻をかすめる。一面の緑が目に安らぎを与えてくれた。あちこちで鹿がくつろぎ、中国人観光客がせんべいを与えていた。鹿専用のせんべい、鹿せんべいだ。ここ数年で、中国語を耳にする回数が格段に増した。鹿も中国語を覚えたかもな、と俊平は一人おかしがる。

俊平は深く息を吸い込み、時間をかけて吐いた。長時間スタジオにいると、よどんだ空気が肺にたまる。それをここで換気するのだ。これが番組収録の際の習慣となっていた。

はずむような足どりで公園を歩いてゆく。観光客の姿が消え、小さな丘が見えはじめた。巨大なむくの木が一本立っている。俊平はその木の下まで行き、無造作に腰を下ろした。

地元の人間が奈良公園内で座り込むとき、もっと注意深く行動する。いたるところに鹿のふんが落ちているからだ。しかしここではそんな用心はいらない。なぜかここにはふんがないのだ。

子供時代、俊平の親友がその事実を発見した。

彼は興奮した面持ち（おもも）でこう言った。

「シュン、ここは神様の休憩所だ」

「どうして？」

俊平が疑問を投げると、彼が上機嫌で答えた。

「鹿は神様の使いだからな。その鹿がふんをしないってことは、ここは神様にとって重要な場所だろ」

「なるほど」

「ここは『神様スポット』だな」

そしてこの神様スポットが、二人の大切な場所となった。土曜日や休日になると、二人はここで仲良く弁当を食べた。

その親友とは、高校進学を機に疎遠となった。彼が東京に引っ越したからだ。でもそれ以降も俊平はここを訪れ、一人昼食をとっていた。神様スポットは、俊平にとっての聖地となっていた。

かばんからおにぎりとペットボトルをとり出し、黙々と食べはじめる。おにぎりはテレビ局の楽屋に置いてあったケータリングだ。収録のときはいつもこうしている。

むくの木が日ざしをさえぎり、ささやくような風が頬をなでる。その風が演奏者となり、葉と葉を重ね合わせる。それは自然が奏でる音楽だ。なんの変哲もないただのおにぎりが、ここではコース料理よりも贅沢(ぜいたく)なものとなる。このひとときが、俊平にとって大切な時間だった。

短い昼食を終える。俊平は尻についた草を手で払い、ふたたび歩きはじめた。十分ほどすると、白いペンキを塗った木造の建物が見えてくる。外観は古いが、耐震はしっかりしている。

二十年以上前、父親の正雄がこの中古の一軒家を購入し、『溝部動物病院』を開業した。医院長室には、若かりし頃の正雄の写真が飾ってある。正雄の隣には子供の俊平が立っている。その腕には子犬を抱いていた。この頃から大の動物好きだった。

正雄は、獣医としての腕と商才どちらも合わせ持っていた。開業すると、溝部動物病院は流行り(はや)の医院となった。その後、奈良駅近くのビルを一棟購入した。そこに医院を移転したのだ。

だからここは取り壊す予定だった。けれども、「自分にゆずってほしい」と俊平が直訴したのだ。そして今は、俊平がここの医院長となっている。

門をくぐり抜けると裏手に回り、スタッフ用の入口から医院に入る。洗濯機の横をすり抜け、となりの一室に入る。

ケージには犬や猫が入っていた。俊平がきたので彼らが騒ぎ立てた。ここにいるのは医院で飼っているペットたちだ。

俊平が目を細めた。

「まーぶる、元気にしてるか？」

にゃおと一匹の猫が返事をする。片目がふさがった猫だ。まーぶるはこの猫の名前だ。

まーぶるは交通事故にあった猫だ。眼球がひとつ飛び出すほどの大怪我だったが、俊平が手術をほどこした。幸いにも右目を摘出しただけで、他に異常はなかった。

ところが片目をなくしたまーぶるを見て、「かわいくなくなったからもう飼いたくない」と飼い主が言い出したのだ。

俊平が説得を重ねたのだが、飼い主は意見をあらためない。「こんな醜い姿のままでいるなら、保健所で殺してもらった方がこの子のためだ」とまで言いはった。

俊平は激怒した。温厚な俊平が烈火のごとく怒り出したので、飼い主は仰天していた。一悶着あった末、結局俊平がまーぶるをひきとることになった。

飼い主の去り際、俊平はこう言い放った。

「あなたはもう二度とペットを飼わないでください。あなたにペットを飼う資格はありません」

飼い主は何か反論しようと唇をふるわせた。が、あきらめて何も言わずに立ち去っていった。

こんなことがしょっちゅうあるので、この医院のペットたちはどんどん増えていく。

「最終的にここは動物園になるんじゃないですか」とスタッフたちは俊平をからかって言った。

白衣に着替えて、廊下に出る。動物看護師の串間が、カルテの整理をしていた。

「串間くん、ごめん、ちょっと遅れた」

串間はこちらに顔を向けると、へらりと笑った。二十代半ばなのだが、かなりの童顔だ。高校生ぐらいにしか見えない。

「先生、お疲れさまです。見てましたよ、テレビ。ずいぶんなれてきたんじゃないですか」

「かんべんしてくれよ。もう毎回緊張しっぱなしさ」

俊平はうんざりと手を上げる。串間はミーハーなのか、いつもテレビのことを話題にする。

「患畜でぎっしりですよ。すごいですね、テレビの力って」

「そんなことより今日はどんな感じ？」

「そう、じゃあ早速診察はじめようか」

俊平は診察室に入り、串間が書き込んだカルテを読んだ。また素人のような書き方だ、と俊平はうなだれる。

獣医が診る前に、動物看護師がペットの様子を観察する。飼い主からどんな異変があるのかを訊き出し、自分の目で具合をたしかめるのだ。その内容をカルテに起こすのが、彼らの大切な仕事だった。カルテを一目見れば、動物看護師としての技量がわかる。

けれど、串間はいつまでたっても上達しない。カルテにはきちんと専門用語を使うようにと指導しているのだが……自分の教え方のどこが悪いのだろうか、と俊平は頭を悩ませている。

沈んだ気分をふりはらい、診察をはじめる。最初はジャックラッセルテリアだ。小型のテリア犬種で、全体は白いのだが目のまわりと耳だけは茶色い犬だ。

一週間以上にわたって嘔吐(おうと)し続けているそうだ。他院で診察を受けたところ原因がわからないので、紹介でここにやってきたらしい。

「先生、大丈夫でしょうか？」

飼い主の女性が不安そうに尋ねてくる。

「心配しないでください。きっとよくなりますから」

俊平がおだやかな声でなだめる。感情とは不思議なものだ。飼い主が不安になると、それはペットにまで伝染する。まずは飼い主を落ちつかせることが先決だ。

俊平が犬をじっと見やる。その悲しそうな瞳を凝視する。すると、頭の中で声が響いた。

「変なの呑んじゃった。苦しい」

俊平が自分の声でくり返した。

「そうか。何か変なの食べちゃったのか」

飼い主が、耳を疑うように訊いた。

「先生、動物と話せるんですか?」

「いや、まあなんとなくそんな気がするってだけですよ」

と俊平がごまかした。

実際に動物がそう言っているかどうかわからない。ただ俊平には、動物の心の声が聞こえる。長年動物と接するうちに、動物が俊平に語りかけるようになったのだ。

超音波診断をしたところ、十二指腸内に影が見える。やはり、何か呑み込んだのだ。どうやら紐のようだ。

俊平は飼い主に診察結果を告げた。そして手術をするための同意を求める。早く治してあげて欲しい。飼い主が懇願するように頼んできた。わかりました、と俊平は力強くうなずき、早速手術を開始した。

犬に麻酔をかけ、口から内視鏡を挿入する。20センチほどの部位で、紐状の異物の存在を認めた。その紐は、舌の根っこにまで食い込んでいる。かなり深い位置だ。これは苦しかっただろう。俊平は心から同情した。

すぐに楽にしてやるからな。俊平は右手にメスをもち、腹を切開した。腸管を触診してみると、たしかに紐が中でからまっていた。その紐をすべてひきぬき、腹を丁寧に縫合した。内視鏡で紐が残っていないこともたしかめる。よし、もう大丈夫だ。俊平は安堵の息を吐いた。

手術は成功したと飼い主に伝える。すると涙を流さんばかりに感謝された。獣医をやっていてよかった。そう思える瞬間だ。若い犬はいろんなものを呑み込んでしまうので十分に注意してください、と飼い主に教える。飼い主は何度も礼を言い、医院をあとにした。

診察を何件かこなし、やっと休憩をとることができた。二階の休憩室に入ると、俊平はコーヒーを呑みながら一息ついた。

そこに子供たちがあらわれる。

先頭に天野颯太、その背後には小坂凜がいる。二人とも顔見知りだ。どちらも聡明な顔立ちをしている。優等生で、クラスの中心的な存在だ。

そのうしろに女の子が一人いる。頬が赤く、かわいらしい顔立ちをしている。笑顔が似合いそうな女の子だ。だが、今はずいぶんしょんぼりしている。彼女には見覚えがなかった。

颯太が挨拶もなく言った。

「先生、ちょっと相談があるんやけど」

俊平が目を丸くする。

「どうしたんだよ、颯太くん。やぶからぼうに。とにかくみんな座って座って。話はそれからでもいいだろ。みんなジュースでいいかい？」

颯太がおかしそうに言った。

「先生、俺たちガキじゃないねんで。もう中学生なんやから。お茶でええよ」

「そうか」と俊平は眉のわきを指でかいた。「まだみんなとはじめて会ったときの印象が抜けなくてね。じゃあお茶を淹れよう」

天野颯太と小坂凜には、動物の体験学習会で出会った。俊平が定期的に開いている学習会だ。子供の頃から動物の正しい知識を身につけて欲しい。そう考えて、俊平がボランティアで行っている。

地元の小学校に赴き、うさぎを触ってもらったり、動物の飼育方法をクイズ形式で出題したりしている。

颯太はそのときの生徒だ。俊平と知り合ってからというもの、颯太はたびたび医院を訪れ、ここを遊び場としている。

颯太は動物好きの少年だ。ただ彼のマンションではペットを飼えない。だからこの医院の動物たちを、自分のペットとしてかわいがっている。エサをやったり、ふんの掃除をしなものだ。
たり、散歩をしたり、とペットの世話をしてくれている。颯太は、ここのスタッフみたい
　そんな颯太を俊平は気に入っていた。自分と同じ動物好きで、将来の夢が獣医だという
少年だ。そんな子供を嫌いなはずがない。
　それに加えて、颯太は俊平の親友とよく似ていた。彼も颯太と同じく、活発でリーダー
シップのある少年だった。颯太といると、親友と過ごした子供時代が甦ってくる。
　過去は風化し、色あせるものだ。けれど彼と一緒にいた時間は別だ。それは俊平の記憶
の宝箱に、大切にしまわれている。
　お茶を呑み終えると、三人の興奮がやわらいできた。頃合いかな、と俊平は話をうなが
した。
「で、どうしたんだい？　相談って？」
　颯太ではなく、凜が答えた。
「まどかちゃんが飼ってるミドリがいなくなっちゃったの。ねっ、まどかちゃん」
　まどかが弱々しくうなずいた。彼女の名前は木崎まどか。凜とは中学生になってから知
り合ったそうだ。
　猫のミドリが行方不明になり、まどかは毎日のように探し歩いていた。しかし一向に見

つからない。そこで友人の凜に相談した。

するとは凜が颯太を紹介してくれた。それには理由がある。

というのも颯太には、ペット探しの実績がある。以前、凜のペットである犬がいなくなったとき、見事探しあてたのだ。

そこで颯太が協力することになり、三人でミドリ探しをしているとのことだった。

事情を把握した俊平は、まどかに顔を向けた。

「警察、保健所、動物愛護センターには連絡したのかい？　ネットでペットの迷子情報とかも載ってるから調べてみたらどうだろう？」

颯太が唇をとがらせる。

「そんな基本的なこと全部してるに決まってるやん。それでも見つからへんから先生に相談にきたんやろ」

「まあ、そうか、颯太くんがいるんだもんな……」

たじろぐ俊平をよそに颯太が続ける。

「もう一週間は経つけどミドリは見つからん。どこからも連絡がこうへんし……」

三人の表情がくもりはじめる。まどかにいたっては涙ぐんでいる。

ペットがいなくなる……それは家族が消えたも同然だ。まどかの心の痛みが、俊平の胸にも伝わってくる。はりさけそうなほどの激痛がする。

「それにミドリはただ行方不明になったわけじゃないねん」

颯太がざらついた声で補足する。

「どういうことだい？」

「……まどかちゃんの家に空き巣が入ってん。で、その空き巣がミドリを連れ出したんや」

俊平の動きが止まる。

とつぜん俊平が黙り込んだので、颯太の顔に驚きが広がる。それから俊平をのぞき込み、おそるおそる訊いた。

「……先生、どうしたん？」

俊平ははっとして正気をとり戻した。コーヒーをがぶりと呑み、口元を手の甲でぬぐった。

「ごめん、ごめん。ちょっとびっくりしちゃって。まどかちゃん本当に空き巣が入ったの？」

「うん」

まどかがうなずいた。

空き巣がペットを盗む。そんな事件は、東京などの都会では時々起こるらしい。以前学会で他の獣医たちがそんな話をしていた。高価なペットを盗んで、それをネットや業者に売りさばくそうだ。けれどもこのあたりでは聞いたことのない犯罪だった。

俊平が慎重に重ねる。

「空き巣は他に何かを盗んでいったかい？　高価な電化製品や、貴金属とかは？」

まどかは首を横にふる。

「ううん。何も。お母さんが家に戻ったら窓が割られていて、ミドリがいなくなってたの。荒らされた形跡もないって、あとでやってきた刑事さんたちも首をひねってた」

「ねえ、そのミドリの写真ないかな？」

まどかがポケットからスマホをとり出した。その画面を俊平の方に向ける。

そこには三毛猫の写真があった。茶と黒と白のいたって平凡な三毛猫だ。盗まれるのなら純血種の高価な猫だ。ただの三毛猫では金銭目的ではない。

「ねえ、本当に盗まれたのかな？　もしかしたら空き巣にびっくりして逃げ出したんじゃないかな？」

「わからない」

まどかの目がうるみはじめた。「まどかちゃん大丈夫？」と凜が気づかった。

颯太が俊平に目を据える。

「ねえ先生、警察は空き巣犯なら探してくれるけど、ミドリは探してくれへんねん。空き巣なんてどうでもいいから本当はミドリを見つけて欲しいんやけど……お願いやからミドリを探すのを手伝ってくれへんかなあ」

「もちろん。できる限りの協力はさせてもらうよ」

俊平が胸を叩いた。

「とりあえずうちの系列の医院と知り合いの医院にミドリを見かけたら知らせるように伝えておくよ。各医院にチラシも貼らせてもらえるように頼んでおく。そうだ、プロデューサーに頼んでテレビでもミドリを見つけたら連絡してくれと呼びかけさせてもらおう。大丈夫。ミドリはきっと無事に帰ってくるよ」

まどかの表情が明るくなる。「先生、お願いします」と頭を下げて、三人は部屋から立ち去っていった。

俊平は、二階の窓から彼らのうしろ姿を眺めていた。いつの間にか、俊平の拳は固く握りしめられていた。

3

「でっけえ」

宗近は首を持ち上げ、感嘆の声を漏らした。

目前には奈良の大仏がそびえ立っている。子供の時分はよく見る機会があったので、特に何も思わなかった。だが久しぶりに眺めると、その迫力に圧倒される。

大仏のある東大寺を堪能すると、宗近は奈良公園を歩き出した。もう興福寺は訪れて、阿修羅像も拝んでいる。もちろん春日大社も拝観済みだ。神社仏閣を訪れると心が不思議なほど落ちつく。自分は奈良の人間なんだと再確認した。

この芝生も鹿たちも昔と変わらない。深く息を吸い込むと、草と鹿の匂いがする。なつかしさでむせかえりそうになる。

来て良かったな……。

思いつきで始発の新幹線に乗ったはいいが、なぜ今さら奈良に行くのだと後悔しきりだった。けれどいざ訪れると、そんな後悔はふき飛んだ。自分の荒（すさ）んだ心は、この風景を求めていたのだ。

一歩踏み出すたびに、胸の底に沈んでいた感覚が浮かび上がってくる。それを味わいながらぶらついていると、見覚えのある景色に出くわした。なだらかな丘と大きなむくの木がある。

もしかするとここ、神様スポットか……。

足が自然と駆けはじめる。神様スポットとは、宗近が子供時代によく遊んでいた場所だ。なぜかそこには鹿のふんがなかった。なぜ鹿はここでふんをしないんだ？　宗近は頭をひねり、その答えを見つけ出した。それは、ここが神様の休憩所だからだ。だから神様の使いである鹿は遠慮して、ここではふんをしないのだ。

宗近はそこを『神様スポット』と命名した。土曜日や休日になると、親に弁当をこしらえてもらった。そこで親友と二人で昼食を楽しんでいた。

久しぶりにあそこに座ってみるか、とさらに足を速める。

ところが近くまで来て、宗近は舌打ちをした。先客がいたからだ。くちゃくちゃの髪の毛をした眼鏡の男性が、一人黙々と弁当を食べている。自分と同い年ぐらいだろうか？　妙に愛嬌のある顔立ちだ。ちょっと弁当をわけてくれないか。初対面の人間がそう頼んでも、快く応じてくれる。そんな雰囲気を漂わせている。それほど優しそうな男だった。

ただそんなことができるわけもない。しゃあねえ、出なおすか。踵(きびす)を返そうとしたそのときだ。弁当男がとつぜん立ち上がったのだ。それから猛烈な勢いで、宗近の元へと駆け寄ってくる。眼鏡がずり下がり、目がらんらんと輝いている。

弁当男の興奮ぶりに、宗近は身がまえた。ただそれと同時に、なぜか安堵感を覚えた。その奇妙な感情に、宗近はたじろいだ。

弁当男が立ち止まる。切れ切れになった息を整えると、声をふるわせながら訊いた。

「……もしかしてムッちゃんか？」

宗近は面食らった。

「どっ、どうして俺の名前を知ってんだ？」

弁当男が自分を指さした。

「僕だよ。僕。溝部俊平だよ」

宗近が目を剝いた。

「おまえ、シュンか、シュンなのか？」

「そうだよ。シュンだ」

俊平が、なつかしそうに宗近を見つめている。宗近もあらためて俊平を眺めた。このくせっ毛にこの眼鏡。昔の姿形と変わっていない。あの安堵の正体は、俊平に対する既視感だったのだ。

それから二人は神様スポットに座り込んだ。まだ信じられない。そんな口調で俊平が切り出した。

「それにしてもよく似た人がいるなあと思ってたけど、本当にムッちゃんだなんて。昔はよく僕が先に弁当食べてて、あとからムッちゃんが来ただろ。なんか子供時代にタイムスリップした気分だったよ」

「それは俺の台詞（せりふ）だ。十数年ぶりに神様スポットに来たら、おまえが昔みたいに弁当食べてんだからな」

「だってあれからも昼はずっとこの場所で弁当食べてるからさあ」

宗近があきれた。

「マジかよ。すげえな、おまえ」

「まあ性格なんだろうね。習慣になっちゃうとずっと続けちゃうんだよ。でもムッちゃん、なんで奈良に帰ってきたんだ？　仕事は休みなのか？」

とうとつに話題が変わったので、宗近がまごついた。

「……おう、まあな。それよりおまえはなんの仕事してるんだ？」

俊平がやわらかく言った。

「獣医だよ。毎日動物と一緒に暮らしてる」

「……そうか、親父さんの跡をついだんだな」

宗近はほっとした。なぜ安心したのか、自分でもよくわからなかった。けれど、すぐに気づいた。獣医になれなかった俊平の姿を見たくない。心の片隅で、どうやらそう願っていたらしい。

「まあね」と答えて、俊平はちらりと腕時計を見る。

「そろそろ仕事に行かないと。ムッちゃんしばらく奈良にいるんだろ？」

「えっ……ああ、そうだ」

嘘が口をついて出る。本当は夜までには東京に帰るつもりだった。だから始発の新幹線に乗ったのだ。

「そうか、じゃあ仕事が終わったら連絡するよ。飯でも行こうよ」

俊平は宗近の携帯の番号を聞くと、あわただしくその場をあとにした。

宗近はむくの木に背中をあずけ、感慨にふけった。それにしてもシュンの奴ちっとも変わってないな。十数年ぶりに出会った親友の姿を思い浮かべ、宗近はおかしくなった。

4

その夜、宗近と俊平は近鉄奈良駅前で合流した。もちろん待ち合わせ場所は行基像前だ。行基は奈良時代の偉い坊さんだ。何をした人なのか詳しくは知らないが、奈良の誰もが行基を知っている。この行基の銅像の前が、よく待ち合わせに使われるからだ。

俊平があらわれ、早速店に向かった。書店の隣にある、『菜宴』という店だ。俊平のいきつけの店で、大和野菜を使った料理が名物らしい。

ビールを注文し、二人で乾杯した。口についた泡をぬぐいながら、俊平がしみじみと言った。

「まさかムッちゃんと一緒にビールが呑める日がくるとは思わなかったよ」

宗近が苦笑する。

「まあな、あの頃は二人でオレンジジュースだったもんな。俺たちも年をとったもんだ」

昔話に花をさかせる。俊平が思い出したように言った。

「ムッちゃん、バッタ猫覚えてる？」

久しぶりに聞いたその名前に、宗近は頬をゆるめた。

「忘れるわけないだろ」

この近くに平城宮跡という名の広場がある。千年以上前に奈良の都があった場所で、今は草原になっている。子供時代、宗近たちはよくそこで遊んでいた。

バッタ猫は、その平城宮跡を住処(すみか)にしていた野良猫だ。その猫の主食はバッタだった。当然、猫の名前はバッタ猫となった。実に子供らしいネーミングだ。バッタ猫は草原にいるバッタをはたき落とし、それを食べて生活していたのだ。

それは一撃必中の神業だった。バッタ猫が前足でバッタを叩くたびに、宗近と俊平は喝采の声を上げた。

「ムッちゃんに会ってすぐにバッタ猫を思い出したよ。あの失踪事件のことは忘れられないな」

と俊平が遠い目をする。

バッタ猫失踪事件とは、ある日こつ然とバッタ猫が消えてしまった事件のことだ。

バッタ猫がいなくなり、二人は懸命に捜索した。近くの住民に聞き込みをし、捜索願のチラシを電柱に貼りまくった。俊平は動物好きなので、とくに熱心にやっていた。夜も眠れないのか、憔悴(しょうすい)するほどバッタ猫を心配していた。

俊平が声に熱を込める。

「ほんと、ムッちゃんが探し当てたんだもんな。あの見事さったらなかった。ねえ、ムッちゃん」

「おっ、おお、まあな」

と宗近がまごついた。

そうだった。失踪したバッタ猫は、宗近が発見したのだ。

ただ俊平には申し訳ないが、それはただの偶然だった。捜索中におしっこに行きたくなり、宗近は茂みに入った。すると、そこでバッタ猫が倒れていたのだ。

バッタ猫はやせ細り、衰弱していた。よく見ると、うしろ足を怪我している。この傷のせいで、エサのバッタをとれなくなったのだ。

二人はバッタ猫を抱え、あわてて俊平の父親の元に向かった。父親の正雄は獣医だったからだ。

正雄はてきぱきと傷の処置を施すと、バッタ猫を集中治療用のケージに入れた。

「あと少し発見が遅れれば危なかった。ムッちゃんのおかげだな」

と正雄が宗近の頭をなでた。

ケージの中で眠るバッタ猫を見て、俊平は胸をなでおろしていた。そして目を見開き、宗近に尋ねてきた。

「ムッちゃん、どうしてバッタ猫の居場所がわかったの」

宗近は自分の頭を指さした。

「推理した。バッタ猫の行動パターンから居場所を探りあてた」

当時の宗近は、推理小説にはまっていた。コナン・ドイルやアガサ・クリスティの小説を読みふけっていたのだ。そこで自分も名探偵気分を味わいたくなり、こんな嘘をついたのだ。

「すげえ、ムッちゃん。めっちゃすげえ」

と俊平が大絶賛した。

翌日教室に入ると、俊平のまわりに人が集まっていた。宗近の活躍ぶりを吹聴しているのだ。口から泡を吹かんばかりに褒めたたえる。そんな俊平に感化されたのか、他のクラスメイトたちも名探偵・宗近だと言いはじめた。

嘘とはやっかいなものだ。宗近はそこで思い知った。結局学校を卒業する最後の日まで、宗近はその嘘をつき通した。

「ムッちゃんは僕たちのヒーローだよ」

俊平が、感慨深そうにビールを呑んだ。顔はすでに赤く染まっている。

宗近がしぶい顔をする。

「なんだ。気味悪いなあ。おまえ酔ってんのかよ」

「これぐらいで酔わないよ。本心からそう思ってるってことだよ。ムッちゃんは強くて、優しくて、みんなのリーダーだった。僕はムッちゃんみたいな男になりたかったんだ」

子供時代の印象は、大人になると増幅される。俊平から見た宗近は、とんでもなく美化されている。

宗近は声を強めて言った。

「何言ってんだ。おまえは今や立派な獣医さんじゃないか。俺なんかよりぜんぜんすげえだろ」

「そんなことないさ。僕なんてまだまだだよ」

俊平が謙遜する。

その横顔を見て、宗近は重苦しい息を吐いた。こいつに対して隠しごとはできない。

宗近が打ち明ける。

「……いや、おまえはすごいよ。感心する。俺なんて会社を追い出された、ただの無職の男だ。情けないったらありゃしないよ」

とつぜんの告白に、俊平は驚いたみたいだ。ふがいなさが、宗近の胸を染めていく。

俊平が動揺をあらわにする。

「どういうことだ？」

宗近が陰気な声で答える。

「ちょっと前までネットでブランド品のレンタルができる会社を経営してたんだけどな、そこを追い出されたんだよ……」

人に話すと、あらためて悔しさが込み上げてくる。

「そうなんだ……」

俊平が顔をくもらせた。だがすぐさま声をはね上げる。

「だけどさ、ジョブズもアップルを追い出されたけど、また戻ってきてさらに飛躍したじゃないか。ムッちゃんもそうなるよ。今無職なのは充電期間ってことだよ」

「ジョブズと俺じゃ格が違いすぎるだろ」

と宗近がついふき出した。そして太い息を吐いた。

「まあでもそうかもしれないよな。そう思っとくか。また起業すりゃいいだけだよな」

「そうそう、ムッちゃんならできるよ」

と俊平が笑みで応じてくれる。

不思議だ。自分でも驚くぐらい、気分が爽快になった。胸のうちの腫物がとりのぞかれたみたいだ。

宗近が酒のペースを上げる。もう心の痛みを麻痺させる酒ではない。全快を祝うための酒だ。

宗近がなにげなく問うた。

「そういやシュンはまだ結婚してないのか？」

俊平の口元から笑みが消える。陽気な空気が一変し、気まずい沈黙が降り落ちる。まずいことを言ったか、と宗近はたじろいだ。

俊平がぼそりと答える。

「……離婚したんだ。全部僕が悪い。仕事が忙しくて嫁にも娘にもかまってやれなくてさ。愛想つかされたんだ」

「そうか……」

と宗近は息をこぼした。

子供の時分だ。宗近と俊平はよくこんな話をしていた。

大人はずるい。学校も行かなくていいし、夜も遅くまで起きてられる。お金も好きなだけ使えて、何より誰からも叱られない。俺たちも早く大人になりたいな。唇をとがらせて、そんな不平不満を言い合っていた。だがそのとき二人は知らなかった。大人は、子供には想像できない辛い現実を抱えている。ただ、子供の目にはそれが見えなかったのだ。

宗近にとってのそれは事業の失敗で、俊平にとっては離婚だった。

宗近が気をとりなおして尋ねる。

「子供はどうしたんだ？」

「……娘とはもう会えないんだ」

と俊平の顔に影がさし込んだ。宗近が首をかしげる。

「どうしてだ？　向こうに引きとられても会うぐらいはできるだろ。実の父親なんだから
よ」

俊平はかぶりをふる。そしてうめくように漏らした。

「できないよ……娘はもうこの世にはいないんだから……」

宗近は慄然とした。そしてその直後に、自分のばかさ加減に気づいた。

俊平は獣医として、順風満帆な人生を歩んでいる。これほど不幸なのは自分だけだ。そ
う思い込んでいたのだ。

実の子供を亡くす……。

それ以上の不幸がこの世にあるだろうか。その胸の痛みは、想像を絶するものがある。

宗近は独身で子供もいないが、それぐらいは理解できる。もし自分がそんな身になったら
と思うだけで、心が砕け散りそうだ。俊平はその地獄を味わったのだ。

宗近が心の底から謝罪する。

「……悪かった。辛いこと思い出させて」

「いや、いいんだ。もう過去のことだから。それよりこっちこそごめん。暗い感じになっちゃって」

と俊平が即座に話を切り上げ、声を明るくする。

「でもムッちゃん、どうして急に奈良に来ようと思ったんだ？　中学を卒業してから来てなかったんだろ？」

まだ衝撃から立ちなおれていないが、ここは調子を合わせる。

「いや、これを見てな」

宗近は、かばんから同窓会の案内状をとり出した。

「ああ、同窓会か。そういや家にもきてたよ。でもこれって二ヶ月後だよ」

「わかってるよ。同窓会に出るつもりはないけどな、これを見て奈良に帰りたくなったんだよ」

「へえ、で、どうだい久しぶりの奈良は？」

「変わらないな。ここは」

宗近が実感を込めて言った。

「そうかあ？　駅前も新しくなったし、商店街も建て替えてるけど」

「そんなもん変わったうちに入るかよ」

　と宗近が笑い声を上げる。

「若草山も奈良公園も、あのくそでかい大仏も、すべての景色がガキの頃から変わらぬままだ。そんなところ東京じゃどこにもない。シュン、インターネットの世界にはな、ドッグイヤーって用語があるんだ」

「なんだい、そりゃ？」

「犬の一年は人間の七年ぐらいだろ。情報技術の進歩は他の分野に比べて七倍速いって意味だ。今じゃ犬じゃ追っつかなくてマウスイヤーって言葉ができたぐらいだ。マウスの一年は人間の十八年だからな」

「すごいな。それは」

　俊平があいづちを打つ。

「ネットの世界の合言葉は、『止まったら死ぬ』だ。進歩こそ正しい、変化こそ善ってね。東京って街もそうだ。何もかもが目まぐるしく変わり続ける。そしてそのスピードについていけない人間は落伍者になる。だからみんな必死で歯を食いしばって走り続ける。

　それが日常になるとな、麻痺してくるんだ。動き続けることに慣れてしまう。けれど体と心は少しずつ疲弊していく。降り積もる雪のようにな。そしてある日それが飽和状態に達するんだ。パンと弾けるんだ。そうなると俺のようなひきこもりが完成ってわけだ」

「そりゃおっかない世界だ」

と俊平が肩をすくめる。宗近があたりを見回した。

「だからな、ぜんぜん変わらねえ奈良という街はとても貴重に思えるんだよ。『悠久の古都』とはよく言ったもんだ」

「そうかあ。まあムッちゃんがまだ奈良を好きでいてくれてよかったよ」

俊平が満悦顔でビールを呑んだ。

奈良の変わらなさの中にはおまえも入ってるけどな、と宗近が胸のうちでつぶやいた。不幸もあったかもしれないが、俊平は子供の頃から変わっていない。動物好きの子供が、動物好きの獣医さんになっている。そのことが、宗近はたまらなく嬉しかった。

俊平がさらりと尋ねる。

「ムッちゃん。いつまで奈良にいるつもりなんだ」

「ああ、明日には帰ろうかな。本当は日帰りするつもりだったんだけどな。おまえに会ったから延ばしただけだしな」

「ふうん、そうか……」

と俊平が頬をなでている。すると一拍置いて、こんな提案をしてきた。

「なあムッちゃん。しばらく奈良にいないか？」

宗近が目を丸くする。

「えっ、なんでだよ」

俊平が感情を込めて続ける。

「せっかく十何年ぶりに帰ってきたのに、たった一日で帰っちゃうなんて寂しいじゃないか。今は無職で暇なんだろ」

宗近が口をとがらせる。

「無職じゃねえよ。充電期間中だ。おまえが言ったんだろ」

「ああ、そうか」

と俊平が頭をかく。それを見て宗近はおかしくなった。そういえば昔もこんなやりとりをしていた。俊平は意外にぬけているところがある。

俊平がもう一度言いなおす。

「充電期間中なら時間があるだろ」

「まあそうだけどよお……」

「他に行きたいところとかないのかい？」

「そうだなあ……」

　と宗近は腕を組んで考えてみる。大仏と阿修羅像以外に見たいものなんてあったかな？　そう心に問いかけてすぐに、ある光景が浮かんだ。それをそのまま口にする。

「ドリームランドは行ってみたいな」

　奈良ドリームランドという名前の遊園地のことだ。奈良県民に昔から愛されている遊園地で、俊平ともよく遊びに行っていた。宗近にとっては思い出の場所だ。

　ドリームランドという響きで、記憶のふたが開く。

「ほらっ、ローター。あれに乗りたいな」

　ローターとは二人のお気に入りの遊具だ。

　円形の部屋に閉じ込められると、部屋全体が回転しはじめる。すると、遠心力で人は立っていられなくなり、壁に押しつけられる。顔がゆがんでしまうほどの圧力だ。さらには床が下がり、宙に浮いた状態で壁にはりつけられる。その感触がやみつきになり、宗近と俊平は何度もローターに挑戦した。

　俊平がなつかしそうに手を叩いた。

「あったなあ、ローター、懐かしいな。ムッちゃんあれに五回連続で乗ってゲーゲー吐いてたよな」

「うるせえよ。五連続ローターはフィギュアスケート選手がやってもそうなるよ」

宗近が気をとりなおし、興奮して言った。

「そうそうローターやりてえんだよ。宙に浮くなんて経験なかなかできねえからな」

すると、俊平がすまなそうに言った。

「ムッちゃん、残念だけど奈良ドリームランドはだいぶ前につぶれたんだよ」

「えっ、そうなのか」

と宗近が愕然(がくぜん)とする。俊平が吐息混じりに言う。

「昔ながらの遊園地はこのご時世では経営は難しいんだろうね。十年ほど前につぶれちゃったよ」

「じゃあそこは今何になってるんだ」

俊平が眉をくもらせる。

「廃墟だよ。放置されてる。なんでも権利関係が複雑らしくて売却が難しいそうなんだ。撤去費用もかなりかかるそうでさ。あそこを火葬場にする案もでたんだけどね。住民の反対にあってその話も消えたよ」

廃園か……。

雨風にさらされ倒壊寸前の遊具たち。うさぎやくまの可愛らしいキャラクターの置物も全身が黒ずみ、見るも無残な姿をさらしている。

そんな光景が頭をよぎり、宗近は怖気をふるった。あのきらびやかなドリームランドの記憶とは、あまりに対照的な風景だ。

俊平が補足する。

「あと八年ほど前にドリームランドの廃墟で殺人事件が起きたというのも買い手がつかない一因だろうね」

「殺人事件？」

急に物騒な言葉が出たので、宗近がぎくりとする。

「うん。ドリームランドが潰れたあと、あそこは不良連中の遊び場になってたんだ。管理会社の警備がゆるくて、簡単に侵入できたんだって」

宗近が吐き捨てる。

「人の思い出の場所で何やってんだ」

「まあ俺たちからしたら腹がたつよね」

と俊平が同意する。

「で、そこでとうとう事件が起きた。高校生の一人がリンチされ、殺されたんだ。犯人は悪ガキグループの一人だったんだけどね。ムッちゃんや僕みたいにあそこで楽しく子供時代を過ごした人間としては、あまり気分のいい話じゃないよね」

二人はしばし黙り込んだ。

ドリームランドで過ごした美しい記憶の上に、スプレーか何かで落書きをされたような気分になる。

沈んだ空気を一新するように、俊平が声を高める。

「ほらっ、まあドリームランドのことは置いといてさあ。しばらく奈良にいるのはいい休暇になるよ。せっかくムッちゃんと会ったんだ。もうちょっと一緒にいようよ」

たしかに東京に帰っても、部屋に閉じこもって酒びたりになるだけだ。しばらく奈良でくつろぐのも悪くないかもしれない。

「……そうか、シュンがそこまでいうならもう少しいるか」

「決まりだ」

と俊平が指を鳴らした。そこで宗近が気づいた。

「でも泊まるところがないぜ。そんな長い間ホテル暮らしってのはなあ」

「うちに泊まればいい。僕しか住んでないし、部屋は売るほど余ってる」

そうか、俊平は今は独り身なのか。ならば遠慮する必要はない。

「じゃあお言葉に甘えさせてもらうか」

宗近が承諾したので、俊平は満面の笑みを浮かべた。子供の頃によく見た笑顔だ。それが宗近の心をなごませる。

俊平がコップをかかげる。

「よしっ、久しぶりにコンビの復活だ」

「そうだな。ムネ・シュンコンビの復活だ」

宗近も同じ笑みを浮かべ、俊平とコップを合わせた。

第二章

1

宗近はまぶたを開けた。

顔を横に向けると茶色い壁が目に入った。ソファで寝てしまったらしい。毛布をはねのけて周りの様子をたしかめる。

清潔なリビングだった。床はフローリングで、無垢(むく)の木の匂いがする。大きな窓からは、短く切り揃えられた芝生とテラスが見える。

ソファに大型テレビ。テレビは最新型のものだ。モスグリーンのカーペットの上にはガラスのコーヒーテーブルが置かれている。その他の家具も洗練されていて、モデルルームのようだ。

ここは俊平の家だった。

昨日店を出て、二人で呑みなおしたのだ。いつもの鬱屈を鎮める酒ではない。旧友との再会を祝しての酒だ。だからかもしれないが、二日酔いがまるでない。

俊平の姿はない。もう仕事に向かったのだ。一方宗近は今日もやることがない。無職は絶賛継続中だ。

コーヒーメーカーでコーヒーを作る。俊平の家なのだ。遠慮などいらない。カップを片手にぶらぶらとリビングを観察する。ふと棚の上の妙なものに目がとまった。

それは、プラスティックのお皿だった。

表面にたくさんの鳥の絵が描かれている。そのまん中の軸は固定されている。皿を回転させると、鳥が羽ばたきはじめる。アニメーションの原理だ。面白くなり何度も回していると、皿の隣にあるドールハウスに気づいた。精細に作られたベッドやタンスなどの家具が置かれている。

それを見て、宗近はぎょっと皿の動きを止める。

屋根の上に『千絵』と書かれていた。

宗近は瞬時のうちに気づいた。

千絵というのは、俊平の死んだ娘の名前なのだろう。これは、彼女の遺品なのだ。

俊平は亡き娘の思い出とともに、ここで一人暮らしている。親友の心の叫びが、おもちゃから宗近の胸へと伝わる。そして、それが教えてくれる。

子供を失うということの本当の意味を。

その傷は一生癒えることはない。永遠とも思える痛みに耐えながら、俊平は娘の死を悼んでいるのだ。いつの間にか宗近は手を合わせ、千絵の冥福を祈っていた。


長居するのだから、服や下着が必要となる。そこで宗近は、それらを買いに出かけた。

家を出ると、隣の家の門に人がいた。塀に犬のリードがかかっている。ちょうどそれを手にしていた。その小脇には、大きなゴールデンレトリバーが佇(たたず)んでいる。子牛ほどの大きさの犬だ。

飼い主は中年の女性だった。小太りで奇妙なパーマをかけている。眼鏡の奥から不審そうにこちらを眺めていた。私はあなたを怪しんでいる、もう目がそう言っている。今誤解を解かなければ、のちのち面倒なことになる。直感がそう叫んでいた。この手のタイプの中年女性は、ファーストセッションがもっとも重要となる。

宗近がにこやかに挨拶する。

「こんにちは。しばらく溝部の家で厄介になることになった三津間といいます。俺も出身が奈良で、俊平とは小学校の頃からの親友なんですよ。ほらっ、都小学校です」

警戒心をゆるめるために、地元ワードをちりばめる。

「あら、溝部先生の友達なの」

と彼女が嬉しそうな声を上げる。おもちゃの南京錠のようにゆるい警戒心だ。

彼女は日下部陽子という名前だった。

夫、大学生の息子、高校生の娘、ゴールデンレトリバーのラブとの四人と一匹暮らしで、ラブは俊平の医院にかかっている。趣味は手芸とフラダンス。この時間帯と夕方にラブの散歩に出かける。息子は国立大学に通う優等生なのだが、娘は高校の演劇部に所属し、将来女優になりたいといっている。

これだけの情報を約一分でしゃべり終える。話の密度が濃すぎて、耳がとても受けとめきれない。

「でもあの子私にそっくりなのよ。なれるわけあらへんでしょ」

と日下部が豪快に笑った。

「いや、奥さんと似てるのなら十分可能性あるんじゃないですか」

と宗近は心にもないお世辞を口にする。

「あら、そう」

と日下部がまんざらでもない顔をした。これが失敗だった。

どうやら宗近は彼女のお気に召したようだ。それから二十分間の世間話に付き合わされた。これなら多少怪しまれても無視すればよかった。宗近はそう後悔した。

おしゃべり地獄から釈放され、やっとスーパーに向かえた。買いものを終えるとメールが届いた。俊平からだ。三時に医院にきてくれという一行に、地図のアドレスが添付されている。

時間になり、宗近は医院に向かった。医院は昔の面影を保っている。ボロボロだが、素朴なあたたかさが感じられる。建物全体に動物の匂いと俊平の愛情が染みついている。

扉に手をかけると、ちょうど中から誰かが出てきた。危うくぶつかりそうになる。

「おっと失礼」

とその人物が頭を下げる。六十過ぎぐらいの男性だ。長髪をうしろでくくり、口ひげを生やしている。陶芸家のようなルックスだ。眼鏡の奥のぎょろっとした目が、しげしげと宗近を眺めていた。

宗近はぎくりとした。俊平の父親の正雄だ。少ししわが増えた程度で、昔とほとんど変わりがない。

子供の頃、何かしでかすたびに宗近は正雄に叱られた。自分の子供だろうが人の子供だろうが正雄には関係がない。昭和のマンガに出てきそうな、典型的なかみなり親父だ。

さらに正雄は、おせっかいで直情的で熱血漢だ。宗近の苦手な要素がたんまり付随されている。だから宗近は、昔から正雄を避けていた。それが宗近の行動にプログラミングされている。

軽く会釈してやり過ごす。うまくいったと安堵（あんど）すると、

「君、ムッちゃんやろ」

正雄が宗近の肩をつかんだ。宗近は思わず飛び上がる。なんでわかったんだ？　頭と心が混乱している。

正雄がにやにやと笑っている。

「わしらは犬や猫でも顔の見わけつくねんぞ。ムッちゃんが子供から大人になっとってもすぐにわかるわ」

完全に見透かされている。宗近が観念する。

「おじさん。お久しぶりです」

正雄が宗近の背中を叩いた。

「なつかしいのお。なんや。どうしたんや。たしか高校から東京に行ったんやなかったんか」

「そうです。ちょっと仕事が休みになったんで、奈良に帰ってきたんですよ」

「そうか、そうか。しばらく奈良にいるんやろ。早速今晩でも呑みに連れてったろ。奈良にうまいもんなしって言うけど、そんなことあらへん。奈良にもええ店ようけあるぞ」

それだけは絶対に避けたい。

「いや、ちょっと今日は……俺、今ラマダン中で断食しないとだめなんで」

と謎の言い訳で抵抗するも、

「そんなもん大仏さんがええ言うとる。よっしゃあとで予定合わせるか」

宗近のポケットから強引にスマホをとり出し、勝手に連絡先を入手してしまった。

「ムッちゃん、俺からは逃げられんぞ」

と大笑いし、ポニーテイルをゆらしながら去っていった。まるで妖怪のストーカーだ。

宗近は吐息をついて、医院の扉を開いた。

動物の匂いが鼻をつき、犬の鳴き声が鼓膜をふるわせる。中は、人と犬猫であふれている。宗近の記憶にある溝部医院よりも流行(はや)っている。俊平は優秀な獣医のようだ。

壁にはあちこちポスターが貼られている。狂犬病予防や、フィラリア症予防のお知らせ、さらにはペットのトリミングの値段表もあった。

奥に部屋がある。ガラス越しに中がのぞき込める。トリマーがプードルをカットしていた。昔はあんなものなかった。

　宗近は見るともなく値段表を眺めた。そして愕然とする。

　４５００円！

　俺のカット代より高い、と複雑な気分になる。さらに、棚にドッグフードがずらっと並べられている。ダイエットに効果があるらしい。人間のサプリメント並みに種類がそろっている。

　犬猫なんて飯に味噌汁ぶっかけたやつで十分だろう。人間様よりペットの方に金がかかる時代となったのか。宗近は一人うなっていた。

　すると、男性職員が声をかけてきた。

「何かお探しでしょうか？」

「いやっ、別にこれを買いたいんじゃないんだ。溝部俊平に会いにきたんだけど」

　男の名札には『串間』とあった。まだ学生のように幼い顔をしている。

「院長ですか？　どういうご用件ですか？」

「俺に用はないよ。おたくの院長に呼ばれたんだ」

「そうですか、ご案内します」

　串間が連れて行ってくれる。宗近はそのあとについていく。前を向いたまま串間が尋ねてくる。

「院長のお知り合いなんですか？」

「まあね。子供の頃からのダチなんだ」

「へえ、そうなんですか」

と串間が驚きの声を上げる。宗近は逆に尋ね返した。

「そんなにびっくりすることかい？」

串間があわてて首をふる。

「いやっ、別に深い意味はないんですけどね。先生ってやさしくて人あたりもいいんですけど、友達がいるなんて話聞いたことがなかったんで。一人でいるのが好きな人なんだなあと思ってたんですけど」

「そうなのか」

と宗近が首をひねる。

「でも普通、社会人になったら学生の頃の友達とは遊ばないんじゃないのか」

「そうなんですか？」

串間が疑問を含んだ声を発した。

「僕は今でもしょっちゅうガキの頃のツレと遊んでますけどね」

田舎だな、と宗近が一人おかしがる。子供の頃からの人間関係が、そのまま大人になっても続いている。

「この階段の上に院長がいるので」

と串間が立ち去っていく。

宗近が靴を脱いで階段を上がる。二階の部屋に入ると、そこは雑然としている。どうやら休憩室のようだ。

俊平が雑誌を読んでいる。獣医学会の論文みたいだ。

「あれっ、しかめっ面でどうしたの？　二日酔い？」

俊平が雑誌を閉じて微笑む。宗近が憮然と答える。

「おまえの親父さんに出くわしたんだよ」

「そうか。ちょうど父さんにムッちゃんのこと話してたんだよ」

何が子供から大人になってもわかるだ、と宗近はげんなりした。

「かんべんしろよ。あんなおっかねえのがいるのがわかってたらこなかったぜ」

「ごめん、ごめん」

俊平が笑って謝ると、宗近はもうひとつ思い出した。

「それに隣の日下部さん。あの人にも捕まった」

「ああ、日下部さん。彼女おしゃべりだから」

と俊平が笑みを濃くする。

「でもペット好きのいい人だよ。ラブもおとなしくていい犬だ」

俊平が宗近の分のコーヒーを淹れてくれる。それを呑みながら、宗近は顔を斜めに向けた。ふすまが開いている。その奥には布団がしかれていた。

俊平がその視線に気づいた。

「悪いね。散らかってて」

「俺の家よりかはマシだよ」と宗近はカップをテーブルに置く。「布団まであるのかよ」

「そうだね。泊まり込みで動物の世話をすることもあるから」

「獣医も大変だな。それよりおまえいいのか。下にお客さんがたくさんいたけどさ」

「ああ、うちには優秀な先生が他にもいるから大丈夫だよ。でも僕としちゃなるべく一人でやりたいんだけどね」

と俊平が軽く息を吐いた。

「父さんが、おまえもそろそろ人に任せることを覚えなきゃならないってさ。職人から経営者へと意識を変える必要があるって、むりやり人をよこしてくるんだよ」

宗近が深々とうなずく。

「そこは親父さんの言うとおりだな。技術職で独立した人間ってのはなんでも自分でやりたがるからな。そのせいで事業が伸び悩むんだ。人を信用してゆだねるというのは経営者の大事な資質だぜ」

「さすが社長だね」

俊平が素直に感心すると、宗近が自嘲気味に笑った。

「まあ会社を追い出された社長だから説得力はないけどな」

「そんなことないよ」俊平が真顔で否定する。それから顎に手をあて、ひとりごとのように言った。

「……たしかにムッちゃんの言うとおりだ。僕、ちょっと前に体調くずしてしばらく休んでたから、父さんも僕の体を心配してそう言ってるっていうのもあるだろうし。そろそろ仕事のやり方を変えなきゃいけない時期なんだろうな……」

俊平が熟考しはじめたので、宗近がすぐさま止める。

「それよりなんの用でここに呼び出したんだ」

「そうそう、ちょっとムッちゃんに頼みたいことがあるんだ」

俊平がチラシを一枚とり出した。迷い猫のチラシだ。三毛猫の写真の下に『ミドリ』という名前が書いてある。

「この猫を探すのを手伝って欲しいんだ」

宗近が露骨に嫌な顔をした。

「なんで俺がそんなことやらなくちゃいけねえんだよ」

「頼むよ」と俊平が手を合わせる。「ミドリは子供たちの猫で、どうしても協力してやりたいんだ。他の先生がいるとはいえ僕もいろいろと忙しいしさ。その点ムッちゃんはたっぷり時間があるだろ。なんせ充電期間中なんだから」

忙しい現代人の中で、唯一時間のある人種……それが無職だ。

「……そりゃ、そうだけどよお」

「ほらっ、バッタ猫も見事探しあててくれたじゃないか。名探偵の力を借りたいんだよ。頼むよ」

二十年前の嘘がまさかここで返ってくるとは。期間どんだけ置いてから返品しにくるんだよ……。

しかたがない、と宗近が肩を落とした。

「……わかったよ。やってやるよ」

俊平が破顔する。

「ムッちゃんが手伝ってくれるのなら百人力だ」

　宗近がはっとする。

「おまえ、まさか俺を奈良にひきとめたのはこれが理由じゃないだろうな」

　俊平が肩をすくめる。

「……まあ、ちょっとだけね」

「おいおい、マジかよ」

「いや、でもムッちゃんともうちょっといたかったってのは本心だ。そのついでみたいなもんだよ。ついで」

　宗近は小さく息を吐くと、あきれて訊いた。

「それにしてもおまえはいなくなったペット探しもやってるのか。親切にもほどがあるぞ」

「まあこれは特別だよ。子供の飼ってる猫っていうこともあるんだけど、なんだか気になるんだ」

「気になるって、何がだ？」

　俊平が眉をひそめて言った。

「……実はこの飼い主の家に空き巣が入ったんだ。そのときにミドリがいなくなったんだよ」

「どういうことだ？　空き巣がお宝を盗むついでに猫を盗んでいったっていうのか？」

俊平が首を横にふる。

「そうじゃない。空き巣は何も盗まなかったんだ。ただ窓が割られ、猫だけがいなくなっていたんだ」

「そんな泥棒いるのか？　猫を盗むためだけに空き巣に入る奴なんて」

俊平が浮かない顔をする。

「だから気になるんだ。都会じゃ金品を盗むついでにペットも盗むという事件があるらしいけど、このあたりじゃ聞いたことがない。しかも猫だけを盗むなんて……」

「たしかにそりゃおかしな話だな。その猫は高価な猫なのか？」

「ただの三毛猫だよ」

宗近はすぐに結論を出した。

「じゃあ猫は盗まれたんじゃない。逃げたんだ。おそらく空き巣は家に侵入したもののなんらかのトラブルがあって、何も盗まずに出ていった。そのとき開いた窓から猫が逃げ出した。そういうことだろ」

「……うん、たぶんそうなんだろうね。警察も同じ見解だったそうだから」

と俊平が歯切れ悪く応じる。あきらかに納得がいかない様子だ。その冴えない表情を見て、宗近の胸の中がざわついた。

休憩室の扉が開く音がする。宗近がうしろをふり向くと、ブレザー姿の中学生がいた。男の子だ。利発そうな顔をしている。文武両道に秀で、クラスのリーダー的存在。そんな雰囲気を匂わせている。

俊平がにこやかに招き入れた。

「時間どおりだね。颯太くん。さあ、座って座って」

なんだこいつといわんばかりの目つきで、颯太が宗近をちらちらと見てくる。早速、俊平が二人をそれぞれに紹介した。

「ムッちゃん、彼は天野颯太くん。現在中学校一年生だ。颯太くん、この人は三津間宗近。僕の子供のときからの親友だ」

「先生の親友ねえ……」

颯太が値ぶみするような視線を浴びせてくる。それから憎まれ口を叩きつけた。

「なんか宗近って古くさい名前やな」

「うるせえ。ほっとけ」

宗近がむっとすると、俊平が説明する。

「ムッちゃんのお父さんは古いものが好きでね。特に日本刀が大好きで、刀鍛冶の三条宗近からとったそうだよ」

　親父の話などしたくない。それを回避するため、宗近が口をとがらせて言った。

「シュン、なんだこのクソなまいきなガキは」

　颯太がやり返した。

「あんたの方がどう見てもなまいきやろ」

　外見は優等生だが、中身はひねくれている。こういう子供が一番やっかいだ。

　二人のにらみ合いがはじまったので、俊平が間に入った。

「まあまあ、二人とも落ちついて。颯太くん、実はこのムッちゃんがミドリ探しを手伝ってくれることになったんだ」

「ええっ、俺は先生に協力して欲しかったんやけど」

　と颯太は不満をあらわにする。

「ごめん。ちょっと何かと忙しくてね。その点、ムッちゃんは時間があるからさ。二人で協力してミドリを探してよ」

　今度は宗近が抗議する番だ。

「おいおい聞いてないぞ。なんで俺がこんなガキと一緒に猫探しやらなきゃならないんだ」

俊平がほくほくと説明する。

「颯太くんがペット探しの名人だからさ。行方不明になったクラスメイトのペットを見事探しあてたこともある。どうだい。まるで子供の頃のムッちゃんみたいだろ」

「どこがだよ。俺が子供のときはもっとかわいげがあった」

「なにがかわいげや。おっさんのくせに、気持ち悪い」

颯太が吐き捨て、宗近がいら立った。

「うるせえ。なんだ、その口の利き方はよお」

「子供相手にむきになるなよ」

と俊平がなだめる。

「颯太くん、ムッちゃんも君みたいに昔いなくなったペットを探しあてたことがあるんだ。昔の名探偵と今の名探偵がタッグを組んだら絶対ミドリを見つけられるよ。だからミドリのために二人で協力してくれないかな」

と颯太と宗近を交互に見やる。

颯太が先に観念する。

「……わかったよ、先生。この人に手伝ってもらうよ」

「ムッちゃんはどうだい？」

俊平が宗近に顔を向ける。

「もののついでだ。ガキでも犬でも誰とでも仲良くやるよ」

さすがに子供が折れたのに、大人が駄々をこねられない。

二人が承知したので、俊平は満足げにうなずいた。

「良かった。二人で知恵を出し合って、ミドリを見つけてあげてよ。なんせ二人は親子みたいにそっくりだからさ」

「どこが、そっくりだ!」

宗近と颯太が同時に声を上げる。俊平が高らかに笑った。

「ほらっ、文句をいうタイミングまで同じだ」

宗近と颯太が、また同時にふくれっ面になる。それを見て、俊平がまた笑い声を上げた。


医院を出ると、二人は歩きはじめた。

ミドリの飼い主の木崎まどかの家に向かうのだ。ミドリがいなくなったときの状況を把握しておいた方がいい。俊平がそう助言し、それに従うことになった。

颯太の右手には犬のリードがある。その先にはラブラドールレトリバーの『スズメ』がいる。俊平の医院で飼っている犬だ。スズメは大きく尻尾をふっている。ちぎれそうな勢いだ。

この犬は雀を見ると大はしゃぎする。だから『スズメ』という名前になったらしい。

ぶらぶらと歩きながら、宗近が颯太に尋ねる。

「どうして犬まで連れていくんだよ？」

「ええやん。スズメの散歩がまだなんやから。それにミドリを探すときに役立つかもしれへん」

颯太がうるさそうに応じる。するとスズメが立ち止まった。体をふるわせながらふんをしている。

颯太がかばんに手をつっ込んだ。それからタブレットをとり出し、しゃがみ込んだ。

何をしているんだ、と宗近がのぞき込んだ。颯太はふんの写真を撮っていた。

宗近が顔をしかめる。

「なんだ、おまえ。気持ち悪りいなあ。うんこの写真集めてるのかよ」

颯太が唇をとがらせる。

「ちょっと黙っててや。スズメは今お腹の調子が悪いねん。だからこうやってふんの写真ちゃんと撮って、先生に見せるんや」

「そうなのか。悪かったな。気持ち悪いなんて言っちゃって」

「別にええよ」

と颯太が声をやわらげる。そしてスズメの頭をなでる。

「スズメだいぶよくなってるわ。あとちょっとで治るからな」

なまいきな奴だが、まだまだ子供なんだ。その無邪気な笑顔を見て、宗近は心がなごんだ。

木崎まどかの自宅は、歩いて十五分ほどの住宅街にあった。

目新しい建物は少なく、どれもこれも築年数が経っている。けれど古さは感じない。奈良という土地柄のせいか、どこか落ちついて見える。

まどかの家は、まさにそんな風情の建物だった。木造の二階建てで、建坪がずいぶんある。

インターホンを押すと応答がある。門を開けて敷地の中に入る。颯太が玄関先の柱にスズメのリードをくくりつけた。

まどかと母親が出迎えてくれる。母親もいると聞いていたが、宗近の想像よりもかなり若い。早めに結婚したのかもしれない。

リビングに招き入れられ、母親がお茶を淹れてくれた。それを一口すると、颯太が宗近を紹介する。

「おばさん、この人、溝部先生の知り合いで、ミドリを探すの手伝ってくれるんやって」

母親が恐縮する。

「わざわざ申し訳ありません。まどかが無理をいいまして」

「そんなとんでもないです」

と宗近があわてて本題に入る。

「空き巣に入られてミドリちゃんがいなくなったとのことですが」

「ええ、そうなんです」

母親の顔が影で覆われる。そして、当時の状況を説明してくれた。

時刻は二週間前の午後五時頃だった。まどかは塾で勉強していたので不在だった。スーパーで買い物をすませ、母親が帰宅した。リビングに入ってすぐに異変に気づく。ミドリがやってこないからだ。帰ってくると、いつも必ずあらわれる。なのに姿を見せない。

その理由はすぐにわかった。床にガラスの破片が散らばっている。窓ガラスには穴が開いていた。空き巣に入られたのだ、と母親は血の気が引いた。そしてすぐに警察に連絡した。

間もなく警察が来て、実況見分をはじめる。

窓は古く、安いクレセント錠がついているだけだ。防犯としてはなんの役にも立たない。奈良の人間は防犯意識がなさすぎる。警察官がそう嘆いていたらしい。母親は肩身がせまくなった。彼女も、まさか空き巣が入るなんて思いもしていなかった。

しかし家の中のものは何も盗られていない。唯一なくなっていたのが、三毛猫のミドリだった。

母親から事情を聞きながら、警察官はしきりに首をひねっていた。何も盗られていないどころか、物色した形跡すらないのだ。犯人はただ窓ガラスを割って、それを開けて帰ったのだ。

犯人の指紋もとれなかった。被害もとくになかったので、彼らは早々に帰り支度をはじめた。

母親が遠慮がちに尋ねた。

「……あのミドリは探していただけないんですか?」

「腹が減ればそのうち帰ってくるでしょう」

と警察官は面倒くさそうに返した。ペットの猫がいなくなった。警察にとってそれは些末なことだった。

しかし、ミドリは一向に帰ってこなかった……。

話を終えると、母親の視線がリビングの隅に注がれた。宗近もつられてそちらを見やる。足場のついている妙なポールが置かれている。使用目的がわからない。宗近の面持ちに気づき、母親が説明してくれた。

「あれは猫の遊具なんですよ。ミドリはあれで遊ぶのが大好きで」

「そうなんですか。すみません。猫を飼ったことがなくて」

母親がほのかに笑う。そして小さく息を吐いた。小さくはあるが、焦燥が濃密に込められている。そんな吐息だった。

「おととしから主人が愛媛の方に単身赴任になったんですが、父親がいなくなったのでこの子がずいぶんと寂しがりまして。そこでペットでも飼えば気がまぎれるだろうとミドリを飼うことにしたんです」

母親がまどかの頭をなでる。まどかは意気消沈している。

母親が切々と続ける。

「でも猫を飼ってほんとに良かったなと思います。ミドリが来てくれてからは家が明るくなりました。正直、もう主人が帰ってこなくてもいいね、とまどかと笑い合ったこともありました」

「それはご主人には聞かせられませんね」

宗近が冗談混じりに言った。湿りがちな空気をなごませられれば。そう思ったが、母親が急激に声を沈ませる。

「だから今頃ミドリが無事でいるか心配で、心配で……警察には何も盗られなくてよかった、そう言われていましたが、私たちからすればそんなことはありません。家の中のものを全部盗られるよりも、ミドリがいなくなったことの方が辛いです」

母親が涙ぐんでいる。その涙に誘われるように、まどかも泣きはじめる。この家全体が悲しみにおおわれる。

その空気を肌で感じて、宗近はたじろいだ。

飼い猫が行方不明になった。そう聞いて、宗近は不憫に思った。ただ、その同情は激しくはない。たかがペットがいなくなっただけだ。心のどこかには、そんな軽い気持ちが残っていた。それは否定できない。だがまどかと母親の沈み方を見て、その考えが一変した。たかがペットではない。ペットは家族なのだ。

家族がいなくなる……その心痛は計り知れない。宗近の胸は、申し訳なさでいっぱいになった。

すると、颯太が励ますように言った。

「おばさんもまどかちゃんも元気だしや。俺たちが絶対に見つけたげるから」

　宗近も援護する。

「ええ、ミドリは盗まれたんじゃありません。逃げただけです。だからきっと見つかりますよ」

「ありがとうございます。ミドリのことよろしくお願いします」

　と母親が深々と頭を下げた。


　家から出ると、早速ミドリ探しにとりかかる。

　メンバーは、宗近、颯太、まどか、そして犬のスズメだ。あとで颯太のクラスメイトたちも合流して、手を貸してくれるそうだ。

　颯太が電話をかけている。何やら質問しているようだ。そしてすぐに切った。宗近が訝しげに訊いた。

「なんだ。どこにかけてたんだ？」

「気象庁」

　と颯太がそっけなく答える。

「気象庁？　なんだってそんなところに電話する必要があるんだ？」

「昨日の夜中は雨やったから。雷もごろごろなってたやろ？」

深酒のせいでまったく知らなかった。

宗近の反応に、颯太がげんなりした。

「動物は雷を怖がんねん。雷が落ちた場所の逆方向へと逃げていくんや。だから雷が落下した詳しい地点を、気象庁に訊いててん」

「はあ、なるほどなあ」

と宗近が一人うなる。たかが猫探しと思っていたが、いろんなやり方があるのだ。宗近とは違い、颯太のペット探しの名人という称号に嘘偽りはない。

颯太が、かばんからタブレットをとり出した。地図を表示させ、指で器用に操作する。地図上にいくつかの赤いピンが刺さった。おそらくそこが雷の落ちた地点なのだ。

さっきのスズメのふんの撮影でも感じたが、タブレットの操作が実に手慣れている。俗にいうデジタルネイティブ世代というやつだ。

宗近が皮肉を込めて言った。

「なんだよ。今時のガキはタブレットがおもちゃかよ」

颯太が下を向いたまま答える。

「そうや。宗近みたいな竹とんぼと竹馬しかなかった時代とちゃうねん」

「アホか。俺は戦後すぐに生まれたんじゃねえんだぞ。それに宗近じゃねえだろ。宗近さんだ」

　颯太は無視する。

「タブレットあったらもうパソコンもいらへんからな。もうこれ買ったからパソコンは処分したんや。俺のデータはすべてここに入ってんねん」

　得意げに掲げる。気にくわねえガキだ。俺がタブレット買うのにどれだけ苦労したと思ってんだ。

　宗近がその手からタブレットをとり上げる。発売されたばかりの最新のタブレットだ。

「傷ついたらどうすんねん」

　と颯太がタブレットをとり返した。宗近がむっとして指摘する。

「傷ってもうついてるじゃねえか、右の角がよ」

　地面にでも落としたのか、角がはげていた。颯太ががっかりする。

「うっさいわ」

　颯太の機嫌があからさまに悪くなる。こいつにとって、タブレットは宝物なのだろう。

　宗近が助言する。

「でもちゃんとデータのバックアップとっとけよ。パソコン捨てちまったんなら、それなくしたら一巻の終わりだ」

「わかってるわ。クラウドみたいなネット上での保存はハッキングで流出するのが怖いから、ちゃんとSDカードで保存してるわ。原始的な方法やけど、これが一番安全やからな」

宗近は鼻白んだ。

「おまえは産業スパイか。中学生が流出したら困るデータをもってるわけねえだろ」

「ほっとけや。俺には全部大事なデータやねん」

颯太が愛おしそうにタブレットをなでる。まさに自身の分身という感じだ。これほど大事にされたらタブレットも本望だろう。

颯太が気をとりなおし、タブレットに地図を表示させる。それを宗近に見せてくる。

「宗近はこの公園でミドリを探してくれへん。ここ猫のたまり場やから。俺とまどかちゃんは、雷の反対方向を歩きながらミドリのチラシを配り歩いてくるわ。いこっ、まどかちゃん」

「うっ、うん」

と二人がさっさと立ち去る。宗近はひとつ息を吐くと、指定された公園に向かった。

平凡な公園だった。すべり台とブランコとジャングルジムが置かれ、ベンチがひとつある。あまり手入れされていないのか、雑草が伸び放題だ。日本中の公園をすべて集結させ、平均値を出せばこの公園になる。それぐらい普通の公園だった。

宗近はブランコをこぐ。するとすぐに気分が悪くなる。年をとると、三半規管が弱まるみたいだ。俺はブランコもできないのか、と宗近はうなだれた。それからベンチに腰を下ろした。ぼんやりと前を見つめる。ぼんやりするぐらいしかやることがない。

猫が集まる公園だ。颯太はそう教えてくれたが、猫一匹いない。猫どころかバッタもいない。動くものが何もない。

さらに聴覚が遮断されたように静かだった。無動と無音の世界……まるで核戦争後の地球にいる気がする。

一体俺は何をしているんだ？　なぜ奈良にいるんだ？　なぜ中学生と一緒に猫を探しているんだ？　涸れていた疑問の泉が、こんこんとわき出てくる。

とつぜん音が鳴ったので、宗近は飛び上がった。音の正体はスマホだ。

「ミツさん、生きてますか？　死んでないっすか」

まぬけな長野の声が聞こえてくる。たった二、三日ぶりなのだが、ひどくなつかしく感じられた。

「……ああ、生きてるよ」

「あれっ外っすか？　珍しいっすね」

電話ごしに外の雰囲気が伝わったみたいだ。

「今奈良にいるんだよ」

「奈良?」と長野が頓狂な声を出した。「奈良ってあれっすか。鹿と大仏がうようよしてるとこでしょ。なんでそんなエキセントリックシティにいるんっすか?」

「人の故郷をエキセントリックシティってなんだ。俺は奈良で育ったんだよ」

「へえ、そうなんすか。俺、ミツさんは、アラブの日本人学校育ちだと思ってましたわ」

「俺のどこにアラブ要素があんだよ」

「ほら、前一緒にガソリンスタンド寄ったとき、ガソリンの値段気にしてたっしょ。それで、ああこの人はアラブ育ちだから石油が気になんだなって」

「なんでそうなんだよ。日本人でもガソリンの値段は気にするだろ」

「で、奈良で何してんっすか?」

と長野が無視して本題に戻す。宗近が言いよどんだ。

「その……あれだよ。あれっ……同窓会があんだよ」

「会社追い出された超絶無職男が同窓会出るんっすか? ミツさん、頭おかしくなったんっすか」

「おまえ言い過ぎだぞ」

と宗近が大声を上げる。長野は勘がいいので、嘘をついてもすぐにばれてしまう。

宗近がしぶしぶと打ち明ける。

「……猫探してんだよ」

「猫？」

長野がくり返した。

「そうだよ、猫だ。猫探しだ」

宗近が声をはり上げる。長野が大笑いした。

「ミツさん何してんすか。会社追い出されて無職になって、奈良で鹿乗って猫探してるんっすか。面白すぎでしょ」

「別に鹿に乗って探してねえよ」

宗近がふてくされる。

「今年一番の爆笑っすわ。ちょっと動画撮っといてくださいよ。あとでネットにアップするんで……」

と長野がからかい続ける。けれどその声が宗近の耳には届かない。いや届いてはいるのだが、神経が耳に集まらない。それは、すべて目に集結されている。

宗近はある一点を凝視していた。

そこには一匹の猫がいた。それは、三毛猫だった。

ミドリだ。宗近は思わず身ぶるいした。まさか本当にあらわれるとは思っていなかった。

ミツさん、ミツさんと受話口から長野の声が聞こえる。宗近は無言のまま電話を切った。

「ミドリ、ミドリ」

と小声で呼びかける。ニャオと三毛猫は小さく鳴き、こちらを向いた。まちがいなくミドリだ。

そろそろと近づき、「ほらっ、こっちこい」と宗近は手をさしのばした。すると、とろんとしていた猫の目つきが豹変する。

その刹那だ。宗近の右手に向かって、三毛猫が嚙みついた。

「痛ってえ!」

と宗近が悲鳴を上げる。右手から血がしたたり落ちていた。ずきずきとその傷口が痛みはじめる。

なんで俺がこんな目に遭わなきゃならないんだ。そう嘆いている暇もなかった。ミドリは警戒して、今にも逃げ出しそうな体勢をとっている。

そこで思い出した。ポケットから小袋をとり出し、その口をやぶった。中身は液状のキャットフードだ。さっきまどかの母親がくれたのだ。それをちらちらと見せつける。

「ほらっ、俺は悪い奴じゃないぞ。食べてくれ」

と宗近はやさしく声をかける。

ミドリの目の色が変わる。そのスティックに飛びついてきた。むさぼるように食べはじめる。

その隙に、宗近はスマホで電話をかける。相手は颯太だ。颯太が電話に出たので、宗近がひそひそと言った。

「ミドリだ。ミドリを見つけた。公園だ。早くきてくれ」

「ほんま!」

颯太が仰天する。あまりの大声に、宗近の耳が痛くなる。

「すぐ行くから絶対逃がさんとってや」

颯太があたふたと電話を切る。もし逃がしたら承知しない。言外にそんな匂いがぷんぷん漂ってくる。

逃げるなよ、逃げるなよ……。

宗近が祈りながらエサをやる。猛烈な勢いで食べているので、もうすぐなくなる。エサを食べ終えれば、すぐさま立ち去るだろう。そうなれば、とても捕まえられる自信はない。

宗近は小出しにエサをやりながら、あたりを見回した。

「ミドリ、ミドリ！」

とまどかの声が響き渡る。颯太とまどかがこちらに駆けてくる。間に合った、と宗近は体の力を抜いた。

だが猫を見た瞬間、まどかが立ち止まった。昼が一瞬で夜になったように、急激に熱が冷める。

宗近が動揺して尋ねる。

「どうしたんだい？　まどかちゃん」

颯太がつかつかと歩み寄ってくる。そして宗近の背中を思い切り叩いた。

「アホ、どこがミドリやねん。ぜんぜん違う三毛猫やろ」

「……これミドリじゃないのか？」

颯太がチラシを見せた。ミドリの写真が載っている。

「ほらっ、右目の黒ぶちがぜんぜんないし、ミドリの額は茶色じゃなくて白。どこをどう見たらミドリなんだよ」

宗近は、その写真と目の前の三毛猫を見比べた。たしかにまったく違った。

消え入りそうな声で、まどかが宗近を気づかった。

「……颯太くん、三毛猫は見わけにくいから。無理ないよ」

子供になぐさめられている……宗近は、とてつもなく自分がみじめになった。

颯太が鋭利な罵声を浴びせてくる。

「まどかちゃん、甘やかしたらあかんって。そのために宗近にチラシ持たしてんねんから。ほんま、ちゃんとやってくれや」

しばらくの間、宗近は平謝りをするはめになった。

その後合流した颯太のクラスメイトとミドリを探したのだが、結局その日は見つからず、あえなく解散となった。

2

光に照らされ、ミドリは身を縮めた。ケージの中に手が伸びてくる。ミドリは反射的にその手を嚙んだが、なんの効果もしめさない。相手はゴム手袋をはめている。

こいつが家からミドリをさらい、この狭いケージに押し込めた。そのときもこの手袋をはめていた。舌に触れるそのゴムの感触に、ミドリは吐き気がした。

ミドリは必死に抵抗した。しかし、もう何日もエサを口にしていない。いくらもがいても力が出せない。あっけなくケージの外へとひっぱり出される。

ここはどこなの？　天井はあるが、壁はない。ミドリは顔を上げて、仰天した。そこに白馬がいたのだ。

ミドリは猫だが、馬の存在は知っていた。

まどかと一緒にテレビを見ていた際、「ほらっミドリ、あれが馬っていうんだよ。毛が白くて綺麗でしょ。だから白馬っていうの」とまどかが教えてくれたからだ。

ただ目の前の馬は、テレビで見た白馬とはまるで違う。まず動かない。じっと佇んでいる。しかもあちこちが黒ずんでボロボロだ。

世にも不気味な白馬に見下ろされ、ミドリは困惑した。空腹のあまり、意識が朦朧（もうろう）としている。視界が涙でぼやけてくる。

帰りたい……お家に帰りたい……。

「にゃあ」

ミドリは声をふりしぼって鳴いた。

ポールで遊びたい。まどかちゃんに会いたい。お母さんと一緒の布団で眠りたい。涙を流しながら、願いすべてをその鳴き声に込める。

そのときだ。そこに無情な声がふり落ちる。

「ダメ」

ミドリの心を読んだように、目の前の人物がそう言い放った。そしてうっすらと笑った。それはあまりに凄惨な微笑だった。

その右手には刃物が握られている。ナイフだ。冷酷な笑みと同調するように、怪しく光り輝いている。ナイフの刃先がミドリの腹部にあてられる。ミドリはもう反抗する気力もなかった。ただ、瞳からはとめどなく涙があふれていた。最後に、ミドリは胸のうちで愛する人の名前を呼んだ。

まどかちゃん……。

その直後、ミドリは壮絶な叫び声を上げた。

3

「ほんと散々な目にあった」

宗近はまだふくれている。右手の甲には大きなばんそうこうが貼られていた。念入りに消毒され、破傷風のワクチンまで注射された。

俊平が笑いをかみ殺した。

「動物に嚙まれるなんてここじゃ日常茶飯事だよ。たいしたことない」

されるⅠ

横にいた串間がうなずく。

「そうですよ三津間さん。僕なんか傷だらけですよ」

とこれみよがしに腕を出してくる。たしかにあちこち傷だらけだ。宗近はさらにふてくされる。

「俺は獣医でも動物看護師でもねえんだよ。ただの無職だ」

俊平と串間が忍び笑いをする。宗近は憤然と言った。

「こんなことなら長野でも呼んだらよかった。あいつなら痛みに強いからな。猫にひっかかれるぐらい痛くもかゆくもない」

俊平が首をかしげる。

「長野って誰だい？」

「俺の会社の部下だよ」

と宗近がスマホをとり出し、ある写真を見せてくる。

金髪でおかっぱ頭の男性が写っている。男性だが全身パステルカラーで、スカートを穿いている。

俊平が陽気な声を上げる。

「この長野って人、素敵な目をしてるね。セント・バーナードみたいな綺麗な目だ」

宗近があきれて言った。

「どこ見てんだよ。こんな格好してんだぜ。普通そっち指摘するだろ」

「そう？　いい感じの人じゃないか」

と俊平がきょとんとする。

宗近が気をとりなおして続ける。

「そいつ格好も性格も変わっててよ。高校も辞めて一人ぶらぶらしてたんだよ」

「たしかに普通の人じゃなさそうですもんね」

と串間が合点する。宗近が語気を強めた。

「だろ。ただこいつ超やり手のプログラマーでよ。遊ばせておくのがもったいねえから、俺の会社で働いてもらってたんだよ」

串間が驚嘆する。

「三津間さん、会社経営されてたんですか」

「おう、そうだよ」

と宗近がわずかに胸をはったが、すぐにしおれる。

「でも会社追い出されてクビになっちまったけどな。そのとき一緒に長野もやめちまったんだよ。で、今は仲良く無職ってわけだ」

俊平が目を細めた。

「ムッちゃんらしいな」

「俺らしいってどういうことだ?」

と宗近が眉根を寄せる。俊平が心を込めて言った。

「ムッちゃんは昔から誰に対してもわけへだてしないからね。どんな相手でもフラットに接してくれる。たぶん長野くんもそれがわかってるからムッちゃんを慕ってるんだよ」

「そんなことねえだろ」

と宗近は釈然としていない。

誰とでもわけへだてなく接することができる。そんな人間はほぼいない。自分は差別をしない。そう断言する人間もいる。だが彼らの目や表情を見れば、本音は違うとすぐにわかる。

しかし、宗近にそんな差別の感情など一切ない。宗近は全員を等しく扱ってくれる。一見ぶっきらぼうで皮肉屋だが、それはあくまで表面上の姿だ。

その心の中はとてつもなく広い。誰でも、どんなことでも受け入れてくれる。おそらく本人はそれを知らない。けれど俊平は昔から気づいていた。たぶんその長野という青年もそうなのだろう。だからこそ彼は宗近を慕っているのだ。

「誰か、誰かおらへんのか？」

外で叫び声がする。急患かな、と俊平は気をひきしめる。三人で一階に下りた。

串間が扉の鍵を開けると、中年の男があわただしく中に入ってきた。腕の中にはミニチュアダックスフンドを抱いている。ぐったりとして元気がない。中年男性が早口でまくしたてた。

「抱いてたらこいつが急に暴れよって、それで落としてもうたんや。そしたら足をひきずって大騒ぎしよるからこりゃ変やと思ってな。嫁も娘もちょうど旅行中やから、俺が連れてきたんや」

串間が応対しようとするが、俊平がぐっと前に出た。この男は、問題のある飼い主特有の匂いを放っている。串間にはまかせられない。

痛い、痛い……。

もう鳴く気力もないのだろう。けれど俊平の心には、その犬の悲痛な声が聞こえてくる。

なんとかしてやるからな、と俊平は診察に入る。X線撮影をすると、両前足を骨折していた。その箇所を飼い主の男に見せながら、俊平は説明した。

「骨折してますね。ミニチュアダックスフンドは骨折しやすい犬種なんですよ。すぐに手術しなければなりません」

続けて手術の方法とそれにかかる料金を伝える。男の顔つきが豹変した。

「20万円ってそんな高いんか！」

その叫び声に反応して、宗近が診察室の中をのぞき込んだ。男はさらに声を荒らげる。

「ふざけんなや！　なんでたかが犬一匹怪我したただけで20万円もかかるんや！　人間ちゃうぞ。犬やぞ」

やはりこの手のタイプか……俊平は一瞬怒りが込み上げたが、あわててそれをおさえ込んだ。

俊平は冷静に対処する。

「動物も人間も同じです。診療にはそれ相応の費用がかかります」

「犬と人間が同じなわけないやろ。どうせおまえら獣医がぼったくっているんやろが！」

「いえ、これが正当な料金です。納得いただけないのならどうぞおひきとりください」

俊平が毅然とつっぱねる。その口ぶりに男がひるんだ。

「……おまえ、獣医のくせに怪我した犬を見捨てるんか」

そのときだ。男のスマホが鳴り響く。表示画面を見て、男はひっと悲鳴を上げる。それからそろそろと電話に出る。

受話口から女性のかん高い声が聞こえる。相手は男の妻のようだ。そうとうな剣幕なので、声がまる聞こえだ。男がペットを怪我させたことについて責めたてている。

男が不服そうに言う。

「でもおまえ20万円やぞ。どう考えても高すぎやろ」

「骨折なんやからそれぐらいかかるに決まってるやろ！　あんたがペットに保険代なんか払えるかってしぶるからこんなことになっとるんやろが。つべこべいわずに払え！　小遣い当分ぬきやからな」

あまりの怒声でスマホが壊れそうになる。わかった、わかったと男は平謝りで電話を切る。俊平がにこにこと訊いた。

「さあ、どうしましょうか？」

男がじとりと俊平を見やる。そしてがっくりとうなだれる。

「……この値段でいい。早く治してやってくれ」

手術は無事成功した。今晩はダックスフンドを入院させることにしたので、男はそのまま立ち去った。

よかったな。俊平は、すやすやと眠る犬に語りかける。正直あの飼い主が最終的に料金を支払わなくとも、俊平は手術をしていた。動物になんの罪もない。

医院の片づけをしてから俊平も帰宅する。俊平の自宅は医院のすぐ近くだ。リビングに入ると、宗近がソファでくつろいでいた。俊平に気づくと、宗近がねぎらいの言葉をかけてくれる。

「お疲れさん。大変だったな」

「いつものことだよ」

俊平がソファに腰を下ろし、ふうと息を吐いた。宗近が冷蔵庫から缶ビールを出し、俊平の前に置いてくれる。

「ムッちゃん、ありがとう」

俊平はすぐにビールを一口呑んだ。その苦味が疲れをやわらげてくれる。

宗近が気づかった。

「ペット飼ってる奴にもあんなのがいるんだな」

さっきのダックスフンドの飼い主だ。俊平が苦笑する。

「別によくあることさ。珍しくないよ。奥さんや子供がペットを飼いたいといって飼ってる家の旦那さんはああいうタイプが多いよ。とくに経済観念にうるさい人はね。たかが動物に大金を出すのがばからしいんだ」

宗近が賛同を示した。

「まあそうだろうな。俺でもそんなに金かかるのかと思っちまった」

「でも人間も動物もかかる費用は同じだ。動物だから安いなんてことはないよ」

「実際はそうなんだろうな。手術も人間と変わりないぐらい大変そうだもんな。でもやっぱり心のどこかで、ペットにこんな金払うのかって、俺なんかは考えちまうな。カット代も人間様より高いもんな。人間よりペットの方に金がかかるってのはどうも首をひねっちまう。さっきの奴も俺と同じなんだろうな」

宗近らしい率直な意見だ。俊平が缶をテーブルに置いた。それから宗近を正面に見据える。

「ムッちゃんは東京でペットを飼ってなかったのか？」

「ペットか？　飼えるわけがない。会社立ち上げた当初は金が一切なかったしな。会社が軌道に乗って金が入っても、今度は忙しすぎてペット飼う余裕なんかなかったよ」

「ふうん、そうかあ」

と俊平が意味ありげにつぶやいた。宗近が本音を漏らした。

「だからいまいちペット飼ってる人間の気持ちがわからないな。今日まどかちゃんの家に行ったけどさ、猫がいなくなったぐらいでこんなに悲しむのかってびっくりしちまったよ。まあ悲しいのはわかるんだけどさ。でも猫だぜ。猫一匹いなくなったぐらいで、もうこの世の終わりみたいな顔してんだからさあ」

俊平が一瞬表情を沈めた。そして乾いた声で頼んだ。

「ムッちゃん。明日行きたいところがあるんだ。付き合ってくれないか」

「べつにいいけどよ。どこに行くんだ」

「それは行ってからのお楽しみで」

宗近は気味が悪そうな顔をしていたが、「まあ暇だからいいけどよ」とすぐに承諾した。

4

翌日、二人で出かける。

俊平が車を運転している。ハンドルを握る俊平を見て、宗近はなんだかおかしくなった。子供が運転しているように見えてならない。まだあの頃の印象がぬけない。

二十分ほどすると、何かの施設が見えてきた。ずいぶんと大きな建物だ。瓦屋根で横長だ。老人ホームなどの介護施設みたいだ。『動物愛護センター』と看板には書かれている。しかし愛護という名称にもかかわらず、どことなく不気味な匂いを感じる。建物全体を、湿った空気が包み込んでいる。

茶色に舗装された道路に乗り入れ、俊平は車を止めた。職員専用の駐車場みたいだ。受付ではなく建物の裏口にまわった。そこに白衣の女性がいた。髪の毛をうしろでひとつにくくっている。二十代半ばぐらいだろうか。整った顔立ちだが、女性らしさはどこにもない。かわいいという要素をすべて排除している。ただその眉と目は、見るものに強い印象を与える。眉はきりっと上がり、黒目の色が濃く見える。江戸時代の武家の女性。そんな感じがする。

彼女がこちらに気づいた。俊平が挨拶をする。

「美沙ちゃん、こんにちは」

「溝部先生、今日はどうされたんですか？」

「うん、ちょっと友人にここを見せてあげようと思って。紹介するよ。三津間宗近だ。僕の唯一の親友なんだ」

なんのてらいもなくこんなことを口にできる。それが俊平のすごいところだ。宗近はあきれながらも感心する。

美沙は少しどぎまぎしていたが、すぐに笑顔を作った。

「はじめまして。冴木美沙です」

「みっ、三津間宗近です」

なぜか声がうわずったので、宗近は自分で自分にびっくりした。

「三津間さんは奈良にお住まいなんですか？」

「いや、俺は東京」

「東京ですか？　奈良へはご旅行ですか？」

「ええ、まあそんなもんです」

不敵な笑みを浮かべながら、俊平が割って入る。

「美沙ちゃん、ムッちゃんは会社の社長だったんだけどそこを追い出されて奈良にやってきたんだ。だから今は無職だよ」

「おいっ」

宗近がとがめると、美沙が笑い出した。

「じゃあ元社長さんのために私が案内しますよ。ちょうど仕事も一段落したところなんで」

「それは助かるよ」

と俊平が声を弾ませた。

三人で廊下を歩きながら、俊平が二人の関係を説明する。

「美沙ちゃんは僕の大学の後輩なんだよ。ここで獣医として勤めているんだ」

「ふうん」

　と宗近があいづちを打つ。

　美沙がからかうように言った。

「溝部先生は今や有名人ですからね。同じ大学の後輩として光栄です。見てますよ、テレビ」

「テレビって？」

　宗近が尋ねると、美沙が眉を上げた。

「あれっ三津間さん知らないんですか？　溝部先生は今、テレビのコメンテーターやってるんですよ」

「おい、シュン。聞いてないぞ」

　宗近が俊平の背中を叩いた。

「別にとりたてていうことじゃないだろ。もういいじゃないか、テレビの話は」

　俊平の耳が赤くなったので、宗近と美沙はくすくすと笑った。

　美沙は職員が働く事務室や、会議室などを案内してくれた。美沙と同じ白衣の職員の他に作業着の人間もいる。白衣を着ているのは獣医だ。美沙がそう教えてくれる。

　そして、

「ここからが管理棟です」

と正面の扉の前で立ち止まった。さっきまでとは違い、美沙の表情が冴えない。俊平の笑みも消えている。その二人の変化を目の当たりにして、宗近は気を引きしめた。

扉を開けると、強烈な匂いがした。思わずむせかえるほどの糞尿の匂いだった。顔を上げると、うすぐらい廊下が目に入る。お世辞にも綺麗とは言えない。床は全体的に濡れていて、危うくすべりそうになる。端に緑色のホースとモップがあるので、掃除をしたばかりなのかもしれない。

左側に五つ、鉄格子付きの部屋があった。中をのぞかなくても何がいるかはわかった。そこから犬の鳴き声がするからだ。宗近は部屋の中を確認してみた。十畳ほどの広さで、たくさんの犬がいる。どの犬もうす汚れていて、しょんぼりしている。何匹かは隅の方で固まり、小刻みにふるえていた。床にはいくつものふんが落ちている。

すべての犬に共通しているのが、その瞳の色だ。どの犬も同じ色をしている。あきらめと絶望が入り混ざり、希望のかけらさえ見あたらない。どんな経験をすればこんな瞳になるのだ？

「この犬たちは？」

俊平が声を湿らせる。

「迷子の犬や、飼い主が飼えなくなったと置いていった犬だよ」

「ここで保護してるってわけか」

「一週間だけね」

俊平が重々しく言った。宗近は唾を呑み込んだ。

「……一週間を過ぎたらどうなるんだ」

美沙が乾いた声で言った。

「殺処分されます。ここの犬たちは明日の朝にはすべて処分される予定です」

「……処分って、殺されるのか？」

「そうだ」

と俊平がうなずいた。

「そうだって……何も殺さなくてもいいだろ」

「それは無理です」

美沙が断言する。その切り捨てるようなもの言いに、宗近は思わずたじろいだ。

「……無理ってなぜですか？」

「ここにくる犬や猫は年間二千匹以上です。一日のエサ代は14万円。年間で5000万円以上になります。さらにつぎからつぎへと犬はここにやってくるんです。一年目に二千匹、二年目には四千匹、三年目には六千匹です。犬の寿命を十年とします。今から処分をせず に十年経つと、ざっと28億円のお金がかかる計算になります。そのすべてが税金から支払 われます。それを受け入れることのできる市民はいません。今でも『犬猫に税金を使うな ら俺たちにまわせ』という苦情が頻繁に寄せられています。処分せざるをえないのが現状 です」

美沙のよどみない説明に、宗近は絶句した。美沙は、何度もこの説明をくり返している。それがわかったからだ。

俊平が宗近の肩に手を置いた。

「ムッちゃん、これが日本のペット産業の現実だ。美沙ちゃんや職員さんたちの努力のおかげで、ちょっとずつ処分されるペットは減ってる。ただそれでもまだ全国では年間四万三千匹以上の犬猫が処分されてるんだ」

宗近は、もう一度犬たちを見つめる。これだけの数の命が明日には消えてしまう……人間ならば絶対に考えられない。重い罪を犯した人間ですら死刑はめったにない。しかも、彼らはなんの罪も犯していない。なのに飼い主の身勝手な都合で殺される。自分の間近でこんな非情なことが行われていたなんて……。

犬の鳴き声が宗近の耳に飛び込んでくる。助けて、ここから出して。そんな悲痛な叫びが、心をかき乱していく。その絶叫の濁流に、宗近はおぼれていた。

動揺する宗近を見かねて、美沙はためらいがちに尋ねた。

「どうされますか？　ここでやめておきますか？」

ゆれる意識を必死で支える。宗近は活を入れ、芯のある声で頼んだ。

「大丈夫です。ぜひ見させてください」

美沙が俊平を見て、何やら目で確認している。俊平は黙ってうなずいた。

美沙が壁のボックスに鍵をさし込んだ。ふたを開けると、緑、赤、黄、黒の丸ボタンが上下に並んでいた。

「これで操作をします。まずシャッターを開けます」

一番上のボタンを押すと、壁際のシャッターが上がる。廊下が見えてきた。その床はステンレス製だ。

「この通路は『自動追い込み通路』です。これで犬たちを奥の箱へと追いこんでいきます」

と、美沙が黄色のボタンを押した。自動通路の手前の壁がゆっくりとせり出してくる。

「これは『プッシュ』と呼ばれるものです。これで犬たちが逃げないようにむりやり前進させます。箱に犬を閉じ込めたらすぐにふたをおろし、二酸化炭素ガスを注入して処分します。三津間さん、あの箱の名前はなんだとおもいますか?」

　宗近が無言で首をふる。

　美沙が吐息混じりに言った。

「『ドリームボックス』です。眠るがごとく死なせてあげたいという意味だそうですけどね」

「ドリームボックス……」

　宗近は口元でくり返した。

　一生この名前は忘れない。宗近はそう心に誓った。

　動物愛護センターの見学を終えると、俊平は一旦医院に戻った。

　宗近は家の中でじっと考え込んでいた。あの犬たちの鳴き声が、まだ耳の中で反響している。

　ペットフードやカット代の高さ、俊平の医院の繁盛ぶりを見たとき、宗近はこう考えた。

　ペット産業は儲かるんだな。今ペットビジネスが好調で、その経済規模は一兆円をゆうに超えている。経営者なので、そういう経済動向には敏感にならざるをえない。しかし宗近は失念していた。ペットは、スマホやタブレットのような無機物の商品ではない。

作りすぎたから廃棄する。普通の商品ならばそれでもいいかもしれない。だがペットはそうはいかない。生きものなのだ。人間と同じく、命のあるものなのだ。

動物愛護センターの現状を見て、ペットビジネスの暗黒面を思い知らされた。その現実に、宗近はうちのめされていた。

仕事を終えた俊平が帰宅する。宗近は、すぐに動物愛護センターを見た感想を述べた。

「いや、知らなかった。日本にあんな施設があったなんて」

「だろうね。一般の人はほとんど知らない。とくにペットに興味のない人たちはね」

「あの犬たちの目は忘れられないな……」

宗近がぼそりとつぶやくと、俊平がうなずいた。

「ムッちゃんにはぜひあそこを見て欲しかったんだ。ムッちゃん言ったよね、ペットを飼ってる人の気持ちがわからないって。

うちの医院にきてくれる人たちはみんなペットを愛してる。まあ、昨日の治療費でごねるような人もいるけどね。でも大半はペットを家族同然に扱ってる人ばかりだ。

でもね、あの動物愛護センターにペットをもってくる人たちはそうじゃない。かわいいから衝動買いしたけど世話が面倒だから、老犬になって面倒がみきれないから、みんな勝手な理由でペットを捨てるんだ」

「信じられねえな」

と宗近はむかむかした。とても人間の所業ではない。

俊平がおさえ気味に言った。

「でも現にそういう人が大勢いることがわかっただろ。ペットを飼うということは、一生面倒を見る責任を負うことでもあるんだ。かわいくなくなったから、引っ越しして飼えなくなったから。そんな理由でぽいと捨てられるものじゃないんだ」

「そのとおりだな」

宗近がしみじみと言った。それから軽く頭を下げる。

「あそこに連れていってもらわなきゃこんなこと知ることもなかった。ありがとうな、シュン」

「どういたしまして」

俊平が笑顔で応じる。

空気がゆるんだので、宗近がなにげなく問うた。

「それにしても冴木さんだっけ。あの子も獣医なのか？」

「なんだ。美沙ちゃんが気になるのか？」

俊平がにやりとする。

「ばか、そんなんじゃねえよ」

宗近が動揺をあらわにする。ミツさんは感情がもろばれですからね、と長野にもよく指摘される。

俊平がその笑みのまま答える。

「そう、獣医だよ。公務員獣医師といってね。県営や市営の動物園の獣医とかもそうだよ」

「ふうん、獣医にも公務員があるんだな」

ここに来てからはじめて知ることばかりだ。自分がいかに狭い世界で生きてきたのかを思い知らされる。

宗近が湿った声を漏らした。

「……にしてもあれほど辛い仕事はないよな。獣医なんだから彼女はもちろん動物好きだろ。なのにあの仕事は動物の命をうばわなきゃならないんだからよ」

こんな皮肉なことはない。ペット業界の理不尽さを、みんなが美沙に押しつけている。

宗近にはそう思えてならない。

「ああ、そうだな」

俊平が背中を丸める。

「僕もいつも彼女たちにはすまなく感じてるんだ……」

俊平の性格ならそう思うだろう。美沙の気持ちをもっとも理解しているのが俊平だ。だからこそその葛藤はとてつもない。

俊平が声に力を込める。

「だからできる限りの協力はさせてもらおうと、あそこの動物たちの去勢や避妊手術を手伝ったり、テレビで動物愛護センターをアピールしたりしてるんだけどね。それでもまだまだ足りないよ」

宗近が励ましの声をかける。

「いや、おまえはよくやってるよ。冴木さんにもその気持ちは伝わってるはずさ」

「ならいいけどね」

俊平が力なく笑うと、宗近が太い声を吐いた。

「……俺、ミドリ探しもうちょっと真剣にやるよ」

俊平がやわらかく笑う。

「そうか、助かるよ」

無力さを噛みしめる前に、自分のできることをやる。それが今の宗近にとってはミドリ探しだ。ほんの少しでもいいから、俊平や美沙の手助けをしてやりたかった。

メールの着信音がする。宗近ではない。俊平のスマホだ。またか。そんな風に俊平が顔をしかめる。

「どうした？」

「いや、パソコンのメールをスマホにくるように設定したんだけど、着信音がなりっぱなしで」

「ばか、そりゃ設定のしかたが悪いんだよ。俺がなおしてやるよ」

「さすがネット会社の元社長」

「元はよけいだ」

俊平が笑いながらメールを確認する。そのときだ。笑顔が一瞬で凍りついた。目を大きく見開き、まぶたが痙攣（けいれん）している。

その豹変ぶりに、宗近はぎょっとした。

「どうした？」

宗近が俊平の手元をのぞき込んだ。そして宗近も表情を一変させる。

それは、猫の死体の写真だった。

腹が切り裂かれ、中から腸が飛び出している。壮絶な痛みだったのだろう。眼球が落ちんばかりに目が見開かれ、地面に横たわっている。そしてその猫は、三毛猫だった。

「おい、その猫ってまさか……」

俊平はうなずいた。

「ミドリだ……まちがいないよ」

「ミドリって……おい、なんだよ。このメール」

俊平がスマホを操作する。宗近はそれを凝視した。写真の前にこんな文面が書かれている。

『親愛なる溝部先生
またテレビになれてきたようだね。ずいぶんとおしゃべりがうまくなった。そのご褒美といってはなんだが君にプレゼントを贈ろう。気に入ってくれるといいが。
チェルシー・ジョージ』

そして、その下にはアドレスのリンクが貼られていた。

「このチェルシー・ジョージってのは誰だ？　犯人は外国人か？」

「たぶんそうじゃないよ。チェルシー・ジョージはイギリスのヴィクトリア朝時代にいた有名な犬泥棒だよ。金持ちの犬を誘拐して、身代金を稼いでいた悪党だ。たぶんそれをまねてるんだろう」

なんて野郎だ、と宗近は唇をかんだ。

人を誘拐するよりも、ペットを誘拐する方が簡単だ。しかも飼い主にとってペットは家族同然だ。身代金を出すに決まっている。

さらにペットを誘拐する罪など、人を誘拐することに比べたら圧倒的に軽い。たとえ捕まっても、すぐに釈放される。悪知恵が働くという言葉があるが、このチェルシー・ジョージほど悪知恵が働く奴はいない。そう断言できるほど劣悪な犯罪だ。

宗近がわなわなとふるえながら言った。

「じゃあミドリは逃げたんじゃなく、本当に盗まれたということか」

俊平は神妙な面もちでうなずく。

「……そういうことになる」

「どうしてシュンのメルアドをこいつは知ってるんだ？」

「これは医院のサイトに載せているアドレスだよ。だから誰でもメールを送ることができる」

宗近は、ふたたびミドリの写真を見やった。

こんな無残な姿になって……一体まどかにどう説明すりゃいいんだ……。

犯人への怒りで、頭が沸騰しそうになる。

ふと俊平を見て、宗近はぎくりとした。俊平は顔面蒼白になっている。激昂（げっこう）しすぎて血の気がうせているのだ。

宗近が正気に返らせる。

「おい、シュン。そのリンクはなんだ」

俊平の目に光が戻る。あわててリンクをクリックする。すると地図が表示された。

宗近が勢い込んで尋ねる。

「ここはどこだ」

「若草山のふもとにある原始林だ。人気(ひとけ)が少なく、かなり広いところだよ。猫を殺すにはもってこいの場所かもしれない」

「これからどうするんだ？」

「もちろんここに向かう」


二人は、春日大社近くの駐車場に車を止めた。

たしかこのあたりには志賀直哉の旧邸があったな。宗近は昔の記憶を思い起こした。

しばらくすると林の入口があった。俊平を先頭に、奥へ奥へと進んでいく。懐中電灯の明かりをたよりに一歩一歩足を進める。風が葉をゆらす音と、枯葉を踏みしめる音が重なり合っている。

俊平がスマホの画面をたしかめ、「こっちだ」と道から外れた。宗近もあとに続く。そこから十分ほどすると、俊平がとつぜん立ち止まった。

懐中電灯の光の先には、ミドリがいた。

写真と同じく、苦悶の表情を浮かべている。宗近は反射的に顔をそらした。とても正視できない。俊平は地面にひざまずくと、ミドリの死体を調べ出した。

「死後硬直がはじまっている。死んでから二、三時間ほどだ」

宗近が急き立てる。

「早く目を閉じてやれよ」

俊平が冷静に応じる。

「今は無理だよ。ここまで時間が経つと閉じてもすぐに開いてくる。接着剤が必要だ。手足ももう曲がらないな。かわいそうに……」

俊平は、持参したタオルでミドリを包んだ。そして腕に抱いたまま歩きはじめた。

宗近は急いでその横に並んだ。声をかけようとして、はっとそれを呑み込んだ。

俊平の横顔は、憤怒の色で染まっていた。

二人は医院に戻った。

俊平がミドリの治療をする。もちろん生き返らせることはできない。その死に様をおだやかにするだけだ。

さらに俊平は、まどかの母親にも連絡した。すぐに駆けつける。母親はあわててそう言い、電話を切った。

俊平が処置している間、宗近は待合室のベンチに座っていた。そしてじっと考え込んでいた。

一体犯人は誰なんだ？

頭のいかれた奴のしわざだろうが、それにしても目的がわからない。わざわざ空き巣に入り、ミドリを盗んだ。そして惨殺する。

まどかと母親をうらんでいる？　そんなうらみをかうような人たちにはとても見えない。それに犯人は、俊平にメールを送っている。つまりミドリ殺害は、俊平への攻撃でもあるのだ。

さらに俊平をうらむ意味もわからない。俊平が有名な獣医だからだろうか？　嫌がらせにしても度を越している。わけがわからない。

車のブレーキ音が聞こえる。

それが聞こえたのか、俊平が処置室から出てくる。腕にはミドリをかかえていた。目は閉じられ、腹も縫われている。安らかな死に顔になっていた。

宗近はひと安心した。さすがにあのままのミドリを、まどかたちには見せられない。

転びそうな勢いで、まどか親子が駆け込んできた。俊平の手元を見て、母親が膝からくずれ落ちた。

「ミドリ、ミドリ！」

まどかがミドリの亡骸を抱きかかえ、泣き叫んだ。

その泣き声が呼び水になったように、母親も泣きはじめる。

宗近と俊平は何もできないでいた。

口を固く結び、沈黙を保っている。なぐさめの言葉はかけられない。こんな状況でどんな言葉がかけられるというのだ？　彼女たちの悲しみを邪魔しない。それだけが、今の二人にできることだった。

やがてまどかと母親が落ちついた。母親は泣き止んでいるが、まどかはまだしゃくり上げている。あまりに気の毒すぎて、宗近は見ていられなかった。

母親が俊平に向きなおる。声を詰まらせて頭を下げる。

「すみません。先生、とりみだしてしまって」

俊平が細い息を吐いた。

「いや、当然です。こんなことがあったんですから」

「先生、ミドリはどうして亡くなってしまったんですか?」

俊平が即答する。

「事故です。ミドリは車にひかれてしまったんです」

宗近は思わず俊平を見やった。俊平の表情は変わらない。

嘘をついてもいいのか? 宗近は一瞬迷ったが、すぐさまその疑問を呑み込んだ。

ミドリは殺されました。そんなことを言えるわけがない。ここは嘘をつく必要がある。

俊平の対応が正解なのだ。

「……ミドリかわいそう……」

まどかがさらに泣き出したので、母親があわててなぐさめた。俊平はそれ以上何も言わなかった。

まどか親子が帰ると、宗近と俊平は二階の休憩室へ上がった。

疲れと衝撃で、二人とも沈黙している。一体何が起きているのだ? さっぱりわからない。原因がわからない事件ほど、心身ともに疲弊させるものはない。

だが黙っていては何も動かない。宗近が口火を切る。

「警察にはいつ連絡する? もう今日は遅い。明日の朝にでもするか」

すると俊平がかぶりをふった。

「いや、警察には連絡しない」

「連絡しないってどういうことだ？」

宗近が唖然とする。俊平が思いつめたように答える。

「警察は動物を殺されたぐらいでは何もしてくれないよ。殺人事件ならば必死に捜査するだろうけどね。でも動物だと話がまるで違ってくる。彼らの見解では動物はただの物なんだ。せいぜい空き巣防止のために見回りを強化するのがせきのやまだ」

たしかにそうかもしれない。空き巣事件でミドリがいなくなっても、警察は何も動いてくれなかった。

そのときだ。俊平がゆるりと言った。

「それに僕はこいつをどうしても許せない。自分の手で捕まえたいんだ」

その表情も口調も静かで落ちついている。だがこめかみだけが痙攣している。怒りだ。その皮膚の下で怒りが脈動しているのだ。

俊平は昔から温厚でやさしい男だ。喧嘩ひとつしないし、毎日にこにこしていた。ただ動物のことになると話が変わる。宗近はふと昔のことを思い出した。

平城宮跡のバッタ猫のことだ。

ある日、宗近の上級生たちがバッタ猫に危害を加えようとしていた。

そしてそれを知った俊平が憤然となった。我を忘れて怒り狂い、彼らに殴りかかったのだ。その俊平の迫力に呑まれたのか、上級生たちは一目散に逃げ去った。

そのとき、宗近は認識をあらたにした。俊平はにこやかで心優しい。ただそれだけの人間ではない。腕力のある上級生に突進するほど、激昂することもある。胸のうちにはそんな苛烈な怒りが潜んでいる。そしてそれが表にあらわれる瞬間はただひとつしかない。動物たちが理不尽な目に遭ったときだ。

そして今まさに、俊平が怒る条件がそろっている。チェルシー・ジョージが、動物に危害を加えているからだ。

宗近が疑問を投げて落ちつかせる。

「でも俺たちだけで一体どうするんだ？　なんの手がかりもないんだ。探しようがないだろ？」

俊平が、何も言わずに自分のスマホを手渡した。宗近は画面に目を落とした。衝撃が体の芯を貫く。

「これは……」

「さっきミドリの処置をしているときに届いた」

宗近はさらに文面を読み込んだ。

『親愛なる溝部先生へ
どうだい？　今回のプレゼントは気に入ってくれたかい？　えっ？　気に入らなかった？　それは申し訳ない。俺はまだ先生の好みがわかっていないようだ。
でもプレゼントはまだまだある。俺は贈りものが好きなんだ。ただ残念なことに、準備中なんだ。もう少し待ってくれないか。ちゃんとデコレーションして完成品にしてから先生にプレゼントする。良かったらここに行ってくれないか。どんなプレゼントかがわかるはずだ。では、つぎの報告を楽しみにしてくれ。

チェルシー・ジョージ』

宗近は顔を上げて、俊平を見やる。俊平はぼそりと言った。

「また別のペットが殺されるんだ」

第三章

1

二日後、宗近は颯太と二人歩いていた。颯太は自転車を押して歩いている。黒色のロードバイクだ。

宗近は皮肉を込めて言った。

「近ごろのガキは自転車がロードバイクかよ。おまえなんかママチャリで十分だろ」

「宗近がガキの頃と違って、今の子供は忙しいの。時は金なり。これでちょっとでも時間が節約できたら安いもんやろ。ライフハックって言葉知らんの？」

と颯太が淡々と応じる。

何がライフハックだ、と宗近は苦い顔をする。ライフハックとは、いかに作業を効率よくできるかという工夫のことだ。まるで若手のＩＴ経営者みたいな口ぶりだ。

すると、颯太が独りごとのように漏らした。

「それにしてもどうして犯人はミドリを殺したんやろ？」

宗近はぎくりとした。とても中学生の発言とは思えない。しかたなかったとはいえ、颯太を巻き込んでよかったのだろうか？　宗近は複雑な気持ちになった。

チェルシー・ジョージの殺害予告メールが届いたあと、宗近と俊平は今後の対応を話し合った。

俊平には仕事がある。だから実際に足を使っての犯人探しは、宗近の役割となった。宗近は時間があり余っている。無職のその利点が、今最大限に活用されている。

すると俊平が表情をくもらせた。

「ひとつ問題が起こった」

「なんだよ？」

と宗近がびくびくとする。俊平が顔をしかめて答える。

「実は颯太くんがまどかちゃんの家に寄って、ミドリの死体を見てしまったんだ。どうやらまどかちゃんが教えたみたいだね。それで颯太くんがすぐに僕に連絡してきてね。これは交通事故の傷じゃない。誰かに刺し殺された傷だ。そう僕に問い詰めてきたんだ」

宗近が驚嘆の声を上げる。

「あいつ、そんなことまでわかるのかよ」

「もう彼は動物看護師並みの知識があるからね」

「じゃあまどかちゃんにもばれちまったのか？」

「いや、そこは言わなかった。颯太くんは頭がいい子だからね。そういう配慮はできるんだ」

宗近は胸をなでおろした。だがすぐに非難の声を上げる。

「それで真実を話したのかよ。相手は中学生だぜ。それはよくねえだろ」

「……しかたないだろ」

と俊平が葛藤の色を浮かべる。

「颯太くんの性格ならば、隠しても必ず追及してくる。一番怖いのは自分一人で犯人探しをはじめることだ。彼ならやりかねない」

「……そうだな」

と宗近も同意する。颯太のことは宗近もかなり把握している。

俊平が声の調子を上げる。

「ならばもうすべてを打ち明けて、彼に協力してもらった方がいい。颯太くんはこのあたりの地理にも明るいし、動物の知識も豊富にある。ネットも詳しいしね。ムッちゃんの相棒にはうってつけの人材だよ」

「まあな」

まだ完全には呑み込めないが、こうなってはいたしかたない。それが次善の策としては最適だろう。

こうして颯太が協力者となったのだ。


颯太がぶつぶつとつぶやく。

「溝部先生にうらみを持ってるとしても、なんでミドリをターゲットにしたんかな」

「どういうことだ？」

と宗近がひっかかる。

「だって俺たちが溝部先生に相談したのって、ミドリが盗まれてからやで。それにミドリと溝部先生に関連があるってどうして犯人は知ってたんかなあ？」

「なるほどな」

と宗近が頭をひねる。それから自身の考えをまとめるように言った。

「もともと犯人は、俊平への嫌がらせでミドリを盗んだんじゃないのかもな。別の目的のためかもしれない」

「わざわざ空き巣して猫盗むん？　なんで？」

「いや、俺もそれは疑問だったけどよお。でもよ、よくよく考えたら空き巣した方が動物はてっとり早く手に入るだろ。外で探そうなんて思っても、野良犬や野良猫なんて簡単につかまえられないだろ。それなら家にいるペットを狙った方がいい」

奈良県民は防犯意識が低い。警察官がそうなげいていたと聞いて、ふとそう思ったのだ。

「なるほどね」

と颯太が合点する。そこであっと声を上げた。

「そうか、溝部先生とミドリの関連性は、あのチラシや。チェルシー・ジョージはあのチラシを見たんや」

宗近が膝を打った。

「それだ。たしかに連絡先はシュンの医院になってたもんな」

颯太が別の疑問を投げてくる。

「じゃあそのチェルシー・ジョージって奴はなんで溝部先生にうらみを持ってるんやろ」

「シュンに対する個人的なうらみじゃないだろうな。動物の専門家、テレビのコメンテーターとしてのシュンに対する挑戦状だろう。有名人へのやっかみもあるのかもしれないな。

クリスティのＡＢＣ殺人事件でも、犯人はポアロ宛に挑戦状を送っていただろう。それと同じだ」

「へえ、古典ミステリーなんて読むんや」

と颯太が意外そうに眉を上げる。

「名探偵だからな」

と宗近が自分の頭を指でとんとんと叩く。

颯太がそれを無視する。

「でもチェルシー・ジョージなんて名前つけるなんてなあ。犬泥棒かあ……」

「なんだ。おまえもチェルシー・ジョージを知ってるのか」

「ヴィクトリア朝時代にいた犬泥棒やろ。金持ちのペットを盗んで身代金をせしめていたどうしようもない奴や。そんなこと常識だろ。常識」

とわざとらしく標準語を使い、自分の頭を指で叩いた。さきほどの宗近をまねているのだ。

あいかわらずかわいくない奴だ、と宗近はふくれっ面になった。

お得意のタブレット操作で、颯太が道案内をしてくれる。

目あての家はすぐにわかった。木造の古い家屋だ。まどかの家とよく似ている。表札には『九条』とあった。ここが、チェルシー・ジョージのメールにあった住所だった。おそらくペットを飼っている家に違いない。

家には到着できたが、話の切り出し方が難しい。泥棒にペットを盗まれましたか？　だしぬけにそんなことを尋ねられない。宗近が躊躇していると、颯太がチャイムを押した。

「どなたですか？」

とインターホンから声が返ってくる。老人の声だった。おい、と宗近が止める間もなく、颯太が先を続けている。

「ここのペットがいなくなったって聞いたんですけど本当ですか。僕たちボランティアでいなくなったペットを探してんねんけど……」

どたばたと家の中が騒々しくなる。すると一人の男が飛び出してきた。白髪の老人だった。その勢いのまま、老人が駆け寄ってくる。そして息を荒らげながら尋ねてきた。

「カイトが、カイトが見つかりましたか？」

颯太が残念そうに返した。

「いなくなったペットの名前がカイトって言うん？　ごめん。まだ見つかってへんねん」

「そうですか……」

と老人がうなだれる。その一瞬で、何歳か老けたようにすら見える。それほどの落ち込みぶりだ。

「まあとりあえず中に入ってください」

家の中に招き入れられると、和室に通された。畳に座布団。掛け軸に壺。昔ながらの素朴な家だ。老人がお茶を出してくれたので、お互いに自己紹介をした。

九条がすまなそうに言う。

「申し訳ありまへん。男の一人暮らしでなんのおかまいもできませんで」

「いえいえ。とんでもないです」

恐縮する宗近をよそに、颯太が早速切り出した。

「ねえ、あれカイトの家？」

と窓の外を見る。そこには犬小屋があった。九条がうなずいた。

「ああ、そうや。柴犬でな。もう飼って四年になるかな」

「どうしておらんようになったん？」

颯太が無遠慮に続ける。宗近はひやひやしたが、九条は気にせず答えてくれる。

「三日ほど前やったかな、宴会から帰ると……いなくなってたんや。ちゃんとリードでつないでいたから逃げ出せるわけもあらへんし」

九条が肩を沈ませる。あまりの気落ちぶりに、宗近は胸が痛くなった。それをまぎらわせようと、ちらっと顔を上げる。

欄間に写真が飾ってある。いかにも人が良さそうな老女が笑っていた。宗近の視線に九条が気づいた。

「私の妻ですわ。五年ほど前に亡くなりました。もう子供もとっくに独立してもうて夫婦二人で暮らしてたんですが、突然ひとりになりましてな。そしたらもう寂しくてたまらなくてね。あなたの年では大丈夫でっしゃろが、この年になると孤独はこたえるんですわ」

「そうなんですか」

たしかに宗近にはわからない。九条が話を続ける。

「それでカイトを飼うことにしたんですわ。三津間さんはペットをお飼いになったことはありますか?」

宗近は首を横にふる。

「実は私はペットを否定していた口なんですわ。あんなもん飼ったらエサ代もかかるし、散歩も面倒でっしゃろ。気軽に旅行も行けへんようになる。でも私の周りでは急にペットを飼う人が増えましてね。そいつらのペット自慢を聞くのが嫌で嫌で。ペットの名刺作る奴なんかもおりましてな。ほんとアホちゃうかとあきれてたんですわ」

東京にいる頃の宗近は、九条のような考えを持っていた。ペットの必要性など一切感じていなかった。

するとと、九条がひとつ息を吐いた。

「……でもね、とうとう独り身の寂しさに耐えきれんようになって、犬を飼うことにしたんですわ」

「それがカイトですね」

「ええ、そうです」と九条がほのかに笑う。

「飼うまではあんなに毛嫌いしとったんですけどな。飼ってみて、ペットほど素晴らしいもんはないと思いましたわ。

犬いうのはね、人間のように偏見も差別もありまへん。私みたいなみすぼらしい老人でも、無条件で飼い主を愛してくれるんです。帰ってきたら、尻尾ぶんぶんふって出迎えてくれるんですわ。友人たちがペットに夢中になるわけがわかりましたわ。これ見てもうていいですか」

九条が、恥ずかしそうに一枚の名刺をさし出した。精悍（せいかん）な柴犬の写真が載っている。カイトだ。

「もうカイトに夢中になりましてな。この近所で愛犬家といえば、私といわれるぐらいになりました。ですから、カイトがいなくなってからというものの、もう何をする気にもなれまへん……」

颯太が口をはさんだ。

「警察や保健所にも連絡したん？　動物病院も？」

「それはやった」と九条がうなずいた。「チラシも何百枚も作って毎日歩き回っとる。でも一向に見つからんくてな……カイトが今頃どうしてんのかと思うと……」

九条が涙ぐんだ。宗近がすぐさまなぐさめる。

「大丈夫ですよ。私達も協力させてもらいます。きっとカイトは無事に戻ってきますよ」

「おおきに……」

と九条は声を詰まらせた。


九条の家を出ると、宗近は俊平の医院に帰ることにした。もう日が暮れかけている。捜索は明日に持ちこしだ。

宗近が颯太に命じる。

「ほらっ、おまえもう家に帰れよ。うちの人が心配してるぞ」

「俺は宗近と違って信用されてんねん。ちょっとぐらい遅なっても平気やわ」

と颯太がついてくる。勝手にしろ、と宗近はあきらめた。

医院にたどり着くと、俊平はちょうど休憩時間だった。宗近は九条の話を俊平に伝えた。

俊平は沈痛な面持ちで言った。

「お年寄りにとってペットはもう子供以上に大切なものなんだ。自分の分身といってもいい。九条さんにとっては身を引き裂かれるような想いだよ」

「ああ、そうだな」

と宗近が神妙にうなずいた。

ミドリとカイト――

この二匹の共通点が今わかった。それは、どちらも愛されて飼われていることだ。ミドリとカイトはただのペットではない。家族以上の存在なのだ。

すると、颯太が怒気を漏らした。

「……許されへん。絶対に犯人を捕まえたる。そしてカイトを助けるんや」

昨日の俊平と同じ、思いつめた表情をしている。ペットを盗んで殺す。動物好きの二人にとって、それは絶対に許されることではない。

そのときだ。串間があらわれた。

「先生、大変です。預かっていたマロンが逃げました」

俊平が椅子から立ち上がった。

「まずいな。たしか飼い主は緑川さんだったな」

「ええ、そうです」

串間がおろおろと答える。顔から血の気が引いていた。

預かっている犬が脱走する。一大事にはちがいないが、二人の反応が大げさすぎる。

宗近が訝しげに尋ねる。

「……なんだ。どうしたんだ?」

俊平が言葉をにごした。

「マロンの飼い主の緑川さんはちょっとくせのある人なんだ……」

その言い回しで、宗近はぴんときた。おそらくクレーマーだろう。

俊平が串間に指示を与える。

「とりあえず緑川さんに連絡してくれ。あとはみんなで手分けして探そう」

「わかりました」

と串間がばたばたと階段を下りる。マロンを探し終えて、この件は緑川に隠しておく。

そんな選択肢は、俊平の頭にはないらしい。ばか正直すぎるが、実に俊平らしい。

颯太がすかさず提案する。

「先生、人手いるやろ。仲間呼んで手伝ってもらうわ」

「ありがとう。助かるよ」

と俊平が手短に答える。笑顔を浮かべる余裕もない。

一階に下りると、串間が緑川に電話をしている。その電話越しに、特大の罵声が轟いた。

「おまえふざけんな。もしマロンになんかあったらタダじゃおかへんぞ」

「すみません。すぐに探しますので」

と串間が謝罪するが、もう電話は切れている。

串間は首が折れそうなほどうなだれている。その目にはうっすら涙が浮かんでいる。

「起こったことはしかたない。とにかくマロンを探そう」

と俊平が串間の背中を叩いた。串間はまだべそをかいている。

「おい、行くぞ」

と宗近が声をかける。これほどしおれているのならば、一人にしてはおけない。誰か一緒にいてやる必要がある。宗近はそう判断した。

全員で手わけして探すことにする。俊平だけは医院で待機することになった。

宗近と串間は、マロンが逃げた場所に向かった。串間があやまって、ここでリードを離したのだ。

周りは田んぼに囲まれている。だがほんの目の前には国道があり、車の往来が激しい。危険な場所だ。

とりあえず国道の方向に向かった。すでにあたりは暗い。街灯もないので、先がよく見えない。

宗近が串間に訊いた。

「なあ、マロンは入院してたんだろ。つまり怪我か病気なんだろ。じゃあそれほど遠くには逃げてねえんじゃねえか」

「いや、入院といってもマロンはどこも悪くないですよ」

やっと普通のやりとりができるまで回復したみたいだ。宗近はほっと眉を開いた。そして、その内心を隠しながら尋ねる。

「どういうことだ？」

「ペットホテルに預けるのは高いからって病院に預ける人がいるんですよ。入院という名目にして」

「ふうん、そうなのか」

どんな世界にも裏技があるものだ。宗近はさらに質問を重ねる。

「で、その緑川ってのはそんなやっかいな奴なのか？」

「……ええ」と串間が顔をくもらせる。「最近うちに来られた方なんですが、何かと文句の多い人で。先生もちょっともてあまし気味なんですよ」

宗近の全身を悪寒が包んだ。

マロンの身に何かがあったら、その緑川は何をするかわからない。さっきの罵声を聞いただけでも、血気盛んな人間だとすぐにわかる。

そのときだ。キーッというかん高いブレーキ音が響いた。

宗近と串間が顔を見合わせる。そしてその直後、二人同時に駆け出した。街路樹に覆われた道路だ。街灯も少なく見通しが悪い。青いワンボックスカーが路肩に止まっている。その側でサラリーマン風の男が立ちつくしていた。呆然と何かを見下ろしている。

嫌な予感が、宗近の胸を埋めつくしている。頼む。どうか外れてくれ。そう祈りながら、宗近がそろそろと近づいた。ヘッドライトの先に何かがある。それが目に入った瞬間、宗近は思わず天を仰いだ。

トイプードルが倒れていた。

口から血を吐き、ぴくりとも動かない。小型犬が車に轢かれたのだ。ぺしゃんこになっている。一目見れば、もう息絶えているのがわかる。

串間がよろよろと近寄った。そしてマロンを抱きかかえた。

騒ぎを聞きつけたのか、颯太とその仲間もやって来る。マロンの無残な姿を見て、女の子達が悲鳴を上げる。当然だ。それほどむごい亡骸だった。

運転手が口から泡を飛ばした。

「急に犬がとびだしてきたんだ。あれじゃ避けようがなかった」

彼がもっとも混乱している。

「わかってます。あなたのせいじゃない」

と宗近が落ちつかせる。

まずはこの場をどうにかしなければ。宗近は串間と子供たちを医院に戻らせた。

運転手をなだめて、冷静さをとり戻させる。そこで連絡先を聞いて、とりあえず別れることにした。

医院に戻ると、一同が沈み込んでいた。

俊平と串間が押し黙り、子供たちがうなだれている。颯太の友達なので、みんな動物好きなのだ。よほど衝撃を受けたのか、泣いている子供もいる。宗近はなんの言葉もかけられなかった。

外が騒々しくなる。宗近は窓から外をのぞいてみた。

ミニバンが止まった。ウィンドウには黒のフィルムがびっしりと貼られている。さらにフロントウィンドウに、これでもかとぬいぐるみが置かれていた。

入口の扉が開いた。

ジャージ姿の男が立っている。短髪で金色に染めている。目つきが鋭く、頬がこけていた。眉の一部に切れ目がある。格闘技でもやっているのか、タンクトップから太い二の腕が見えている。

一目で誰だかわかる。こいつが緑川だ。

そのうしろには似たような格好の女がいた。髪の毛は茶髪なのだが、頭頂部は黒い。いわゆるプリン頭というやつだ。大リーガーのように、くちゃくちゃとガムをかんでいる。典型的なヤンキーカップルだ。

「マロンはどこや？」

と緑川が俊平に詰めよる。俊平は処置室へと二人を案内した。すると緑川の絶叫が轟いた。

「おまえ、ふざけんな！」

宗近はすぐに処置室へと駆け出した。中に入ると、緑川と俊平が向き合っている。緑川は憤怒（ふんぬ）の形相（ぎょうそう）で、俊平をにらみつけている。

「ペット逃がしたあげくに死なすって何してくれとんのや！　おまえどう責任とるつもり

なんや」

「申し訳ありません。お詫びのしようもございません」

俊平が心を込めて謝罪する。串間が間に入った。

「緑川さん、マロンを逃がしたのは僕なんです。すべて僕のせいなんです」

緑川が、串間の胸を強く押した。串間がよろめいた。

「おまえなんかどうでもええねん。俺は先生に話しとるんや。先生、どう責任とってくれんのや？　ほらっ、まずは土下座せえや。そこに這いつくばれ」

宗近は一瞬拳を握りしめたが、すぐにそれを止めた。

いつの間にか颯太が横にいる。なぜかタブレットで撮影している。さらには他の子供たちも入ってきている。

宗近がおさえた声で注意する。

「おい、何してんだよ」

颯太が平然と返した。

「裁判ざたになったときちゃんと証拠あった方がええやん」

なんて冷静な奴だ、と宗近は怒気がそがれた。

ふと気づくと、俊平はもう土下座をしている。

「うわっ、マジで土下座する？」

　とプリン頭が爆笑している。串間はおろおろとしているだけだ。

　緑川が鼻で笑った。

「先生、あんたは俺の大事な家族を殺したんや。まさか土下座ぐらいで許してもらえると思わんやろな」

　俊平が立ち上がり、静かな声で尋ねる。

「どうすれば許していただけるでしょうか？」

「慰謝料や。２００万円払え」

　もう我慢できない。宗近はつかつかと歩み寄り、俊平と緑川の間に割って入った。

「おいっ、おまえふざけんなよ。２００万円っていくらなんでもむちゃくちゃだろうが」

　宗近の出現に、緑川は一瞬ぽかんとした。だが、すぐに目をつり上げた。

「あっ、なんやねん、おまえ。部外者はひっ込んどけ」

「部外者じゃねえよ。俺はシュンのダチだ」

　緑川の額に血管の筋が浮かんだ。

「ほらっ、三津間さん」

　と串間が宗近の腕をひっぱる。宗近はそれをふり払った。

その直後、俊平がきっぱりと言い切った。

「わかりました。２００万円払わせてもらいます。緑川さん、それでごかんべんいただけないでしょうか」

緑川はきょとんとしたが、すぐにいやらしい笑みを浮かべた。

「保険は使うなや。おまえの口座から出すんや。それが誠意ってやつやんな。溝部先生」

俊平が礼儀正しく頭を下げる。

「承知しました。私個人の口座から支払わせてもらいます」

宗近が、不満を声ににじませる。

「おい、シュン。いいのかよ」

俊平が弱々しく微笑(ほほえ)んだ。

「いいんだよ。これは僕の責任だから」

緑川とプリン頭が意気揚々と帰っていく。ペットを失った悲しみなどどこにもない。

宗近は颯太と子供たちを家に帰した。大人のもめごとを見せてしまい、いたたまれない気持ちになる。

子供たちがいなくなると、串間が頭(こうべ)を垂れた。

「すみません。先生……」

俊平が笑みを浮かべる。

「いいんだ。もうすんだことだ。この失敗を糧にまた明日からがんばってくれたらいいから」

宗近が心配そうに尋ねる。

「シュン、大丈夫か？」

「うん、大丈夫だ」

と俊平が明るくふるまう。

「ムッちゃんもありがとう。ダチだっていってくれて嬉しかったよ」

「……そんなの当然だろ」

「さあ、ムッちゃんも今日は疲れただろ。先に帰って休んでてくれよ。僕はマロンの死体を綺麗にしてやりたいからさ」

と俊平が立ち去った。

宗近は、しばらくの間立ちつくしていた。

2

翌日、宗近と颯太はカイトの捜索をしていた。

ミドリのときのようにチラシは配らない。カイトは行方不明になったわけではない。チエルジー・ジョージに盗まれたことがわかっているからだ。

「先生、大丈夫かな」

間を見計らったように颯太が訊いてくる。一度医院に寄ってからきたようだ。

「大丈夫じゃねえだろ。あんな目にあったんだからよ」

緑川の顔を思い返し、宗近は虫酸が走った。

あんなクソみたいな人間にはじめて出会った。亡くなったマロンがかわいそうでならない。

「そうだ」

颯太がとつぜん声をはね上げる。

「なあ、俺の財布知らへん？　昨日から見当たらんねん」

「財布？　医院にでも忘れてきたんじゃないのか？」

「いや、そう思ってさっき探しに寄ったんやけどなくてさあ……串間さんも知らないって」

「なんだ。大金入れてたのか？」

「いや、金なんか入れてへんけど」

「じゃあなんの問題もねえだろ。また親に買ってもらえよ」

「そうなんやけどさあ……」

と言いながらも、あせりの色が隠せていない。昨日の修羅場でもあんなに冷静だった奴が、財布をなくしたぐらいでとり乱している。

おそらく大事なものを入れていたのだ。もしかしたら好きな女子の写真でもはさんでいたのだろうか。宗近にもそんな経験がある。

大人びた奴だが、こいつも普通の男の子だな。宗近はなんだか親近感を覚えた。

すると対面から何者かが向かってくる。九条だ。あいかわらず表情がくすんでいる。カイトを失った心の穴が、まだふさがっていないのだ。

九条がこちらに気づいた。宗近と颯太の労をねぎらうように、九条が無理やり笑みを作った。

「すみませんな。私のために」

「いや、とんでもない」

と宗近が恐縮する。

「どうですか？　カイトがいそうなところはわかりましたか？」

九条が無念そうに首をふる。

「一向にわかりません。さっき動物愛護センターにも行ったんですが、いませんでした。似たような犬もおりませんでした」

そうですか、と答える他なかった。やはりチェルシー・ジョージはカイトを盗み、そのまま連れ去ったのだ。

もしかするともう殺されているのかもしれない……どす黒い想像がわき起こり、あわててそれをかき消した。

九条と別れる。その後も捜索を続けたが、なんの収穫もなかった。もう時間も遅い。今日は解散することにした。

別れ際、颯太がさらりと頼んだ。

「そうそう宗近、メルアド教えてや」

「いいけど、なんだ。俺と友達になりたいのか？」

「ちがうわ。そんなわけあらへんやろ」

と颯太が不機嫌になる。

「昨日医院で撮った動画データを送りたいだけや」

緑川が俊平を恫喝（どうかつ）する映像だ。

「そんなのいるかよ」

と宗近が一蹴する。あんな不快な光景思い返したくもない。

颯太が食らいつく。

「いや見てや。俺、ちょっとあれから見なおしたんやけど、ひっかかるところあったんや」

「なんだよ。ひっかかるって？」

「俺もなんかわからんけど、違和感みたいなもんを覚えたんや。だから宗近にも見てもらいたいんや」

そこまで言われては捨て置けない。

「じゃあ見といてやるよ。その名刺のアドレスにデータ送っといてくれ」

宗近は名刺を手渡した。以前いた会社の名刺だ。それを見て、颯太が目を見張った。

「代表取締役社長って……宗近、社長やってんの？」

「まあな」

宗近が鼻を高くする。

「でも東京で社長やってんのに奈良で犬探ししている暇あんの？」

痛い部分をつかれた。高くなった鼻が即座にへし折られる。子供相手に見栄をはってもしかたがない。正直に答える。

「……社長といっても元だ。そこの会社をクビにされたんだよ」

すると颯太が感服する。

「ふうん、でもクビにされても社長だったんやからすごいやん」

こいつに褒められるなどはじめてだ。意外にもかわいいところがあるな。宗近が胸を弾ませる。

「そうか、そんなこともないけどな」

「でも新しく、元社長・現無職って名刺つくらなあかんな」

と颯太は皮肉で応じる。前言撤回。やはりちっともかわいくない。

「うるせえよ。ガキはもう家に帰れ」

「言われなくても帰るわ」

颯太はご自慢の自転車にまたがり、颯爽（さっそう）と走り去っていった。

3

ちょっと早いが夕食にするか。

宗近は、近くのショッピングモールに立ち寄った。昔はこんなものはなかった。たしかに奈良も変わりつつある。

ショーウィンドウの前で人だかりができている。学校帰りの女子高生が何やら騒いでいる。ありえないほどかわいいと連呼していた。故障を起こしたロボットみたいだ。

宗近が、背を伸ばしてのぞき込んでみる。そしてすぐさま合点する。

そこに子犬がいたのだ。トイプードルやミニチュアシュナイザー、チワワといった人気の子犬たちがたわむれている。

小学生ぐらいの女の子が、「ママ、この子、飼いたい」と一匹のプードルを指さした。するとと女性店員が目ざとく駆けつけ、満面の笑みで切り出した。

「どうですか？　抱いてみますか？」

店員はプードルを抱き上げ、女の子に手渡した。まさに問答無用の早技だ。

かわいい、かわいいと女の子がはしゃいでいる。

「ねえ、飼おうよママ」

娘の愛らしい姿を、母親は微笑ましく眺めている。店員が間髪入れずに攻め込んでくる。

「今日中にお持ち帰りになれますよ」

子供が黄色い声を上げる。

「この子、今日連れて帰れるんだって」

「まあ、前から飼ってあげるって約束だったしね。しょうがないわねえ」

と母親が目元をゆるめる。

そのときだ。

「ちょっといいですか」

と何者かが割り込んでくる。

その人物を見て、宗近は目を丸くした。それは、冴木美沙だった。白衣姿ではなかったので一瞬誰かわからなかったが、それはまぎれもなく獣医の美沙だった。

美沙が母親に問いかける。

「お母さん、犬を一匹飼うのに生涯どれだけお金がかかるかご存知ですか？」

この人は店員なの？　母親がそんな風に目をぱちくりしていたが、どうにか口を開いた。

「いいえ。わかりません」

美沙が短く答える。

「300万円です」

母親が大きく眉を上げる。

「そんなにかかるんですか？」

美沙が流れるように説明する。

「もちろんです。フード、おやつ、ケージ、ペットシーツなどに加え、狂犬病予防注射、各種伝染病予防のワクチン、フィラリア予防薬、ノミ、ダニの予防薬も必要となります。その犬ならシャンプーとトリミング代もいりますね。さらに病気や怪我をすれば、当然その治療費もかかります。入院や手術となればかなりの金額です。犬を飼うということは、その費用をすべて負担しなければなりません。お金だけでなく時間もです。犬にとって散歩はなくてはならないものです。毎日散歩のために貴重な時間を使わなければなりません。それがペットを一生世話するということです」

我慢できなかったのか、店員がそろそろと口をはさむ。

「あのお客様、ここでそういうお話をされるのはちょっと……」

「失礼いたしました。もうこれで結構です」

と美沙が頭を下げ、悠然とその場をあとにする。

母親が娘から子犬をとり上げた。そして大急ぎで店員に手渡す。

「ごめんなさい。やっぱり主人とよく相談してからにします」

と子供の手をひっぱって出て行ってしまった。釣り上げた魚がとつぜん逃げたので、店員が呆然としている。

するど耳元で誰かがささやいた。

「うまくいきましたね」

「うわっ」

と宗近がのけぞった。急いでそちらを見やると、美沙がくすくすと笑っている。

「冴木さん、驚かさないでくださいよ」

宗近がどぎまぎと言った。

「ごめんなさい。三津間さんがここにいらっしゃるのがわかったんで」

と美沙が笑みをたたえている。それから宗近の腕をひっぱった。

「場所を移しましょう。店員さんがにらんでますから」

宗近がぎょっとして店内を見やる。たしかに、店員がじとりとした目でこちらを見つめている。

美沙も夕食がまだだった。そこで二人で食事をすることにした。店は俊平と前に訪れた

『菜宴』だ。

　やっぱりいいことはしとくもんだな、と宗近はうきうきした。カイト探しをがんばったご褒美を、神様が与えてくれたのだ。また春日大社に参ってお礼をしておこう。

　二人で乾杯をする。宗近がビールを呑んで言った。

「それにしてもびっくりしましたよ。とつぜん冴木さんがあの親子に割って入ったんで」

　美沙が気恥ずかしそうに応じる。

「……すみません。普段ならあんなこと絶対にしないんですが、あのお母さんとお子さんがあまりにも何もわかってなかったんで。しかもあの店は売り方がひどすぎます」

「そうなんですか？」

　と宗近は首をかしげる。宗近の目には、普通のペットショップにしか見えなかった。

「何もわかってない子供に子犬を抱っこさせて、そのときの勢いで買わせるなんてひどすぎます。あれは『抱っこ商法』と呼ばれてるんですけどね」

「抱っこ商法ですか……」

　なんて嫌なネーミングだろうか。

「ええ。誰だってかわいい子犬を抱っこしたら愛着がわきますからね」

　と美沙が思い沈んだ顔になる。

「他にも今日中に持って帰れるとか言って……ちょっと今回はあまりに目に余ったので、つい声が出てしまいました」

宗近はぼそりと言った。

「……すべてはビジネスですね」

宗近の戦場はビジネスだった。いかに金を得るか？　みんなそれだけを考えて戦っている。金を儲けることが正義であり、宗近もそれを疑いもしなかった。

だがペット産業は事情が異なる。そこに命が関わってくるからだ。だからこそ、ペット産業に携わる人間にはモラルが求められる。そのことを宗近は痛感した。

美沙がはっとして眉を下げる。

「すみません。なんか暗い話しちゃって。今日は三津間さんお休みだったんですか？」

宗近が努めて明るく応じる。

「俺はずっと休みですよ。なんせ花の無職ですから」

「そうでしたね。毎日お休みでうらやましいわ」

美沙が笑顔を浮かべる。沈んだ空気は一新できたみたいだ。宗近は胸をなでおろした。

食事と酒が進むうちに、お互いの口もなめらかになる。宗近がおもむろに訊いた。

「冴木さんはどうして獣医になったんですか？」

「動物が好きだからって……面白くないですよね。普通すぎて」

　と美沙が照れながら言った。

「そんなことないですよ。動物好きだから獣医になる。いちばんいい動機ですよね。シュンも同じだ」

「ええ、溝部先生にはかないませんけど」

「シュンとは同じ大学だったんですよね？」

「はい。そうなんです。学生時代なんて遠い昔のようですけどね」

「あいつはどんな学生だったんですか？」

「溝部先生ですか？」と美沙が頭をひねる。「うーん、しいていえば有名人ですかね」

「有名人？　あいつが？」

　思わず声がはね上がる。子供時代の俊平からは想像もつかない。

　美沙が真顔で言う。

「なんせ、動物の声が聞ける獣医学生ですからね」

「動物の声ですか？　まさか」

　宗近が鼻で笑うと、美沙がむきになった。

「そう思うでしょ。私もはじめそれを聞いて、三津間さんと同じ反応をしたんです。でも溝部先生の診察を見ていたら、本当にそう思えてくるんですよ。実際に動物と会話しながら診察されてますからね。しかもその診断がすべて的中してるんです。溝部先生のその能力は学内でも噂になってました」

「そういえば、あいつよく動物に語りかけてましたね」

宗近はそこで考えをひるがえした。

あれほどの動物好きなのだ。そんな能力を持っているかもしれない。そう他の人間が思うほど、俊平の動物愛は驚異的だ。

「……あともうひとつの理由で溝部先生は有名だったんですけどね」

と美沙がわずかに声を沈ませる。

「三津間さん、動物実験はご存じですか？」

「動物実験ですか？　モルモットとかの奴ですか？」

ケースに入れられているモルモットの映像が浮かんだ。動物実験といえばこのイメージだ。

「モルモットだけではなく、犬や猫も使われるんですけどね。獣医学科では生体反応を見るために実験動物を使わなければならないんですが、溝部先生はそれを拒否されて、反対運動を起こしていたんです。で、教授陣からにらまれてましたね。現にそれで留年されてました」

「シュンらしいですね」

　動物に関することでは熱くなる。それは今も昔も変わりがないみたいだ。

「ええ、溝部先生らしいですわ」

　と美沙が微笑んだ。しかしその笑顔には、雑音のような異物がまぎれ込んでいた。宗近がそれを察知する。

「どうかされたんですか？」

　美沙は一瞬躊躇したが、しかたなさそうに吐露した。

「いえ、だから溝部先生は他の学生から煙たがられてたんですよ」

「煙たがられてた？　どうしてですか」

　と宗近は耳を疑う。動物実験に反対するなど賞賛される行為ではないか。

　美沙が複雑そうに続ける。

「獣医学科に進学するぐらいですからみんな動物好きです。誰も好きこのんで動物実験なんかしたくありません。でも動物実験のおかげで医学が発達したのも事実です。したくない、でもやらなければ単位をもらえない。そんな葛藤の中でみんな実験をしていたんです。ところがそんな学生たちの気持ちに頓着せずに、溝部先生は反対を叫んでました。他の生徒からすれば、これほど迷惑な行為はありません。封じ込めていた想いを開かれるようなものですから。だからでしょうね。溝部先生の運動には誰も賛同しませんでした」

そういうものかもしれない、と宗近は一人うなった。

人間とは矛盾の中で生きている。真実に目をつむりながら暮らしている。

だがときどき、その矛盾を悪気なく指摘する者があらわれる。そしてそういう人間に対して、多くの人は敵意を抱く。たとえそれが正しくとも……。

そこで宗近は、串間の言葉を思い出した。あいつはこう言っていた。

先生に友達がいるなんて意外でした。

宗近と別れてから、俊平には親友と呼べる存在はいなかった。あいつは孤独の中で生き続けてきたのだ。

なぜ俺は、一度も俊平のことを気にかけなかったんだろうか？　自分のことに夢中で、そんな心のゆとりなど一切なかった。

だがいくら忙しくても、電話やメールするぐらいはできたはずだ。そんな後悔の念が、宗近の胸をしめつけてくる。

また暗くなっている、と宗近はかぶりをふった。せっかく美女と食事をしているのだ。楽しまなければ。そう思いなおし、あたふたと話題を変える。

「冴木さんはシュンみたいに病院に勤めなかったんですね。獣医に公務員があるなんて知りませんでした」

「一般の方はあまりご存じないみたいですね。私の家は溝部先生の家みたいに裕福じゃなくて、収入が安定する公務員獣医の道を選んだんです」

　その寂しげな笑みに、宗近はどきりとした。雰囲気を変えるつもりが、また落ち込ませてしまった。

　宗近が急いで重ねる。

「ずっと動物愛護センターなんですか？」

「あそこは去年からですね。その前は動物園に勤めてました」

「動物園ですか？　それは大変そうですね」

「ええ、それはもう」と美沙が笑顔でうなずいた。「でも素晴らしく楽しい職場でしたよ」

　動物好きからすればそうなのかもしれない。なぜか、美沙がライオンに命令している姿が脳裏をかすめた。

「でも去年から動物愛護センターに転勤になりました。正直、これほど辛(つら)い仕事だとは思いませんでした。今までは動物の命を救うことだけを考えてました。でもここは違います。動物の命を奪う仕事なのです。三津間さん、この前動物を殺処分するボタンをお見せしましたよね」

宗近は神妙にうなずいた。忘れるわけがない。

「あのときは押しませんでしたが、最後の赤いボタン。あれを押すと二酸化炭素のガスが注入されます。動物たちを死にいたらしめるガスです。そしてあのボタンは獣医が押すことが義務づけられてます。最初にあのボタンを押したときの感触は、今もこの指から消えません」

美沙が、ぼんやりと指の腹を見つめる。そのうつろな目に、宗近は身ぶるいした。

動物好きが動物を殺す……。

残酷だ。あまりに残酷すぎる。ペット業界に光と闇があるとすれば、これは闇の深層部分だ。その深海のような暗闇で、美沙は日々もがいている。その気の毒さに、宗近は息苦しくなった。

宗近が声をしぼり出した。

「どうすれば殺処分されるペットたちが減るんでしょうか？」

美沙が硬い声で答える。

「やはり飼い主たちがペットについて正しい知識を得ることだと思います。だから私達も勉強会などを開いて、何とか多くの人に知ってもらいたいと努力してるんですけどね」

「シュンもテレビで頑張ってるみたいですね」

美沙が頬をゆるめる。

「人前に出るのは苦手だけど、少しでも不幸な動物が減らせるなら、と溝部先生はおっしゃってました。そんな獣医がいるだけでも救われます。おかげで殺処分されるペットたちは徐々に減ってはいるんです。他県ですが熊本の動物愛護センターでは殺処分ゼロという快挙をなしとげました」

「ゼロですか。それはすごい」

と宗近が賞賛の声を上げる。

「はい。だから不可能ではないんです。ですがまだまだ身勝手な飼い主が多くて……」

と美沙の眉間に深いしわが浮かぶ。

「三津間さん、私達動物愛護センターの職員がそんな許せない飼い主に応対したあと、どこに怒りをぶつけると思いますか？」

「怒りをぶつける先ですか？」

宗近がぎょっとした。それからおそるおそる答える。

「……サンドバッグでも殴るんですか？」

「おしい」と美沙は指を鳴らした。「正解はベンチプレスです。飼い主への怒りをすべてバーベルにぶつけるんです。おかげであそこの職員はみんなマッチョなんですよ」

「もしかして冴木さんも……」

「ええ、おかげさまでずいぶんたくましくなりました」

と美沙が力こぶをつくる。服の上からでも筋肉の盛り上がりがわかる。ますます武家の女みたいだ。

美沙が明るく言った。

「でも辛いことばかりじゃありません。子犬の譲渡会で新しいもらい手を見つけられたときは飛び上がりたいほど嬉しいです」

「子犬の譲渡会ですか？」

「ええ、生後三ヶ月以内の子犬を譲渡する会です。ここで里親を見つけてあげれば、殺処分される運命にあった犬たちの命を救うことができます。なんとか飼ってもらえるようにと犬を洗って綺麗にしたり、リボンをつけてかわいく見せてあげたり、いろいろ工夫をしてます。自分は着飾ることなんて一切しないんですけどね」

美沙が自虐的に笑う。

「冴木さんは着飾らなくても美人だからいいじゃないですか」

「ありがとうございます」

と美沙が礼を言い、にやにやと尋ねる。

「三津間さんはいつもそうやって女性を口説かれるんですか？」

「違いますよ」

と宗近が狼狽したので、美沙が大笑いした。

まあちょっとは場がなごんだかな、と宗近が肩をすくめる。奈良に来て以来、どうもこういう役回りだ。

美沙が話を元に戻す。

「今は柴犬の子が気になってますね。学校の前に捨てられていたのでセンターに届けられたんですけどね。おそらく辛い目にあったんでしょう。人をひどく怖がるんです」

「怖がる？　いじめられでもされたんですか？」

「それに近いことをされたのかもしれません」

と美沙が同情の色を浮かべる。

「今度の子犬譲渡会でなんとかしてあの子にもらい手を見つけてあげられればと思ってるんですけどね」

「そうですか……」

カイト探しだけじゃなくそのもらい手も探そうか。宗近は心の隅にとめておいた。そしてそこで自分の目的を思い出した。

「そうだ。冴木さんこの犬知りませんか？　カイトっていう名前の犬なんですが」

宗近はスマホをとり出し、画面を美沙に向ける。そこにはカイトの写真があった。

美沙が顔を輝かせる。

「綺麗な柴犬ですね。あの子犬が大きくなったらこんな感じになるんだろうな……」

「そんなに似てますか？」

「ええ、そっくりです」と美沙が笑顔でうなずく。「でも残念ですが、このカイトくんは知らないですね。センターの方でも見ないですし。どうしてこのカイトくんをお探しなんですか？」

宗近は少し迷ったが、すべてを話すことにした。

美沙は、俊平が信頼を寄せている獣医だ。何かと協力してくれるに違いない。カイトを探し出せる可能性を、一パーセントでも高めたかった。

美沙が神妙に聞き入っている。ミドリが殺されたくだりでは、息を詰めていた。

宗近が最後まで話し終える。美沙が怒りで声をふるわせる。

「それは許せない犯罪ですね。じゃあチェルシー・ジョージと名乗る人物が、今はカイトくんを盗んでるというわけですか？」

「ええ、おそらく……」

と宗近は首を縦にふる。カイトの身が案じられてならない。

「三津間さん、溝部先生は警察には連絡されてないんですよね」

「そうです。動物が殺されたぐらいでは警察は動いてくれないと言って」

美沙が思案げな顔をする。一体なんだろう、と宗近は訝しんだ。

やがて、美沙が言いにくそうに忠告する。

「やはりこの件は警察に相談しておいた方がいいんじゃないでしょうか。溝部先生は警察は何もしてくれないとおっしゃいましたが、最近はそうでもないと思います」

「どういうことですか?」

「凶悪犯罪の犯人が、犯罪に至る初期の段階で動物虐待をしてるケースが非常に多いんです。酒鬼薔薇事件はご存じですか?」

「ええ」

と宗近は即答する。

ずいぶん前に神戸で発生した、連続児童殺傷事件だ。犯人が十四歳の少年だったことから、当時世間を大きく騒がせたらしい。

美沙が説明を続ける。

「あの犯人が殺人に至る前に猫やハトを殺傷したことがわかり、動物愛護法の改正が検討されるようになりました。他の殺人事件でも同様のケースがたくさんあります。ですから昨今の警察は、動物虐待に関してはかなり目を光らせてるそうですよ」

と、そこで言葉を切った。そして湿った息を吐いた。

「……もしかするとこのチェルシー・ジョージも殺人を犯す可能性があるんじゃないでしょうか？」

宗近が戦慄した。

「殺人ですか」

美沙が深刻そうにうなずく。

「はい。自分で解決したいという溝部先生のお気持ちもわかるんですが、あまりにも危険です。三津間さんの方から溝部先生を説得してもらえないでしょうか？」

宗近は口の中でうめいた。

ミドリが殺害され、今はカイトが行方不明だ。チェルシー・ジョージの殺意がエスカレートし、人間にまで危害を及ぼすようになったら……あまりに危険すぎる。そんな奴をこれ以上野放しにできない。美沙の指示に従うべきだろう。

宗近があたふたと応じる。

「わかりました。早速シュンを説得してみます」

「はい。私もできることがあったら協力させてもらいます」

店を出ると、美沙とは別れた。

宗近は足早に医院に向かった。あの頑固な俊平を説得するのだ。頭の中でその材料をそろえる。

医院に入ると、受付に串間がいた。

「シュンはいるか」

串間の顔色はまだ悪い。緑川の件をまだ気にしている。

「先生、ちょっと体調が悪いとのことで先に家に戻られました」

宗近が軽く息を吐いた。

「そうか……いろいろあったもんな」

「……すみません」

と串間がしゅんとする。宗近があわてて弁明する。

「いや、おまえを責めたんじゃねえからな」

すると、串間がもじもじと切り出した。

「……三津間さん、あと昨日の運転手の方の連絡先教えていただけませんか？　マロンを轢いた……」

「どうしてだ？」

串間が浮かない顔で告げる。

「緑川さんが教えろと言ってきまして……」

宗近が一瞬で察知する。

「まさかシュンだけじゃなく、運転手からも金をとるつもりなのか」

「……たぶん」

と串間が肩を沈ませる。

絶対に教えたくはない。だが教えなければ、どんな難癖をつけてくるかわからない。

宗近はしぶしぶと串間に伝えた。串間はほっとして、その連絡先を控えていた。宗近に拒否されるかもしれない。そんな懸念を抱いていた様子だ。

宗近は医院を出ると、俊平の家に向かった。

家が見えたところで、何やら騒々しくなった。隣の家のラブが吠えている。それを日下部がなだめていた。

「ラブ、静かにしなさい」

宗近が目を瞬(しばたた)かせる。

「ラブってこんなに吠えることあるんですね」

ここに来てほんの数日だが、ラブが吠えているのをはじめて目撃した。

日下部がしかたなさそうに答える。

「今日は散歩行けんかったからね。ラブ、ちゃんと明日連れていってあげるから」

どうして散歩に行かなかったんだろうか？　別に天候も悪くない。少し気になったが、今日はやることがある。

「そうなんですね。さようなら」

と宗近はその場をあとにした。

玄関に俊平の靴がある。リビングにはいない。二階に上がり、俊平の部屋の前で立ち止まる。そして扉をノックしようとする。

けれど寸前でそれを止める。体調が悪いのだ。おそらく寝込んでいるのだろう。警察の件を相談するのは明日でいい。

一日中カイトを探し回っていたのでもうへとへとだ。俺も今日は早く寝るか、と宗近は風呂場に向かった。

4

翌日、宗近は起きてすぐリビングに向かった。

いつもは俊平が先に起きているが、今日は寝坊をしている。よほど体調が優れないみたいだ。

トーストとハムエッグを作る。俊平の分もだ。しばらくすれば起きてくるだろう。

宗近がコーヒーを呑みながらそれを食べる。すぐに俊平があらわれた。やはり顔色が冴えない。体中が、灰色の雲におおわれているみたいだ。風呂も入っていないのか、髪がぼさぼさだ。よりくせっ毛が際立っている。

宗近が気づかった。

「おい、大丈夫か」

俊平が笑みを作る。

「うん、大丈夫。よく寝たからもうすっかり元気だよ。心配かけて悪かったね」

まったく大丈夫そうに見えないが、本人がそう言っているのだ。それ以上何も言えない。

「朝飯作っといてやったからよ。これ食べて元気出せよ」

「ありがとう」

　と俊平が席に座った。

　すると宗近のスマホが鳴った。また長野の野郎か、と画面を見やる。数字が並んでいる。つまり登録外の番号だ。

　俊平が見とがめる。

「ムッちゃん、どうした？」

「いや、登録してねえ番号なんだよ。俺に電話する奴なんか、長野ぐらいしかいねえんだけどな」

　得体が知れないが、無視するのも気持ち悪い。

　宗近が緊張しながら電話に出る。

「……もしもしどちらさまですか？」

　男の野太い声が響いた。

「こちら三津間宗近さんの携帯でよろしいですか？」

「はい。三津間は私ですが」

「私、奈良県警刑事部の進藤と申します」

「警察ですか」

と宗近の心臓が跳ね上がる。特大の嫌な予感が、血管を伝って体中を駆け巡る。体温が一瞬で下がった気がする。

「けっ、警察の方がなんの用ですか？」

進藤が一拍置いた。それからしぶい声で言った。

「落ちついて聞いてください」

「……はい」

進藤が用件を述べた。

宗近は放心した。

進藤の言葉が鼓膜を通過した瞬間、思考すべてが停止した。幾千もの鈍器で、神経すべてを砕かれた感じだ。もう何も考えられない、何も感じられない……。

「すぐにでも三津間さんからお話を伺いたいのですが、かまいませんか？」

「……わかりました」

そう答えるのが精いっぱいだった。進藤が電話を切ると、宗近の手から力がぬけた。スマホが床に落ちる。

俊平がかぶりついて尋ねる。

「どうしたんだ。なんの電話だったんだ？」

麻痺した神経たちに活を入れる。俊平に教えなければならない。だからそれを発する力を懸命にかき集める。

宗近が声をしぼり出した。

「……颯太が死んだ……昨日の深夜、何者かに殺された」

第四章

1

「どうぞ」

と宗近は二人分のお茶をさし出した。

「いやいや、どうもすみません」

雨宮警部補がそれを一気に呑み干した。ぷはあと息を吐き、豪快に笑った。

「聞き込みはいかんせん喉がかわいてしかたありません」

宗近は雨宮を観察した。年の頃は五十歳ぐらいだろうか。顔が丸くて目が細い。よく外回りに出ているのか、ずいぶん日焼けしている。農家の人のような面持(おもも)ちだ。

一見やさしそうに見えるが、その目つきは油断ない。人の心を射ぬき、その感情すべてを読みとる。そういう種類の眼光だ。

それから宗近は、隣の進藤に目を移す。宗近に連絡をくれたのはこの進藤だ。

まだ二十代前半みたいだ。体格がよく精悍(せいかん)な顔立ちをしている。いかにも警察官といった風貌だ。この若さでもう刑事になっているのだ。かなり優秀なのだろう。

厄介な相手だな、と宗近は気を引きしめた。

亡くなった颯太のブレザーのポケットに、宗近の名刺が残されていた。だから警察は、まっ先に宗近に連絡してきたのだ。

宗近が場をつなぐように言う。

「本当に二人一組なんですね」

雨宮が笑みを深める。

「まあそうですな。ただ所轄は人手が足りませんから一人でまわることもありますよ。今日は進藤がいてくれて助かりました。キャリア組が手伝ってくれるんですからな。こんな光栄なことはありません」

「雨宮さん、やめてください」

と進藤が苦り切った顔をする。それを見て、雨宮がにやにやする。そのやりとりで二人の関係性がわかった。

「キャリア組ってことは進藤さん、優秀なんですね」

キャリア組とは、国家公務員採用試験を受けて警察官になった人間だ。警察官僚として、全国の警察官の上に立つ。いわばエリート中のエリートだ。

雨宮が太い眉を持ち上げる。

「ほう、よくご存知ですな」

宗近があたふたとごまかす。

「いや、ドラマで知ってるだけです」

「なるほど。最近は我々よりも一般の方のほうがよく知っておられる」

と言いながらも、雨宮がまだ宗近に視線を注いでいる。こんなことで勘ぐられたくない。

すると、進藤が低い声で問うてくる。

「溝部先生の体調はいかがですか？」

助かった、と宗近が即答する。

「いや、ダメですね。もうひどいショックをうけたようで……」

颯太が死んだ……。

宗近がそう告げると、俊平は凍りついた。そして、

「僕だ。僕のせいだ……」

と俊平は頭を抱え出したのだ。

「おい。しっかりしろ。俊平、おまえのせいじゃない」

「そんなことない！」

と俊平が血相を変えて叫んだ。

宗近は絶句した。おそろしいほどのとり乱しようだ。ただ俊平の気持ちもよくわかる。

颯太はチェルシー・ジョージを追って、返り討ちにあったのだ。警察には知らせない。

颯太に手伝ってもらう。俊平のその判断が、不幸にもこの惨劇を起こしたのだ。

俊平は錯乱している。もう普通の精神状態ではない。そこで部屋で休ませている。

雨宮が表情を沈ませる。

「……颯太くんの件はまことにお気の毒です。颯太くんは溝部先生の医院によく遊びに行っていたらしいですな」

ちょっと意外だった。その声には無念さがにじみ出ていた。この刑事は信用できるかもしれない。

宗近が本題に入る。

「……颯太はどうして死んだんですか？」

電話を受けてからずっと知りたかった。宗近と颯太が別れたのは昨日の夕方だ。それから一体何があったのだ？

　雨宮が進藤に目を配る。進藤は手帖を広げた。

「今日の午前七時半頃、奈良ドリームランド跡の前にあるバス停のベンチに一通の置き手紙があるのを男性が発見しました。出勤前のサラリーマンです」

「奈良ドリームランドですか？」

「ええ、ご存じですか？」

「もちろん。子供の頃よく遊びました」

「私もですよ」

　進藤の声がやわらいだ。彼の出身も奈良みたいだ。宗近と同様の子供時代を彼も過ごしていたのだろう。

　進藤がなめらかに続ける。

「手紙の内容は、『奈良ドリームランドのメリーゴーランドで子供が死んでいる』というものでした。すべてカタカナで書かれ、ずいぶんとかくかくした字体です。筆跡を隠すため、利き手とは別の手で書かれたものだと思われます。

　ただのいたずらだ。男性はそう思われたようですが、念のため警察に通報されました。すぐさま署からパトカーを急行させると、天野颯太くんの死体を発見しました。手紙のとおり、メリーゴーランドの床でつっぷしてました」

廃園のメリーゴーランドと死体……なんて凄惨なとり合わせだ。宗近はふるえ上がった。

進藤が補足する。

「詳しい検死はまだですが、私の見たてによると、死亡推定時刻は午前三時頃。顔面のうっ血や溢血点(いっけつてん)の有無、首に索溝(さっこう)と呼ばれるあとがあったことから、絞殺されたものだと思われます」

雨宮がにやりとする。進藤がそれを見とがめる。

「雨宮さん何か？」

「いやいやさすがだと思ってな。続けて」

と雨宮が先をうながす。進藤がやりにくそうに訊(き)いた。

「三津間さん、吉川線(よしかわせん)というのはご存知ですか？」

キャリア組は知っているが、さすがにそれは知らない。宗近が黙って首をふる。

「紐(ひも)などの索状物で首を絞められると、こう紐を外そうとして爪で首をひっかきます」

と進藤が自分の首をかきむしる。

「そのとき爪で首にひっかき傷ができます。この上下に走る防御創を『吉川線』と呼びます。颯太くんの首にはこの吉川線がくっきりと残ってました。それに索溝の深さからみて、かなり強い力で首をしめつけられたものだと思われます。そこから犯人は成人男性だと推測されます」

宗近は胸がはりさけそうになった。なぜ颯太が、そんなむごい殺され方をされるのだ。

宗近があえぐように訊いた。

「でもどうしてドリームランドなんかで殺されたんですか」

進藤が静かに首をふる。

「わかりません。ただ現在ドリームランドは管理会社の警備が甘く、誰でも容易に侵入できるのです。遊園地の南奥のフェンスに大きな穴があって、そこから出入りできるようです。そのフェンスも雑木林の中にあるので人目にもつきません。颯太くんもそこから入り込んだようです。フェンスに彼の自転車が立てかけてありました」

深夜に廃墟の遊園地に出かける？　なぜそんな不気味な場所に行く必要があるのだ？

颯太は一体そこで何をしていたのだ？　宗近の頭は疑問でいっぱいになった。

進藤がにごった息を吐いた。

「この事件は不可解なことだらけです。なぜ廃墟の遊園地で殺されたのか？　なぜ犯人はわざわざ手紙を残して、死体発見を早めるようなまねをしたのか？　通常の殺人犯は、できるだけ死体が発見されないようにするのが常です」

「たしかに」

　と宗近も同意する。進藤がさらに首をひねった。

「あともっともわけがわからないのが、そのメリーゴーランドになぜか犬の死体もあったのです。しかも颯太くんの側で死んでいたのです」

「犬の死体ですか！」

　宗近が大声を上げる。進藤が目を丸くした。

「ええ、犬の死体です」

　胸さわぎで息ができない。宗近は唾を呑み込み、その不安が正解かどうかをたしかめる。

「……刑事さん、もしかしてその犬……柴犬じゃないですか？」

「そうです。そのとおりです」

　進藤が声を高くした。隣の雨宮も目の色を変える。

　宗近がつっかえながら頼んだ。

「そっ、その犬の写真見せてもらえませんか？」

　進藤がファイルから写真をとり出した。宗近がそれにかぶりつく。

　うす汚れた白い床に、柴犬が横たわっている。まちがいなくカイトだ。さらに目を凝らして、宗近は愕然とした。前足の先がなかったのだ。綺麗なカイトの足が、どす黒く変色している。

雨宮がそこで口を開いた。怒気をあらわにする。

「むごいもんです。その犬はどうやら拷問されたようです。前足をペンチで切られたあと、ナイフで首をかっ切られています」

「拷問……」

と宗近は青ざめた。ミドリのときと同じだ。そこで確信した。まちがいない。チェルシー・ジョージの仕業だ。

雨宮が目を据えて尋ねる。

「三津間さん、どうしてこの犬をご存知なのですか？」

「これは九条という人の家で飼われていたカイトです。俺と颯太は二人でこの犬を探してたんです」

もうここですべてを打ち明ける。宗近は心を固めた。

宗近は、これまでの経緯をすべて話しはじめた。

二人は一切口をはさまず、黙ってその話に耳をかたむけていた。

宗近が話し終える。進藤が非難混じりに言った。

「そんな脅迫メールが届いたのにどうしてすぐに警察に届けなかったんですか」

宗近がうなだれる。

「すみません。動物が殺されたぐらいでは警察は何もしてくれないと思いまして。現にミドリが盗まれたときも、警察は一向に動いてくれなかったもので……」

痛い部分をつかれたのか、進藤は黙り込んだ。

「まあすんだことを言ってもしかたありません」

と雨宮が場をなだめる。それから平静な声で尋ねる。

「つまり颯太くんはそのチェルシー・ジョージの行方を個人的に追っていた。そうですな？」

宗近が重い声で認める。

「ええ、何度も許せない、許せないと言ってましたから」

「なるほど、なるほど。動物好きの少年ならば、なおさらそう感じるでしょうな」

雨宮はひとつ息を吐くと、これまでの流れを整理しはじめた。

「つまりこういうことですかな。颯太くんはなんらかの方法でチェルシー・ジョージの正体をつかんだ。そして一人で尾行するか何かして、犯人の居場所をつきとめた。それは廃園のドリームランドの中だった。

颯太くんが忍び込むと、犯人はカイトを殺害している最中、もしくは殺害後だった。颯太くんはその現場を目撃してしまった。そして不幸なことにチェルシー・ジョージはそれに気づき、颯太くんを亡き者にした」

「そうだと思います」

宗近は慎重にそう述べる。

「三津間さん、颯太くんはどうやって犯人に気づいたんでしょう？」

宗近は頭をひねった。

ここ数日、宗近と颯太は行動をともにしていた。颯太が気づいたのならば、宗近も気づくはずだ。宗近が見逃していた何かを、颯太は発見したのだろうか。

「申し訳ない。さっぱりわかりません」

それから進藤が宗近を質問攻めにした。

とくに颯太と知り合った経緯は念入りに尋ねてきた。予想通り、進藤はかなり宗近を怪しんでいたらしい。現に犯行推定時刻に何をしていたのかも尋ねられた。俊平と一緒に家にいたことが不幸中の幸いだ。

宗近は、以前自分が取材されたインタビュー記事を二人に見せた。身元をあきらかにするためだ。

するとと雨宮が興味を示した。

「ほう、ＩＴ企業の社長ですか。それでしたらネットもさぞかし詳しいんでしょうな。いや、うちの子供がネットで動画配信してましてね。ＹｏｕＴｕｂｅｒってやつですか。あれになると言って困っとるんですわ。ほんとにこれからの時代はあんなのが仕事になるんですか？」

と関係のない子供の悩み話をはじめる。進藤がいらいらとそれを断ち切った。

「雨宮さん、それはまたあとで」

「そうかあ。せっかくなので詳しい人に訊きたかったんだけどなあ」

と雨宮が肩をすぼめる。どうもつかみどころがない人だ。だが宗近の経験上、優秀な人間ほど自分の才気を隠したがる。

進藤がひとつ咳払いをする。

「置き手紙からは指紋もとれませんでした。手紙の用紙もどこにでもある大学ノートをちぎったものです。メリーゴーランドに遺留品もありません。颯太くんの持ちものはかばんの中にあるものだけ。ポケットには三津間さんの名刺とハンカチ、学生証。財布とタブレットがありません」

宗近が思い出した。

「そういえば財布をなくしたと騒いでました」

「はい。それはご両親からもうかがいました。颯太くんは自分に関する情報はすべてそのタブレットで管理していたとも聞いています。つまり、犯人はタブレットだけを持ち去っていった。それがあったらずいぶんと助かったんですが」

宗近は苦々しく思った。

おそらくその中に、自分につながる情報があったのだ。だから犯人は、それだけを持ち去ったのだ。

チェルシー・ジョージからのメールは、ＩＰアドレスとログを追ってみるらしい。さらにまどか母娘と九条に話を聞きに行くそうだ。あの三人には気の毒だが、こうなってはいたしかたない。

進藤がソファから立ち上がった。

「とりあえずミドリ盗難の空き巣事件に関しては再度こちらで洗ってみるつもりです」

「よろしくお願いします」

と宗近も腰を上げる。進藤がスーツのしわを伸ばしながら言った。

「三津間さん、まだ奈良に滞在されますか？」

「はい。こんなことになってすぐに東京に戻るわけには……しばらくはシュンの側にいてやりたいと思います」

進藤がほっとした様子を見せた。

「それは我々も助かります。おそらくこれからも三津間さんにお尋ねしたいことが出てくると思いますので。それと溝部先生が元気になられたらお知らせください。先生からも話をうかがいたいので」

「承知しました」

玄関まで二人を見送る。

背を向けていた雨宮が、「あー、そうだ」と声を出し、くるりとふり返った。あの笑みが消えている。

「三津間さん、あとは警察にお任せください。この犯人は危険です。動物虐待ならまだしも人間を殺した輩（やから）です。これから第二、第三の殺人を犯す可能性もある。あなたにも危害が及ぶかもしれません。くれぐれも注意するように」

宗近が生唾を呑み込んだ。

「わかりました」

「では、これで」

と雨宮が笑顔を戻した。そして進藤とともに立ち去った。

進藤は優秀だが、まだ経験が足りないみたいだ。どういう狙いで話をしているかが読みやすい。若さが先走っている印象だ。

けれど雨宮はそうではない。のらりくらりとして、狙いが容易に読みとれない。凄腕（すごうで）のベテラン刑事とはああいう人間のことを言うのだ。

宗近はリビングに戻り、ソファに腰を沈ませる。それから深く重い息を吐いた。

颯太が死んだ……。

なまいきなガキだった。気に食わないガキだった。自慢が好きで、すぐにリーダーになりたがる。子供のくせに、大人を小ばかにしやがる。好奇心丸出しで、なんでも興味本位で首をつっこんでくる。その嫌なガキがこの世からいなくなった……友人や恋人や家族が亡くなったわけじゃない。数日前に知り合った、クソガキが亡くなっただけだ。なのに、なんで、なんで、こんなに悲しいんだ……。

宗近の頬に涙が伝う。おさえていた悲しみが暴発する。嗚咽（おえつ）が止まらない。

最後の颯太の姿が頭をよぎる。ロードバイクにまたがり、宗近に笑顔を向けて立ち去る。

その頭の中の颯太が、にやにやとこう言った。

「バカ宗近、大人のくせに泣くなよ」

宗近が涙声で吐き捨てる。

「……うるせえ。おまえが死んだからだ」

そして涙が一粒、モスグリーンのカーペットに染み込んだ。

2

颯太の死体が発見されてから四日が経過した。

廃園になった遊園地で、いたいけな中学生が殺された。

この事件は世間を震撼させた。メリーゴーランドで子供が惨殺されるというどこか幻想的なイメージも、騒動を大きくさせる一因となった。

すぐに捜査本部が設置され、多くの警察官がかり出された。騒ぎとは無縁だった古都奈良に、マスコミたちが大挙して押し寄せてくる。

この事件は、『奈良ドリームランド殺人事件』と名づけられた。

雑誌・テレビなどでは、元刑事や犯罪ジャーナリストが大活躍した。廃墟となった奈良ドリームランドが、たびたびテレビに映し出された。

かつての楽園が見るも無惨な姿となっている。それを見て、人々は衝撃を受けた。とくにドリームランドに思い出のある奈良県民はなおさらだ。その映像を眺めて、宗近も気がめいった。

事件を契機に、ドリームランド内に不法侵入があいついだ。そこで、二十四時間態勢の警備がしかれるようになった。

子供を持つ親たちも不安がり、児童たちの登下校につきそうようになった。外を出歩く子供が少なくなり、公園からも騒ぎ声が途絶えた。街はものものしい空気に包まれている。

警察は、チェルシー・ジョージの情報は伏せていた。

ペットと人を殺した凶悪犯がうろついている。このことが明るみに出れば、騒動は今とは比較にならない。幸いにも、マスコミは察知していなかった。

宗近は雨宮にこんな頼みをした。

カイトの亡骸（なきがら）を引きとれないか。そう頼んだのだ。

犯人へとつながる証拠が残っている可能性がある。雨宮はそうしぶったのだが、最終的には認めてくれた。

宗近は、九条とその亡骸を対面させた。無情にも、九条は冷え切ったカイトと再会することになった。

カイトの死体を抱きしめ、九条は声を上げて泣いた。カイト、カイトと泣き叫び、いつまでも離れようとしなかった。

その姿は、まどか親子とまるで同じだった。ミドリの死体と対面したときも、彼女たちは涙の海に沈んだ。

　ペットが死ぬ……それは人の心に壮絶な痛みを与える。家族、友人が死ぬのと変わりがない。いや、それ以上だ。

　宗近はいたたまれなくなり、席を外していた。しばらくして九条があらわれた。目がまっ赤に充血し、涙で皮膚がふやけそうになっている。もう限界まで泣き果てたのだ。

　九条が詫びた。

「申し訳ありません。みっともない姿をお見せしまして」

「いえ、とんでもありません」

　と宗近はわずかに目線を外した。正視されたくないだろう。そう配慮したからだ。

　すると九条が拳を握りしめた。そして口端から声を漏らした。

「三津間さん……」

　その思いつめた表情に、宗近は息を殺した。

「なんでしょうか？」

「……その犯人を殺してやりたいです」

　宗近はぎくりとした。憤怒（ふんぬ）や殺意に満ちたひと言ではない。

　お腹（なか）が空いたとか、眠たくなったとか、日常の中でふと漏らすような声色（こわいろ）だった。しかし、だからこそ真実味がある。

九条の瞳からまた涙がこぼれ落ちる。ただ、それは悲しみの涙ではない。血が沸騰するような、怒りの涙へと変化している。

「三津間さん、おかしいと思われるかもしれませんが、殺されたのが私の子供だったとしても、ここまで怒りがわかないと思うんです。息子と娘はもう年に一度会えばいい方です。大きくなれば子供なんて他人と変わりがない」

そうかもしれない。宗近も親とは疎遠になっている。

九条が切々と続ける。

「ですがね、カイトは違う……この子は私の側に常にいてくれた。私のすべてを受け入れ、私を愛してくれた。だからね、犯人が憎くてしかたあらへんのです。カイトをこんな目にあわせた犯人をこの手で殺してやりたいです。私は刑務所に送られようが何をされようがかまいまへん。犯人をぶち殺してやりたい。カイトがうけた苦痛を何十倍にもして、そいつに味わわせてやりたい」

と我慢できずに嗚咽する。その涙声を聞いて、宗近は颯太の葬式を思い返した。

未成年の葬式ほど切ないものはない……。

以前誰かがそんなことを言っていた。そして颯太の葬式は、まさにその言葉どおりのものだった。

颯太の同級生たちが号泣している。その中には小坂凛や木崎まどか、ペット探しに協力してくれた仲間たちも含まれていた。子供たちだけではない。先生や他の大人も泣いていた。それは儀礼的な涙ではない。参列者全員が泣いていたのだ。そんな葬式に出たのは生まれてはじめてだった。

あいつ人気者だったんだな……視界が涙でにじんだので、宗近は急いで鼻をすすった。いや、全員ではない。神妙な顔をしながらも、目つきの鋭い連中がいる。それは警察関係者だ。雨宮、進藤両刑事を含め、何人かの警察官がまぎれている。もしかすると、この中にチェルシー・ジョージがいるかもしれないからだ。

式が終わり、全員が外に出る。生徒たちを見かけると、わっと人が集まってきた。彼らにカメラとマイクを向けている。それを見て、宗近はかっとなった。マスコミだ。カメラマンやスタッフ、アナウンサーがうろうろしている。子供たちが涙に濡れる姿をカメラにおさめる。そのために躍起になっているのだ。

他にも人だかりがある。その中央には、二人の男女がいた。それは颯太の両親だった。父親は証券会社に勤め、母親はヨガのインストラクターをしている。派手ではないが、どちらも容姿端麗だ。颯太は父親にも母親にも似ている。その二人がインタビューを受けている。どちらもとり乱すことなく、切々と息子の冥福を祈っていた。ただ、その目にはうっすら涙が浮かんでいる。最後に、「警察には一刻も早く犯人を捕まえてほしい」とふるえ声で訴えていた。

彼らの見事なふるまいに、宗近は妙な違和感を覚えた。子供が殺されたとき、マスコミにはこう対応しましょう。そんな模範映像があるとすれば、まさしくそれは今の光景だった。

考えすぎか。宗近が首をふっていると、串間があらわれた。幼い顔をしているので、喪服がまったく似合わない。

「……先生はどんな様子ですか?」

宗近がうなだれた。

「……あいかわらずだ。部屋に閉じこもって一歩も外に出ない」

俊平は重症だった。

まる一日部屋に閉じこもっている。そこから出るのはトイレと食事をとるときだ。さらに食事もダイニングやリビングでは食べない。宗近が買ってきたレトルト食品や弁当を、一人部屋で食べていた。

もう俊平は、雨宮と進藤との面会をすませている。だが俊平からも、なんの情報も得られていない。当然といえば当然だ。俊平の知っていることは、宗近もすべて知っている。絶望する俊平に向かって、宗近はかける言葉がなかった。

颯太が殺されたのは自分の責任だ。俊平はそう責め続けている。俊平は人一倍やさしい人間だ。だからこそ、その後悔の念は計り知れない。

何か声をかけるには、まだ時間が浅すぎる。宗近も会社を追い出されたときは、極力一人になりたかった。もう少し時間が経ってから、何か言うべきだろう。宗近はそう判断し、今は俊平を放置している。

宗近が懸念を口にする。

「それより医院の方は大丈夫なのか？」

串間が胸を叩いた。

「それは心配いりません。正雄先生が手配して、他の先生が応援に来てくれてます。前にも似たようなことがあったんで。溝部先生の長期休暇にはなれたもんですよ」

俊平の父親は正雄先生で、俊平が溝部先生なのか。ちょっとおかしな感じもするが、宗近はとくに何も言わなかった。

九条を落ちつかせてから、宗近はその場をあとにした。そこから奈良公園に向かう。目的地は神様スポットだ。

もういろんなことが起こりすぎて、頭の中がしっちゃかめっちゃかだ。一度頭を整理する必要がある。

それには場所を変えなければならない。自分がもっとも落ちつくところで、じっくりと考え込みたい。そこで神様スポットに来たのだ。

宗近は芝生に腰を下ろし、ぼんやりと公園を眺めた。三頭ほどの鹿が仲良くたわむれている。それを見ていると、心の中でしゅわしゅわと泡立つ音が聞こえた。その気泡には怒りが含まれている。

チェルシー・ジョージとは一体何者なんだ？

動物嫌いの狂った殺人鬼――。

ミドリ、カイト、そして颯太……罪のないペットと少年が、不幸にもその餌食となった。こんなことが現実に起こるものなのか？　まだドラマやミステリー小説の中のできごとに思えてならない。

葬式で見た雨宮刑事の表情から察すると、まだ有力な手がかりは見つかっていない様子だ。これは怨恨や金銭がらみの殺人ではない。通り魔的な殺人だ。無差別殺人ほど解決がているだろう。

難しくなる。世間の警察に対する風あたりも強くなっている。さすがの雨宮刑事もあせっ

宗近は思考の海に潜り込んだ。チェルシー・ジョージの正体を推理する。

颯太は強烈な力で絞め殺された。犯人は成人した男性であることにまちがいはない。

さらに犯人はこのあたりに土地勘がある。でなければ、ミドリやカイトをうまく盗めるわけがない。俊平を知っていることから考えても、この付近に住む人間だろう。けれど推理はここで行き詰まる。成人でこの近所に住んでいる男性など山ほどいる。

何か糸口があるはずだ。颯太はそれに気づいたのだ。だから殺されてしまった。颯太が知りえたのなら、自分も絶対に知っている。宗近が何か見過ごしているのだ。ただ、その正体がまったくわからない。そのときスマホが鳴った。宗近はすぐにそれに出る。

「どうも、定期連絡のお時間です。ミツさん生きてますかあ」

長野だ。深刻な今の状況が、とつぜん間のぬけた感じになる。

「……生きてるよ」

「どうっすか、ミツさん、ペット探しは。この前ミツさんから奈良にいるって聞いたっしょ。で、大仏っていいかしてるなって思って、大仏タトゥー入れたんっすよ。めちゃファンキーですよ。あとで画像をメールで送りますわ」

こいつにかまっている暇などない。

「……おまえ、体はお絵描き帳じゃねえんだぞ。もういいな。今は忙しいんだ。切るぞ」

宗近がうるさそうに一蹴すると、長野があわてて止める。

「あっ、待って下さいよ。出版社からミツさんに取材の依頼がきたんっすよ。前に会社をとりあげてくれた記者です。あの巨乳で眼鏡かけたエロい雑誌記者。俺からミツさんに訊いてくれって」

エロいで思い出した。キャバクラ嬢のような雑誌記者だ。

「取材？　なんのだ？」

「なんでもミツさんが会社クビになって今何してるか知りたいそうっすよ。『敗北者が見るネットの未来』って特集らしいです」

ばかにしてやがる、と宗近は舌打ちした。

「断れ、断れ。そんな取材うけるかよ」

「いや、そう言ったんっすけどね。企画書だけでもミツさんに渡してくれってうるさいんっすよ。だからさっきミツさんの会社用のメールに送っときましたんで。一応目通しといてください」

メール……その一言が、宗近の胸を撃ちぬいた。

そうだ。名刺のアドレスだ。

颯太と別れるとき、颯太はそのアドレスに動画のデータを送ると言っていた。何かがひっかかる。颯太はそう首をひねっていた。

このメルアドは会社用のものだ。会社を追い出されてから一度も開いていない。それを失念して、颯太に名刺を渡してしまった。

宗近は電話を切ると、スマホのメールアプリを起動させる。そのメルアドの設定を打ち込む。これでスマホでも確認できる。

いっせいにメールが受信される。直近のメールだけを調べる。そのひとつを見て、宗近はあっと声を上げた。

颯太だ。颯太からメールが届いている。

宗近は急いで開いてみた。動画のデータが添付されている。宗近はそれを再生した。その瞬間、罵声が響いた。なんだなんだ、とすぐさま音量を下げる。画面では緑川が暴れている。そこで思い出した。そうだ。緑川が医院に押しかけたとき、颯太がそれを撮影していたのだ。

あまり見返したいものではないが、ここに重要な秘密が隠されている可能性がある。宗近は不快ながらも見続けた。

緑川が怒り狂い、２００万円の慰謝料を請求する。宗近と緑川が口論になる。それを串間が止める。そして、俊平が慰謝料を支払うと承諾する。

そこで映像は終わる。何もおかしな点はない。颯太はこれのどこにひっかかったのだ。さっぱりわからない。

宗近は、さらに映像を見なおしてみた。

すると二周目で、あるシーンがひっかかった。

宗近が一時停止する。緑川が、串間を手で押したシーンだ。この処置室には入口が二つある。一方には宗近と颯太がいて、その対面の入口には子供たちがいる。

颯太のクラスメイトだ。緑川の飼い犬であるマロンを捜索するため、颯太が協力をあおいだ子供たちだ。そういえば彼らも処置室にいた。

全員の表情が凍りついている。凛にいたっては恐怖で引きつっている。無理もない。こんな喧騒、大人が見てもたじろぐ場面だ。

ただ、一人だけ様子がおかしい。

宗近は彼の名前を思い返した。たしか浦崎という名前の少年だ。気弱で口数も少ない。クラスでも目立たない存在だろう。いわば颯太とは正反対のタイプだ。

他のみんなの視線は、緑川に釘付けだ。あの場面で緑川を見ない人間はいない。もちろん宗近も颯太もそうしている。

けれど、浦崎だけがこっちを見ている。カメラ目線だ。つまり、撮影者である颯太を凝視しているのだ。

浦崎だけに注目して、他のシーンも見返してみる。浦崎は、ちらちらと颯太を盗み見ている。他の子供にはない反応だ。

一体颯太の何が気になるのだ？　あのとき颯太は宗近の側にいたが、何もおかしな点はなかった。

ただの気のせいかもしれない。だが颯太が残してくれた唯一の手がかりだ。浦崎が何か知っている可能性もある。

宗近はスマホをポケットに入れると、おもむろに立ち上がった。

3

その日の夕方、宗近は喫茶店の中にいた。

駅前の商店街から少し外れたところにある。うす汚れた赤いカーペットに、ところせましと鉢植えが並べられている。店の隅には、テーブル型のゲーム機まである。宗近が子供の頃、父親がよく連れてきた店だ。まるで時間が止まったみたいに、昔の面影を保っている。

扉が開き、カランコロンと音がする。痩せたブレザー姿の中学生がこちらに向かってくる。浦崎だ。

宗近が大きく手をふる。

「おい、浦崎くん。こっち、こっち」

浦崎が席に座る。店員にコーラを頼むと、すぐに持ってきてくれた。浦崎がコーラを一口する。ほんの少し表情がやわらいだ。

宗近は世間話から入った。

「どうだ。学校の様子は?」

浦崎が声を落とした。

「……みんなしょんぼりしてる。今は部活も禁止されてるし、外にも出られへんから」

余計な質問だった。クラスメイトが殺されたのだ。そんなことは訊かなくてもわかることだ。

「僕に訊きたいことってなんなん?」

浦崎の方から口火を切ってくれた。

「いや、ちょっと気になることがあって。君、マロン探し手伝ってくれただろ。そのとき金髪の男がわめきちらしてたの覚えているか？」

「うん……あのおっかない人やろ」

浦崎の顔が強張る。こういうタイプからすれば、緑川は天敵みたいなものだ。

「あのときさあ、他の子供たちは金髪男に注目してたんだけど、君だけはカメラを見ていた。つまり颯太だ。一体なぜなんだい？」

浦崎がぎくりとした。

言おうか言うまいか。そう迷うような目つきをしている。宗近は先を急がず、黙って言葉を待った。

ただその間は短かった。一応躊躇うふりをしてみました。そんな雰囲気だった。

浦崎がそろそろと言った。

「……あの、小坂凜ちゃんって知ってる？」

「小坂凜？　ああ、あの子も来てたな」

浦崎が宗近の顔をのぞき込んだ。

「凜ちゃんの犬がいなくなった事件は聞いてんの？」

「ああ、シュンが言ってた。颯太が見つけたっていうやつだろ」

「うん……それなんやけどね。僕見てもうてん」

「何を見たんだ？」

　宗近がうながすと、浦崎が小声で答えた。

「颯太くんが凜ちゃんの犬を連れて空き家に入るのを偶然見たんだ。で、その三日後に颯太くんが凜ちゃんの犬を見つけたって連れてきたんだ」

　宗近が目を見開いた。

「つまり颯太は凜の犬を見つけたのに、それをこっそり隠してたってわけか？　なんのために？」

「たぶん凜ちゃんにいいところを見せたかったんだと思う。ほら凜ちゃんってクラスでも人気あるから」

　小坂凜の姿を思い浮かべる。たしかに美少女といえるぐらい整った顔だちをしていた。

「なるほどな。偶然見つけてすぐに連れてくるんじゃなくて、時間が経ってから自分が見事探しあてたことにして、株を上げるつもりだったってことかあ」

　宗近が、昔バッタ猫を見つけたときと似ている。

　あの件で、自分もクラスの人気者になった。故意と偶然の違いこそあるが、状況としては酷似している。

宗近がそこで気づいた。

「じゃあそのことがあったから、君は颯太がマロンの件でも何かしたんじゃないかと疑って、颯太を観察していたってわけか」

「うん。でも僕のかん違いだった。よく考えたらマロンは車にひかれたんだもんね」

宗近は拍子ぬけした。

どうやら宗近の違和感は見当はずれだったみたいだ。では颯太がひっかかっていた点とはなんだったんだろうか?

宗近が考え込んでいると、浦崎がだしぬけに言った。

「実はこのこと刑事さんにもしゃべってん」

宗近が我に返った。

「刑事って、雨宮刑事か?」

「うん」と浦崎がうなずく。「雨宮と進藤って二人の刑事さんにも同じこと話した。颯太くんに関することで君が知ってることは全部しゃべってくれって言われたから」

宗近がそこで合点した。なるほど。一度その秘密を話しているから、浦崎はすぐに打ち明けてくれたのか。

「他に何か訊かれたかい?」

「颯太くんと一緒にプールとか行かんかったか訊かれた」

「プール？」

なぜそんなことを知りたいのだ。雨宮の意図がわからない。

「でも颯太くんって泳げへんから、プール行ったことないわ」

「ふーん、颯太もそんな弱点があったんだな」

女の子の気を惹こうと小細工したり、実は泳げなかったり、と颯太にもそんな人間味があったのか。それを知ってれば、颯太にもっと親近感を抱けたのに。でも死んでからでは何もかもが遅すぎる……宗近は気分がふさいできた。

調子づいたのか、浦崎がなめらかに続ける。

「他にも凜ちゃんや、ペット探しを手伝ったメンバーはみんな結構訊かれてた。とくに刑事のおじさん、颯太くんのお父さんとお母さんのこと訊いてきた」

宗近がひっかかる。

「お父さんとお母さんって、颯太の両親のことか？」

「うん、そう。でも颯太くんのお父さんとお母さんって共働きで、ほとんど家にいないから、誰もぜんぜん知らへんけど」

「ふーん、そうかあ」

妙だな。被害者家族をそこまで調べてどうなるのだ？　それだけ解決の糸口がないという証拠なのかもしれない。ふと、浦崎の隣の椅子が目に入った。かばんを置いている。そこから一冊の本が出ていた。

「それは？」

宗近が指さすと、浦崎がそれをとり出した。

「あっこれ。ペットの本」

と嬉しそうに表紙をこちらに向ける。かわいらしい子犬の写真が載っている。

「前から犬飼いたかったんやけど、お母さんが許してくれんかってん。でも昨日急に飼ってええって言ってくれてん」

と浦崎は不思議そうにしている。ただ宗近はすぐにぴんときた。

颯太が亡くなって気落ちする息子を、彼の母親は気づかったのだ。ペットを飼えばなぐさめになる。母親はそう心を配ったのだ。

ふと宗近は閃いた。そしてにやりと笑った。

「犬が欲しいのならいい場所がある」

浦崎が目を細める。

「どんなとこ？　もうペットショップ行こうと思ってたんやけど」

「そんなところ行かなくていい。お金を払わずに犬が手に入るところがあるんだよ」

「えっ、タダなん？　どこどこ？」

と浦崎が興味津々となる。宗近が満面の笑みで答える。

「動物愛護センターってとこだ」

4

数日後、宗近は動物愛護センターにいた。

ケージの中では、子犬がかわいらしくじゃれている。どれもが清潔そうで、色とりどりのリボンをつけている。

いいもらい手が見つかるように。宗近がそう祈っていると、美沙が礼を言った。

「三津間さんありがとうございます。今日の子犬の譲渡会、ずいぶん声をかけてくださったみたいで」

「いや、とんでもないです。これぐらいしかお役にたてなくて」

宗近が照れながら手をふる。ケージの周りでは子供たちの嬌声(きょうせい)が聞こえる。浦崎に小坂凜、木崎まどか、その他颯太の仲間たちが来ている。

颯太が亡くなって以来、みんなふさぎ込んでいた。だが今日はその表情が一変し、わいわいとはしゃいでいる。

久しぶりの笑顔だ。動物好きを元気づけるには、動物とふれ合うのが一番の薬だ。そう思って、宗近はみんなに声をかけたのだ。

美沙が耳打ちする。

「溝部先生は大丈夫ですか？　なんでも部屋から出てこないそうですけど」

「そうなんですよ」

美沙が冴えない面持ちになる。

「殺された男の子、溝部先生と仲が良かったそうですね。溝部先生はお優しい方だから相当ショックをうけたんですね」

このあたりであの事件を知らぬ者はいない。美沙には、彼らが殺された子供のクラスメイトだと伝えている。

美沙が時計を見たので、宗近が不安げに訊いた。

「そろそろ時間ですか？」

「ええ、もうすぐですね」

宗近が駐車場を見やる。目を凝らしてみるが、車以外は何も見えない。やはり来るわけないか……そうあきらめかけたその瞬間だ。遠方に人影がゆらめいた。それがどんどん近づいてくる。そして宗近の側で立ち止まった。

宗近が微笑で迎え入れる。

「九条さん来てくれたんですね」

九条はちらっと宗近を見やる。目の色が混濁している。ふっきれたわけではないらしい。

それから複雑そうに礼を述べる。

「熱心にお誘いいただきましたからな。三津間さんには世話になりましたし……ただ今日は見るだけですよ」

「ええ、それでかまいません」

子犬の譲渡会があるので来ませんか。宗近は九条をそう誘ったのだ。

もう私は二度とペットを飼いません。

九条はそう丁重に断ったのだが、「お願いします。一度だけでもいいんで来てください」と宗近は執拗に頼み込んだ。そのねばりが功を奏したのだ。

美沙が全員に呼びかけた。

「みなさんお集まりください。子犬の譲渡会をはじめます」

子供を含めた参加者たちが、ぞろぞろとやって来る。美沙が彼らに用紙を配る。

「譲渡申請書にお名前、住所を記入して下さい。子犬の抽選会のあと、当選された方には譲渡講習会を行います。これに参加されない方はどんな事情がおありでも子犬をお渡しすることはできません」

譲渡講習会で、ペットに関する正しい知識を伝える。この知識が力となり、不幸なペットを減らす源となる。

人にペットとの出会いを与える。そういう意味では、ペットショップも動物愛護センターも変わりはない。けれどここの動物は、ペットショップのようにお金では買えない。ペットの飼い主になって、その子の面倒を一生見続ける。

その決意と覚悟が求められるのだ。

美沙が五匹の犬を紹介した。わっと歓声が上がる。浦崎は黒色のパグに目をつけていたようだ。

一緒に来ていた母親に、「あれ飼っていい？」とねだっている。母親がにこりとうなずいた。他の希望者もいない。

浦崎はうきうきと、美沙に申請書を提出していた。

宗近は九条の様子を窺った。九条の目線は、ある一匹の犬に釘付けになっていた。

それは、柴犬だった。

美沙が以前教えてくれた、カイトそっくりの犬だ。宗近は、この犬と九条を出会わせたかったのだ。

その犬は、他の四匹と比べると元気がない。耳もしおれ、大勢の人に囲まれて尻込みしている。この犬をもらいたい。そんな希望者もいなそうな雰囲気だ。

宗近は、九条の耳元でささやいた。

「その犬、捨てられてたんですよ。近くの小学校の前にダンボールに入れられて」

九条がはっと目を見開く。

「……捨て犬ですか」

「ええ、職員さんの話ではかなりひどい目にあっていたようです。今でも人を怖がっておどおどしてます」

「……そのようですな」

説明を終えると、宗近は側を離れた。自分にはここまでしかできない。ここからは踏み込める領域ではない。あとは九条の判断にまかせる。

美沙が一同に呼びかけた。

「まだ申請書を提出されていない方は、提出をお願いします」

そろそろしめ切りの時間だ。九条は黙って柴犬を眺めている。柴犬もケージの隅でふるえたままだ。

九条は動かない。カイトを失った衝撃は、宗近の想像以上に大きかったのだ。カイトとよく似ている。ただそれだけの理由では、新しくペットを飼う気にはなれなかったのだ。これぱかりはしかたがない。強制して飼わせるなど本末転倒だ。宗近は失望の息を吐いた。

そのときだ。犬がすっくと立ち上がった。よろよろとケージの前に近づいてくる。それに反応して、九条もしゃがみ込んだ。

柴犬は、つぶらな瞳で九条を見上げている。まるで九条に引き寄せられたみたいだ。九条は、ケージの中に手をさし込んだ。犬はぺろぺろとその手をなめている。

その光景を見て、美沙がたまげていた。この犬は人を怖がって遠ざけていた。なのに、九条にはもう心を開いている。

すると、九条がふっと息を吐いた。

「おまえ、うちの子になるか……」

そして立ち上がり、宗近の元にやってきた。

「三津間さん、申請書はありますか」

「どっ、どうぞ」

と宗近が急いでさし出す。美沙にもらっていたものだ。

九条は申請書を書き終えると、美沙に提出した。これで時間終了だ。

幸いにも、一匹の犬に対して複数の希望者がなかった。つまり抽選はなしだ。

浦崎はパグのもらい手になり、九条は柴犬のもらい手になった。他の三匹にも無事もらい手があらわれ、子犬譲渡会は大成功で終わった。

宗近が満悦顔でいると、九条が側にやってきた。そして深々と頭を下げる。

「この子に出会わせてくれてありがとうございます。もう犬を飼う気はなかったんですが、この子の目を見ていたら気が変わりました」

宗近がにこりと応じる。

「カイトもきっと天国で喜んでますよ」

「ええ」

と九条は目尻にしわを寄せる。

その表情を見て、宗近は確信した。犯人を殺したい。九条はもうそんなことを二度と思わない。新たに守るべきものができたからだ。

美沙が声をはり上げる。

「五分後に講習会を始めますので、みなさん手を洗ってセンターの中にお入りください」

全員が、ぞろぞろとセンターの方に向かっていく。

いつの間にか美沙が隣にいた。

「三津間さん、ありがとうございます。柴犬のもらい手を見つけてくれて。あの方なら絶対幸せにしてくれますね」

そのとびきりの笑顔に、宗近はたじろいだ。とつぜんの美女の笑みは心臓に悪い。そしてそのときふっと気づいた。なぜ人はペットを飼うんだろう？　ペットを飼わない宗近にはその答えがわからなかった。でも、今少しだけそれがわかった。

ペットは人に笑顔を運んでくれる。だから人はペットを飼うのだ。

宗近は明るい声で頼んだ。

「冴木さん、講習会って俺も参加していいですか？」

美沙は一瞬きょとんとしたが、すぐに笑顔に戻る。

「ぜひ」

5

譲渡会を終えて、宗近は俊平の家に戻った。

靴を脱ぐやいなや階段を駆け上がる。そして廊下の奥にある部屋に向かった。その扉を勢いよくノックする。もちろん返事などない。

宗近は息を吸い込み、はりのある声で叫んだ。

「おい、シュン、いつまで閉じこもってんだ。颯太が殺されてショックなのはわかるが、まどかちゃんも、九条さんもみんな前に進みはじめてるぞ。おまえだけだ。いい加減に立ちなおれよ」

返事はない。宗近はかまわず続ける。

「颯太が死ぬ間際に映像データをくれたんだ。何かひっかかるってな。もしかしたらチェルシー・ジョージに関することかもしれない。ただ俺にはわからなかった。同じデータをおまえに送っておくから、あとで見ろ。シュン、おまえなら何か気づくかもしれない。絶対見ろよ。わかったな」

無反応だ。本当に中にいるのかどうかも疑いたくなる。宗近は特大のため息を吐いた。さらに抗議の意味を込めて、わざと音をたてながら階段を下りた。

宗近はリビングに入り、ソファに腰を下ろした。その沈み込む感覚と一緒に、ぐっと考え込む。颯太の映像からはなんの手がかりも得られなかった。犯人につながる唯一のロープがぷつんと切られた。そんな心持ちがする。これ以上、ただの一般人がどうすることもできない。あとは警察に任せるほかない。だがその警察も、捜査が進展しているようには見えない。マスコミからも非難の声が上がっている。

　宗近がうなだれると同時にスマホが鳴った。また長野かと表示を見たのだが、登録していない番号だった。雨宮のものでもない。

「……もしもし」

　と宗近は訝しげに電話に出た。

「とつぜんで申し訳ありません。私、二階堂と申します。以前、犬の交通事故でお世話になったものです」

　宗近は驚いた。緑川の犬・マロンを轢いた運転手だ。そういえばお互い連絡先を交換している。

「どうかされましたか？」

　二階堂が言いにくそうに切り出した。

「……一度三津間さんに会って、ご相談したいことがあるんですがよろしいでしょうか？」

「それはかまいませんが」

　と宗近が承諾する。待ち合わせ場所と時間を決めて電話を切る。

　二階堂から電話があった時点で、用件はもうわかっている。緑川が二階堂にからんできたのだ。

二階堂の連絡先を教えて欲しい。串間からそう頼まれた時点で、何か問題が起こるとは思っていた。

家を出ると、隣人の日下部に出くわした。塀にかけたリードを手にとっているところだ。ラブの散歩に出かけるようだ。ラブは尻尾をふって喜んでいる。

塀にはもう一本新しいリードが増えていた。気分によってリードを替えるつもりなんだろう。ラブは幸せな犬だな、と宗近は嬉しくなった。こういう飼い主ばかりならば、美沙たちの負担も減るに違いない。

日下部が声をかけてくる。

「三津間さんお出かけ？」

「ええ、ちょっと」

と宗近があいまいに答える。日下部が眉をひそめる。

「ぶっそうだから気をつけた方がいいわよ。ほらっ、例のドリームランド事件の犯人捕まってないんだから。もういつ襲われるんじゃないかって怖くて怖くて」

と体をふるわせる。本当に怖がっているのだろうが、この人がやるとどこか滑稽に見える。

「そうですね。気をつけてください。日下部さんはお綺麗だからとくに」

いつものお世辞を投げると、日下部はすんなり受け止める。

「そうよねえ。十分に気をつけるわ」

そして上機嫌でラブの散歩に出かけた。うらやましい性格だな、と宗近は息を吐いた。


ＪＲ奈良駅前のカフェに到着する。二階堂が指定したカフェだ。

店に入ると、すぐに二階堂が見つかった。二階堂もこちらに気づく。立ち上がると軽く会釈をした。

「すみません。お忙しいところお呼びたてして」

今日は休みなのか、緑のポロシャツにチノパンという格好をしている。マロンの事故直後はとり乱していたが、今は落ちついている。

宗近が前置きなく言った。

「どうしたんですか？　相談したいことって？」

「ええ、あの犬の飼い主の緑川さんなんですが、正直困っていまして」

と二階堂が弱り顔になる。予想的中だな、と宗近は肩を沈ませる。

「慰謝料を請求してるんですか？」

「ええ」

と二階堂がうなずく。

「交通事故でペットが被害にあった場合は、対物賠償保険の扱いになります。つまりペットはモノという区分なので、賠償金も人間と比べてかなり低くなるそうなんです。それが緑川さんには納得がいかないらしくて、直接私に払えと請求してきまして」

「ちなみにおいくらですか？」

「200万円です」

俊平と合わせて400万円か……マロンの事故を最大限に利用している。さっきの動物愛護センターでの喜びが、みるみるうちにしぼんでいく。

二階堂が今にも泣きそうな顔をする。

「当然拒否したんですが、それ以来緑川さんからの電話がしつこくて。『おまえは人の犬を殺して平然としてるんか』と連日のように罵倒されるんです。何度謝罪してもその調子で……」

緑川ならやりかねない。宗近が出会った人間の中でも、あんな劣悪な奴はいない。そうきっぱり断言できる。

すると二階堂が表情を戻した。

「……あとあの交通事故なんですが、冷静になって考えてみると、とてもおかしなところがありまして」

「というと？」

二階堂がかばんからタブレットをとり出した。宗近はそれをのぞき込んだ。

「これは私のドライブレコーダーの映像です。あのときの状況を録画してあるんですが、ちょっと見ていただけますか」

便利な時代だ。事故の際にはドライブレコーダーが役立つと聞いたが、まさしくその通りだ。

二階堂が三角のボタンを押した。映像が再生される。思ったよりも画質が鮮明だ。

車が街路樹のある道を軽快に走っている。スピーカーからはクラシックが流れている。ショパンだ。

その瞬間だ。とつぜん何かがヘッドライトの前に飛び出してきた。マロンだ。木と木の間からなので、完全な死角だ。これでは避けようがない。

キャンという絶叫が響き、ブレーキ音が聞こえる。あまりに凄惨な映像に、宗近は思わず目をそむける。

映像が終わると、二階堂が意見を求めてきた。

「三津間さん、少し変だと思いませんでしたか？」

宗近が首をひねる。

「変とはどのあたりですか？」

どこにも気になる点はなかった。

「ここです」

と二階堂がある部分で映像を止める。

宗近はもう一度画面を見つめた。それは、マロンが飛び出す瞬間だった。

「どこかおかしなところがありますか？」

「犬が飛びだしてくる位置です。ちょっと高くないですか？」

宗近が目を細めて確認する。そこで気づいた。マロンはトイプードルだ。だから体も小さい。猫でもこれほど高く跳べるとは思えない。

「たしかに妙ですね。プードルがこんなに高く跳べるんですかね？」

「ねっ、おかしいでしょ」

と二階堂が声をはね上げる。

「街路樹の間は土で足場もよくありません。だからこの位置に犬が跳んでくるはずがないんです。つまりですね……」

と二階堂がもったいぶる。宗近はしかたなく付き合ってやる。

「……つまりなんですか？」

二階堂が、たっぷり間を空けてから言った。

「この犬は何者かに放り投げられたんじゃないか、と思うんです」

宗近が仰天の声を上げる。

「放り投げた？　なんのために？」

「当たり屋ってありますよね。わざと車にぶつかって怪我をし、損害賠償金を請求するってやつ。これはそのペットバージョンじゃないでしょうか」

宗近がこめかみを指でかいた。

「じゃあマロンを車の前に放り投げて殺した人間がいるとおっしゃりたいわけですか？」

二階堂がうなずく。

「そしてその犯人が緑川だ、と」

二階堂は深くうなずいた。

宗近はその指摘を検討してみた。たしかに筋は通っている。現に緑川は、俊平と二階堂の二人に賠償金を請求している。

けれどマロンが逃げ出した原因は、串間のミスによるものだ。緑川は逃げたマロンを偶然見つけ、瞬時のうちにその計画を練ったのだろうか？　あまりにも無理がある。

「たしかにおかしいとは思いますが、ちょっと考えすぎじゃないでしょうか。マロンは動物病院のスタッフが誤って逃がしてしまったんです。もしその計画を実行するつもりならば、いくらでも他にできるチャンスがあったはずですよ」

「いや、絶対にあいつです」

二階堂は自説を曲げない。かなり思い込みの激しい人間のようだ。宗近は面倒になってきた。すると、二階堂が一段と声を低めた。

「三津間さん、緑川が怪しいと考えるのには他に理由があるんです」

宗近が気のない返事で応じる。

「他に？　なんですか？」

「……奈良ドリームランド殺人事件はご存じですか？」

宗近がぎくりとする。その言葉が、二階堂の口から出るとは思ってもいなかった。

動揺をおさえながら、宗近は慎重にうなずいた。

「ええ、もちろん。これだけ世間を騒がせてる事件ですから」

二階堂が身を入れて続ける。

「ドリームランドで中学生が殺されたでしょ。あの事件を聞いたとき、ふと昔のことを思い出したんですよ。八年ほど前なんですけどね、あそこで高校生がリンチにあって殺されたんです。このことはご存じですか？」

そういえば俊平がそんなことを言っていた。

「知ってます。でも今回のドリームランド殺人事件と八年前の事件になんの関係があるんですか？」

「少し長い話になりますが……」

二階堂がそう前置きすると、とうとうと語りはじめる。

「私には年の離れた弟がいます。その弟と殺された高校生とは同級生でした。殺された少年は吾妻（あづま）という名前でした。彼は普段から不良連中にいじめられていました。弟曰（いわ）く、吾妻くんというのは気弱でおとなしい性格だったそうです。だから不良に目をつけられたんでしょう。

で、そいつらは吾妻くんに親の金を盗んでこいと要求したんです。吾妻くんの家は開業医で裕福だったからでしょうね。たださすがの吾妻くんもそれに耐えかねて、私の弟に相談しました。弟と彼は格別仲良しでもなかったそうなんですが、小中高と同じ学校でした。弟が唯一悩みを相談できる相手だったんでしょう。

そこで弟は、『一度金を渡したらああいう連中は調子づく。きっぱり断った方がいい』

とアドバイスしました。まっとうな意見です。私でもそうアドバイスします。吾妻くんは弟の助言にしたがい、はっきりと拒絶しました。するとその悪ガキ連中は激怒し、吾妻くんをドリームランドに呼びだしたんです。そしてあの惨劇が起こりました……」

二階堂が語尾を弱めた。宗近もいたたまれない気持ちになる。

「吾妻くんをバットで殴り殺した犯人はすぐに逮捕されました。少年なので名前は報道されませんでしたが、犯人は宅間という高校生でした。宅間は吾妻くんを殺したあとすぐに自首しました。十八歳未満ということと命を奪ってしまったことは不可抗力によるもの、さらに本人が深く反省していることもあり、保護観察処分ですみました。こんな軽い刑では吾妻くんも浮かばれません」

二階堂の声には含みがある。今の少年法自体を快く思っていないのだろう。

「で、おととい弟と電話で話してるときに、今起こってる奈良ドリームランド殺人事件の話題になったんです。弟はその事件に深い関心を抱いていました。弟も、私と同じく吾妻くんの一件を連想してたようです。そのときに弟が、当時ある噂があったと教えてくれました」

「噂？」

と宗近がくり返した。二階堂が首を縦にふる。

「ええ、実は吾妻くんを殺したのは宅間ではないというものです」

宗近が目を剝いた。

「どういうことですか？」

二階堂がさらに声を低める。

「当時弟は、自分の助言のせいで吾妻くんが亡くなったのではないかと、かなり気に病んでました。ですから自分なりにいろいろ探っていたそうなんです。

まず弟が疑問に感じたのは、犯人が宅間だということでした。というのも宅間という少年は、その不良グループの中心メンバーではありません。その中でも下っぱでした。

そこで弟が詳しく調べたところ、ある噂を耳にしたそうです。それは、犯人は宅間ではなくそのグループのリーダーだった。そういうものでした。吾妻くんを殺したのはそのリーダーで、宅間は身代わりで自首したそうなのです」

「身代わり？　まるでヤクザ映画ですね」

「ええ、ただかなり真実味のある話だそうです。その不良グループではリーダーが独裁者のような存在で、その手下たちは絶対服従でした。警察も知らなかったのは、グループ内で固く結束し、秘密を守りぬいていたからです。もし秘密を漏らせば、自分がリンチにあうのです。彼らが口を閉ざしていたのも当然です。弟もかなり苦心して聞き出したとのことでした」

宗近はいらだった。そんな連中に、思い出のドリームランドが汚されたのだ。故郷の奈良にそんなくだらない奴らがいる。それ自体が許せない。

するとニ階堂の目が鋭くなった。どうやらこれからが本題らしい。宗近が正面に向きなおる。

二階堂が声に迫力を込める。

「私は、弟になにげなくこう尋ねました。『そのリーダーの名前はなんていうんだ』と。すると弟はこう答えたんです。

『そいつの名前は緑川だ』と……」

宗近が飛び上がった。その拍子に膝がテーブルにあたる。コーヒーがこぼれそうになったが、寸前でカップを持ち上げた。そのカップをテーブルに置き、椅子に座りなおした。

慎重に、ゆっくりと尋ねる。

「まさか、あの緑川ですか……」

「ええ」

二階堂が深刻そうにうなずく。

「弟の高校では緑川は有名な不良で、かなり恐れられていたそうです。佐紀町に暴力団の事務所があったでしょ」

「知ってます。地元では有名でしたからね」

「緑川があそこに出入りする姿を、弟のクラスメイトがよく見かけたそうです。今も暴力団とは関係があるそうですよ。ですからドリームランド事件を知って、弟はすぐに緑川を思い浮かべたそうです。自然な連想です。吾妻くん殺しと同じ場所で殺人が起こったんですからね」

宗近が口の中でうめき、二階堂が補足するように言った。

「あとですね、当時緑川が頻繁に行ってたことがあるそうなんです」

宗近がくぐもった声を吐いた。

「……なんですか？」

二階堂がゆっくりと言った。

「それは、犬や猫を殺すことです」

「本当ですか！」

と宗近が驚愕（きょうがく）する。その瞬間、背中に冷たい汗がふき上がった。

二階堂が声をふるわせる。

「はい。緑川は、近所の犬や猫をバットで殴り殺していたそうなんです。ストレス発散か何か知りませんがね。ぞっとする趣味ですよ。その不良グループは、緑川が殴り殺すための犬猫をどこからか調達してたそうですよ。まるで臣下が王様に貢ぎものをするようなものです。近所で行方不明になっている犬猫はそいつらが盗んでる。弟を含めたクラスメイトはそう疑ってたらしいんですよ。

もうそれを聞いてぞっとしました。ちょうど私は、その緑川に脅迫されてるんですからね。あいつが自分の犬を車に轢かせて金をせしめてるならまだましです。もしかするとドリームランド殺人事件の犯人かもしれません。そんな犯罪者に目をつけられてると思うと……もう怖くて怖くて……」

二階堂の目に涙が浮かんでいる。

ただ、二階堂をなぐさめる余裕などない。頭の中は、すべて緑川で埋められている。

颯太がひっかかるといっていたあの映像……あそこには緑川が映っている。颯太は、緑川の何かに気づいたのだ。

殺人疑惑のある不良で、動物虐待をしている。地元の人間なので土地勘も十分にある。しかも緑川には腕力もある。颯太をしめ殺す力もあるのだ。チェルシー・ジョージの犯人像に完璧に合致している。

宗近が顔を上げた。

「二階堂さん、このことを警察に話しましたか？」

「まさか、とんでもない」

二階堂がぶんぶんと首をふる。

「この件ちょっと俺に預けてもらってもいいですか。刑事に知り合いもいますし、なんとかしてみます。もし緑川から連絡があったら、すぐに私に知らせてください」

「ええ、もちろんです。よろしくお願いします」

希望どおりの返答がもらえたのか、二階堂はほっと眉を開いた。

6

宗近は緑川のマンションの前にいた。

奈良にしては珍しく騒がしい場所にある。居酒屋や夜の店がちらほらと見える。

二階堂と別れると、宗近は俊平の医院に向かった。串間に緑川の住所を訊くためだ。緑川はマロンを預けていたのだ。住所のデータがあるに違いない。そう踏んだのだ。

串間が即答する。

「ええ、ありますよ」

「よかった。じゃあ教えてくれ」

串間が怪訝そうに尋ねてくる。

「どうして緑川さんの住所が必要なんですか？」

宗近は言葉に詰まった。まさか、緑川が颯太殺しの犯人だと言えるわけがない。

「ちょっとな。マロンのことで訊きたいことがあるんだ」

とあいまいに答えておく。

串間はまだ首をかしげていたが、とりあえず教えてくれた。そして真顔でこう申し出た。

「三津間さん、僕に手伝えることがあったらなんでも言ってください。元はといえば僕の失敗からはじまったことですから」

「わかった。そのときは頼むぞ」

と宗近は力強く応じた。そしてその足で、このアパートを訪れたのだ。

チェルシー・ジョージの正体が緑川であるという証拠が欲しい。ただ、まさか本人に直接尋ねるわけにもいかない。まずは緑川の動向を探る必要がある。

二階堂の話を聞いて、一瞬雨宮に伝えるかという考えが浮かんだ。だが直前でそれを止めた。やはり自分の手でどうにかしたい。

警察に教えたくない。そう言った俊平の気持ちが、今になって理解できてきた。これはもう俺たちの問題だ。ならば自分たちで解決するのが筋だ。それに雨宮に報告するのは、緑川が犯人である証拠を得てからでも遅くはない。

緑川の部屋のある三階をじっと眺める。すると何やら視線を感じた。その正体を探ると、中年女性がこちらを凝視している。もう顔一面が警戒の色で染まっている。あと数秒すれば通報されそうだ。宗近はあわててそこから立ち去った。

ひと休みするために、コンビニに向かう。そこでコーヒーを買い、もう一度外に出る。コーヒーを一口呑んで、気持ちを落ちつかせた。それから一度冷静に考えてみる。

あれほど人の往来がある道で、じっと待つことはできない。さらに車の中で待機するには道幅が狭すぎる。

それに今は時期が悪い。ドリームランド殺人事件のせいで、住民が警戒を強めている。さっきの中年女性がその典型だ。

もう一度あの道に戻ってみる。さっきの女性はいない。ふとマンションの前の駐車場が目に留まる。黒のミニバンが駐車していた。見覚えのある車体だ。誰もいないことを確認し、ふらっと近寄ってみる。

フロントウィンドウに大量のぬいぐるみがある。下品というスープを、三日三晩鍋で煮詰めたような内装だ。まちがいない。緑川のミニバンだ。

宗近はそこを離れて、歩きながら熟考する。

緑川はチェルシー・ジョージである。そして昔と同様、まだ動物を殺している。まずはそう仮定する。そういう暴力的な欲望はおさえようがない。何かの本でそんなことを読んだことがある。ならばどこかで発散する必要がある。

三階のあの部屋では不可能だ。あんな場所で動物を殺せば、近所の住民に気づかれる。人気(ひとけ)のない、秘密の場所があるはずだ。

動物を殺しやすい場所はどこだろうか？　それは街中から遠く離れた場所だ。ミドリの死体があった原始林や、カイトの死体があったドリームランドの敷地は、絶好の殺害スポットとなる。おそらく他にも似たような場所があるはずだ。そこに行くには車を使う必要がある。つまりその車を追えばいい。

だが、そこで難問が立ちはだかる。

あのミニバンを尾行するのなら、車で待ち伏せしなければならない。だがこの道ではそれができない。

それに、おそらくその場所は人気がない。車でぴったり後ろにつけば、すぐさま気づかれる。

だめだ。何か手を考えなければならない。今日のところはいったん引き下がろう。するとメールが届いた。美沙からだ。とたんに胸が高鳴る。内容は、譲渡会で宗近がボールペンを忘れていったというものだった。

そこで閃いた。宗近はすかさず返信する。

『冴木さん良かったら夕食行きませんか？　ちょっと相談したいことがありまして』

ＯＫという返事がくる。

「よしっ」

と宗近は快哉（かいさい）の声を上げた。

また以前と同じ『菜宴』で待ち合わせをする。美沙がすぐにボールペンを渡してくれた。

常連扱いしてくれたのか、店が一品サービスしてくれた。ビールを一口呑んだあと、美沙は早速尋ねてきた。

「溝部先生はいかがですか？」

宗近は首をふる。

「あいかわらずですね。部屋に閉じこもったままです」

「……そうですか」

と美沙がため息を吐いた。宗近があたふたと本題に入る。

「そうそう冴木さんに相談したいことっていうのは、車を尾行する方法がないかについてなんですよ」

「尾行ですか？」

物騒な響きに、美沙が目を丸くする。

宗近が腕を組んで言った。

「ええ、実は緑川という男が犯人じゃないかと疑ってまして、そいつの動向を追えないかと考えてるんです。ただ緑川の車を尾行するいい方法がないんですよ。はりこみしようにも車で待ってたら目立ってしかたありませんからね」

「今は街中が警戒してますしね……」

と美沙が補足する。宗近が声を高める。

「そうなんですよ。ドラマでは警察は簡単にやってますが、いざ実際自分がやるとなるとこれほど難しいとは思いませんでした」

すると美沙が閃いた。

「ＧＰＳはどうですか？」

「ＧＰＳですか？」

人工衛星を利用して自分がどこにいるのかを割り出すシステムだ。当然それは知っている。

「スマホについてますよね。それをどうするんですか？」

「緑川という人の車にくっつけるんですよ。そうすれば別に尾行しなくても、パソコンかスマホで調べて居場所がつきとめられます」

「なるほど」

宗近はうなった。妙案かもしれないが、問題点が頭に浮かんだ。

「でもスマホを車にくっつけるのはちょっと抵抗ありますね」

「そんなことしなくてもＧＰＳ発信器だけをつければいいんですよ」

「そんなのがあるんですか？」

「ええ、近ごろの親御さんは子供にＧＰＳ発信器をもたせたりするらしいですよ。子供にスマホはまだ早いけど、行き先がわからないのは心配だという方に人気だそうです。それと浮気調査にも使われるみたいです」

「はあ、浮気調査に」

今の時代は浮気ひとつするにも、スパイなみの注意が必要らしい。ただＧＰＳのアイデアは素晴らしい。簡単に尾行ができる。

「いいですね。それやってみます」

「お役に立てて光栄です」

と美沙が微笑(ほほえ)んだ。その素敵な笑顔でとろけそうになる。これを拝みたかったのも、美沙を誘った目的だ。

会社が順調で金がある頃は、芸能人や派手な職種の女性にしか目がいかなかった。だから女優と付き合っていたのだ。

でも今はまるで興味がない。あいつらはしょせん金が目あてなだけだ。やはり真実の愛を求めるのならば、美沙のような一般人で心優しい女性がいい。

宗近は気をよくした。そしてビールを一口呑んで言った。

「冴木さん、よくそんなことをご存じでしたね」

「実は私もGPS発信器使ったことがあるんですよ」

「えっ、浮気調査でですか?」

ビールが気管に入り、宗近がむせ込んだ。

「大丈夫ですか」

と美沙が心配してのぞき込んでいる。宗近はごほごほ言いながらも、どうにか息を整えた。

「大丈夫です。ちょっと驚いただけなんで」

美沙のような女性がいい。そう思っていた直後だったので、混乱してしまった。

　美沙が訂正する。

「GPS発信器は使いましたが浮気調査じゃないですよ。猫の生態調査で使ったんです」

「猫の生態調査？」

「ええ奈良先端大学の生物学者が、猫の生態を調査するためにGPS機能のついた首輪を猫につけて調べたんですよ。奈良町の地域猫三十匹を使って」

「地域猫ってなんですか？」

「個人個人で飼ってる猫ではなく、地域で飼ってる猫のことです。ちゃんと去勢や避妊手術もされてます。野良猫とは違い、きちんと人の手で管理されてるんですよ」

「へえ、そんなのがあるんですね」

　宗近は素直に感心する。それならば家で猫が飼えない人も、気軽に猫と触れ合える。

「はい。うちのセンターでもその調査に協力させていただいたんです。二十四時間猫をモニタリングして調査したんですが、とっても面白かったですよ。私たちも知らなかったことがたくさんあって、溝部先生も大はしゃぎしてました」

「シュンもやってたんですか」

「もちろん。先生が地域猫の去勢や避妊手術を担当されて、猫の面倒を見られてますからね」

「たしかにシュンからすればそんな面白いことはないでしょうね」

「ええ、もうそれそれは」

俊平のはしゃぎぶりを思い返したのか、美沙が苦笑する。

「そのときの記念にひとつずつGPS付きの首輪をもらったんですよ。溝部先生、それにもすごく喜んでおられました。だからGPS発信器について知ってたんです」

宗近が朗らかに言った。

「ありがとうございます。そのGPS発信器を買ってみますよ」

「ええ、ぜひ」

と美沙が口角を上げたが、すぐにその笑みを消した。

「……でも三津間さん、それって警察に相談した方がいいんじゃありませんか?」

宗近が言いよどんだ。

「ええ、それも考えてみたんですが、まだ俺の憶測の範囲なんで、ちゃんと明確な証拠が欲しいんですよ。警察への報告はそれからでも遅くないと思うんです」

「……ですけど、もしその男が犯人だったとしたらかなり危険じゃないですか」

「心配いりませんよ。別に俺が緑川を逮捕するわけじゃないんですから。ペットを殺害してる証拠を探りあてたら、すぐに警察に通報するつもりです」

美沙はまだもの言いたげな顔をしていたが、とりあえず引き下がってくれた。


美沙と別れると、宗近はネットでＧＰＳ発信器を買った。

翌日、そのお目あてのＧＰＳ発信器が届いた。想像よりも小さい。ライターぐらいの大きさだ。強力な磁石がついているので、車の底に貼りつけられる。車体が大きくゆれる山道でも、外れることはなさそうだ。

宗近はＩＤとパスワードを入力し、性能をたしかめてみた。スマホの地図には赤い×印が浮かんでいる。精度もばつぐんだ。これならば十分役に立ってくれる。

宗近は、もう一度緑川のマンションに向かった。幸いにも緑川のミニバンはあった。誰もいないのを探ってから、車の底にＧＰＳ発信器をとりつける。

それから二、三日、宗近はスマホの画面を見続けた。緑川の行動を探るためだ。目の奥が痛くなり、何度も目頭をもんだ。

緑川は、毎日のようにある山中に向かった。そして一時間ほどそこに滞在するのだ。俊平の家から車で三十分ほどの、柳生（やぎゅう）方面へ向かう途中にある小さな村だ。

ネットで村の情報を集める。過疎化で人家も少なく、人の出入りがほとんどない。さらに衛星写真で場所を確認する。どうやら緑川が訪ねている場所は、木造の一軒家みたいだ。敷地も広く、小屋のようなものまで見える。

人目がなく、十分なスペースがある。宗近が推測した場所にぴたりとあてはまる。まちがいない。緑川は、ここで動物たちを殺しているのだ。

明日だ。明日ここに忍び込んでやる。宗近はそう腹を据えた。動きやすい服装や靴が必要となる。とりあえずその準備を整えることにしよう。

ふと二階の方を見やる。まだ俊平はふさぎ込んでいる。

正直、一人では心もとない。見張り役がいた方が何かと助かる。だが今の俊平の精神状態では、そんなことを頼めるはずもない。

東京から長野を呼ぶことも考えたが、それはあまりにもおおげさ過ぎる。やはり宗近一人でやるしかない。

買い出しのため外に出る。すると串間に出くわした。

宗近が目をぱちくりさせる。

「どうしたんだ。おまえ」

「いや、溝部先生どうされたかと思いまして」

あきらかに嘘だとわかる口調だ。宗近がずばりと言った。

「なんだ。何か他に気になってることがあるんだろ」

串間の目にとまどいの色が浮かんだ。だがすぐにその色をかき消し、おずおずと言った。

「……緑川さんの件はどうですか？」

やはりそっちが本命の質問だった。串間は気が弱いものの、責任感はあるみたいだ。宗近はこれまでの経緯を説明した。緑川がドリームランド殺人事件の犯人である可能性が高い。GPS発信器をとりつけ、緑川のアジトと思わしき場所を見つけた。明日そこに踏み込むつもりだ、と。

すべて話し終えると、串間がうつむいた。喉元まで言葉が出かかっているのがわかる。宗近は黙って様子を見守った。

串間が顔を上げた。そして宗近を見据える。

「……三津間さん、よかったら僕も連れて行ってくれませんか？」

宗近が抑揚のない声で言った。

「どうして一緒に行きたいんだよ」

「やはりこの事件は僕の責任です。それを溝部先生に大金を使わせ、今は三津間さんの手をわずらわせてる。この前からそれが心苦しかったんです。二階堂さんのためにも何か手伝わせてもらえませんか？」

　宗近は考え込んだ。

ちょうど人手が欲しかったところだ。串間が見張り役を引き受けてくれれば、何かと重宝する。

「わかった。明日来てくれ」

「本当ですか？　ぜひお願いします」

と串間が安堵（あんど）の表情を浮かべる。

ついている。懸案だった助手が、向こうからやってきてくれたのだ。これでどうにかなりそうだ。


翌日、近鉄奈良駅前で待ち合わせとなった。

宗近は俊平の車で串間と合流すると、スマホに地図を表示した。

緑川は自宅にいる。ここ数日緑川の行動を調べていたが、この時間帯は家にいることが多かった。今が絶好のチャンスだ。

「行くぞ」

と宗近は横を向いた。串間は黙ってうなずいた。

エンジンをかけようとしたが、宗近は手を止めた。

「三津間さん？」

と串間が不審がる。宗近はもう一度スマホを持ち、今度はメールをうちはじめた。それを終えると、

「すまん。待たせた」

とエンジンをかけ、アクセルを踏み込んだ。

街中をぬけて国道に入る。ハンドルを握りながら宗近が命じる。

「ちゃんと緑川の居場所見といてくれよ。動き出したらすぐに教えてくれ」

「わかりました」

と串間は画面から目を離さずに答える。

二十分ほどすると、車も少なくなる。のどかな田園風景が広がっている。だが今からの目的を考えると、それが不気味に見えてならない。

串間が外を見ながら言った。

「柳生の方ですか」

「なんだ。この道知ってるのか」

「ええ、ダチと伊賀に遊びに行ったとき通ったことがあります」

と串間が軽く笑った。またダチか、と宗近は軽く笑った。子供の頃の友情がこの年まで続く。それは美しいことかもしれない。

地図上にピンをさした地点が間近にせまる。宗近は少し離れたところに車を止め、家の様子をうかがった。

木造の古ぼけた一軒家だ。瓦屋根で縁側がある。これぞ田舎の家という感じだが、すべての雨戸が閉められている。開放感というものがまるでない。さらに庭先が広く、大きな小屋もある。家の裏手が山になっていた。あたりには人っ子一人いない。

GPS発信器で緑川の居場所をたしかめる。まだマンションにいる。大丈夫だ。

宗近と串間は車を出た。かすかに犬の鳴き声が聞こえる。あの家からだ。宗近は串間の方を見てたしかめた。

「犬の声がしないか？」

「ええ、一匹じゃないですね。かなりたくさんいます」

距離を詰めていく。鳴き声がますます激しくなる。一体何匹いるんだ、と宗近は手に汗をかいた。

敷地の手前でいったん立ち止まり、人の気配がないかを探った。駐車場には車も止まっていない。本当ならもう少し注意深く行動するべきだろう。だが、中が気になってしかたない。

宗近は玄関の引き戸に手をかけた。鍵がかかっている。どこか中に入れるところがないか。そう探していると、

「三津間さん、鍵ありましたよ。鉢植えの下に」

「でかした」

と宗近が褒めたたえる。串間が相棒で少し不安だったが、それは杞憂だったみたいだ、早速役立ってくれた。

宗近は鍵をうけとると、鍵穴にさし込んだ。ゆっくりと慎重に回した。がちゃりと音がする。鍵を抜いて、そろそろと戸を開けた。

7

今は何時だ？

俊平は重い頭を起こし、窓の方を見やった。カーテンの隙間から光が見える。夜ではな

い。ずっと部屋にいると、時間の感覚がわからなくなる。

体中がかゆい。油でもかぶったように、髪がべたついている。そういえば何日も風呂に入っていない。そんな気力すらも起こらなかった。

この数日間、夢の中をさまよっていた気分だ。もちろんそれはいい夢ではない。悪夢だ。

またベッドに倒れ込もうとしたが、かゆみが我慢できない。限界だ。俊平はのろのろと起き上がり、風呂場へと向かった。

久しぶりのシャワーでさっぱりする。生き返った心持ちだ。新しいパジャマと下着に着替え、リビングに足を踏み入れる。誰もいない。宗近は出かけているようだ。

テーブルの上にバナナが一房ある。宗近が買ってきてくれたのだ。それを口にするとひと心地ついた。かゆみと空腹がおさまり、ようやく人間に戻れた気がする。

俊平は、あらためてリビングを見渡した。変化はない。宗近がちゃんと掃除をしてくれている。

俊平はふらっと立ち上がり、棚の上に目をやった。ドールハウスとプラスティックのお皿が整然と並んでいる。千絵のおもちゃだ。

俊平は皿を回してみた。鳥がはばたきはじめる。そしてささやくような声で虚空に呼びかけた。

「……千絵」

耳を澄ませる。もちろん返事はない。あの愛らしい声は二度と聞くことができない。皿の動きを指で止める。千絵の幻影がゆれては消えた。

悲しみがあふれそうになる。俊平はどうにかそれを堪えた。娘を亡くした傷はまだ癒えていない。いや……それどころか、ますますその深さと濃さを増している。

俊平はかぶりをふり、スマホに充電ケーブルをさし込んだ。

バッテリーはとうの昔に切れていた。たくさんのメールが届いている。父親の正雄、串間、医院のスタッフ、患者、その他の獣医仲間、竹内プロデューサーからもきていた。そういえば番組収録日がせまっている。けれど、今の状態でテレビ出演などできない。

最後に宗近のメールがあった。動画データが添付されている。俊平は、まず文章の方を読んでみた。

『シュン、まだ閉じこもってるのか。いい加減にしろ。颯太が死んだのはおまえのせいじゃない。あいつだ。チェルシー・ジョージのせいだ。自分を責める前に、颯太の敵をとることを考えろ。

俺は颯太が残した映像とマロンを轢いた運転手の話から、犯人は緑川だと断定した。覚えてるだろ。あの金髪のクソ野郎だ。チェルシー・ジョージはあの緑川なんだよ。

だがその証拠がない。そこで緑川のアジトを探しあてた。今からそのアジトに向かう。串間も手伝ってくれている。緑川が犯人である確証をそこで得るつもりだ。

嘆き悲しんでも颯太は帰ってこない。立ち上がれ、前を向け。おまえにはやらなきゃならないことがあるだろ。

それは、動物たちの命を救ってやることだ。いいか、シュン。おまえにはそれができるんだ。死の淵にいる動物たちを助けてやれ。颯太も、きっとおまえがそうするのを願っている。わかったな。

追伸　冷蔵庫にあるコーヒーゼリーは俺のだから勝手に食うなよ』

そして最後にリンクが貼られていた。クリックすると地図が表示された。おそらくそこが緑川のアジトだろう。

ムッちゃんらしいメールだな……俊平は小さく笑った。それは、颯太が死んで以来の笑みだった。

俊平はテレビの電源を入れた。テレビを見るのではない。宗近が送ってくれた映像を見るのだ。数日前、これを絶対に見ろと宗近が扉の前で叫んでいた。おそらくその動画だろう。

スマホを操作して、テレビ画面の方で再生する。大きい画面の方が見やすいだろう。そう考えたのだ。

処置室だ。緑川の怒声が響きわたる。そして俊平が土下座をする。慰謝料の話になり、宗近が割って入ってくる。

そこで俊平は映像を止めた。頭痛と吐き気がする。まだこんな映像を見るほど、体力も気力も戻っていない。

テレビの電源を切ろうとして、俊平は画面に釘付けになった。

緑川が映っている。ただ、その目線があらぬ方向に向けられている。その目の色に違和感がある。俊平は少し戻して再生してみた。宗近がふたたび入り込んでくる。

「おいっ、おまえふざけんなよ。２００万円っていくらなんでもむちゃくちゃだろうが」

緑川が呆気（あっけ）にとられる。ここだ。俊平はストップする。

緑川の表情を拡大してみた。この目にはとまどいの他に何かがある。そしてこの視線の先にいる人物……。

それは、串間だ。

なぜ緑川は串間の方を見やったんだ。しかもこの目は、何か訴えているようにも見える。一体何を訴えているんだ。さらになぜか、ここには親しみが感じられる。

そこで俊平はぎくりとした。

背筋が一瞬で凍りつく。宗近はこれに気づいているのか？　いや、気づいているはずがない。

宗近は、スマホの小さな画面で映像を見たのだろう。テレビの大きな画面で、しかも静止画像でなければ、こんな些細な変化には気づかない。俊平も偶然見つけただけだ。

俊平はあたふたと電話をかける。だがつながらない。電源が切られているのだ。このままでは宗近の身が危ない……。

俊平は大急ぎで車のキーを手にした。そして家を飛び出した。駐車場を見て、思わず舌打ちをする。車がない。宗近が乗って行ったのだ。だが医院になら別の車がある。俊平は大急ぎで着替え、もつれる足で駆け出した。

8

戸を開けてすぐに飛び込んできたのは、強烈な悪臭だった。

その嫌な匂いと、宗近の記憶の中にある匂いが一致する。それは、動物センターで嗅いだものだ。だが今鼻をついた匂いは、動物センターの何十倍も濃かった。

続けて宗近を襲ってきたのが、耳をつんざく犬の鳴き声だ。これも動物センターと同じだ。助けてくれ、ここから出してくれ。そう叫んでいる。

最後に視覚が作動する。

目の前の光景に、宗近は愕然とした。

大量の犬たちがケージに閉じ込められている。ところせましとケージが山積みされ、その中で多くの犬が騒いでいる。

トイプードル、チワワ、ミニチュアダックスフンド、ポメラニアン、人気の犬種ばかりだ。なぜ、こんなにたくさんの犬がいるのだ。

宗近はおそるおそる足を踏み入れた。床は糞尿だらけで、掃除は一切されていない。換気もしていない。吐き気がこみ上げてくる。こんな劣悪な環境で何十匹もの犬が暮らしている。犬たちのことを想うと、宗近は卒倒しそうだった。

「緑川はこんなところで何をしてるんだ？」

疑問が口からこぼれ落ちる。その瞬間だ。

「ブリーディングだよ」

聞き覚えのある声がした。宗近は、弾(はじ)けるようにそちらを見た。裏口に誰かがいる。その人物は緑川だった。

以前と同じく金髪のタンクトップ姿だ。首にはタオルも巻かれていた。筋肉をひけらかすように、太い二の腕をのぞかせている。

宗近はあわててスマホを見た。動いていない。緑川の車はマンションの前にある。なのになぜここにいるのだ。

「それにしても便利なものがあるんやな」

皮肉な笑みを浮かべ、緑川が何やら見せつけてくる。

それは、GPS発信器だった。

宗近は息を呑んだ。あれは車の底に設置している。偶然見つけられるようなものではない。

宗近が歯ぎしりする。

「……どうしてそれがわかった?」

緑川がわざとらしく目を剝いた。

「はあ? わかるわけないやろ? こんなちっけえの車の底にとりつけられてよ。俺は超能力者やあらへんぞ」

「じゃあなぜ気づけたんだ?」

「その頭でよう社長やっとったな。そりゃ会社を追いだされるはずやで。誰かが教えてくれたに決まってるやろ」

「なんでおまえがそれを……」

宗近がそう放心した瞬間、わき腹に強い衝撃をうけた。宗近はその場に倒れ込んだ。息が止まり、胸が圧迫される。

とんでもない激痛だ。毛穴という毛穴から冷や汗がわき上がる。

宗近は力をふりしぼり、どうにか頭をもち上げた。

「やっとわかりましたか、三津間さん」

そこにもう一人、別の人物がいる。その姿を見て、宗近は色を失った。

それは、串間だった。にやにやと笑いながら、バットを手にしている。あのバットで殴られたのだ。

宗近はぞくりとした。あの童顔の下に、こんな冷徹な笑みが隠されていたなんて。まるで多重人格者のような豹変ぶりだ。

緑川が宗近をロープでしばった。ロープがくい込み、手足に痛みが走る。そのまま床柱にくくりつけられた。

宗近は傷の具合をたしかめる。まだ腹は痛むが、あばら骨は折れてはいない。けれど安堵などしていられない。

宗近が串間をにらみつけた。

「……串間、どういうつもりなんだ」

まだ頭がうまく回らない。なぜ串間が緑川に協力しているのだ？

串間が軽やかに手を広げる。

「どうって、どういうことですか？　僕はダチのピンチを救ってやっただけですよ」

「ダチ？　まさかおまえのいってたダチってのは緑川のことか？」

緑川がかわりに答える。

「そうや。ガキのころからのダチや。クッシンのおかげで助かったわ」

何がクッシンだ、と宗近はむかむかする。

「串間、じゃあおまえが俺のことを緑川に教えたんだな」

串間がはっと一笑する。

「当然でしょうが。あんたが何かこそこそ動いてるのは知ってましたからね。本当にうっとうしいおっさんだ」

そのときだ。宗近の脳裏に閃光が散った。わなわなと唇をふるわせる。

「まさか、マロンを逃がしたのはわざとなのか……俊平から慰謝料をぶんどるためにおまえらがマロンを殺したのか？」

緑川がほくそ笑んだ。

「ご名答。そうや。いいアイデアやろ。犬のあたり屋だ。しかも医院から逃げた犬を殺(や)っちまえば、溝部のおっさんと加害者の運転手の両方から金がとれる。さすがクッシン。天下一品の悪知恵や」

とぱちぱちと手を叩いた。上演後の俳優のように、串間はうやうやしく礼をした。

激怒のあまり、宗近は頭がどうにかなりそうだった。

緑川はわざとマロンを殺したのではないか。運転手の二階堂がそう訝しんでいたのを、宗近は即座に否定した。現実的に不可能だからだ。だが串間が協力者であれば話が変わってくる。真実は、二階堂の指摘通りだったのだ。

二人は、おそらくこんな計画を立てたのだろう。

まず、緑川がマロンを医院に入院させる。串間は、預かったマロンをあえて逃がした。いや、散歩のふりをして緑川に手渡した。串間は踵(きびす)を返して医院に駆け戻り、マロンが逃げ出したと大騒ぎする。その隙に、緑川はマロンを抱えて国道に赴いた。そして二階堂の運転する車に、マロンを放り投げた。そしてマロンは無残にも、そこで息絶えたのだ。

宗近が激昂(げっこう)する。

「ふざけるな。おまえは自分の犬を自分で殺して何も思わないのか」

緑川が心外そうに言った。

「おいおい、人聞き悪いこと言わんとってくれや。殺したのは運転手の二階堂だろうが。おれは車の前にマロンを投げただけや」

「いい加減にしろ！　そんな詭弁が通用するか」

「あのなあ、おまえこいつらにどれだけ金がかかるかわかってんのかよ」

緑川がケージを蹴り上げた。犬たちが悲鳴を上げる。

「ブリーダーが儲かるって聞いたからよお。ちょっと手だしてみたらこれが聞くとやるでは大違いや。

ま、最初は少しは儲かったんやけどな。ネットで格安で売ったら飛ぶように売れてよ。メス犬ばんばんはらませて、子犬産ませて、売りゃいいんだからよお。こいつらは金の卵を産むガチョウみたいなもんや。こりゃええ商売やと思って手を広げたのが運のつきやったわ。

人気の犬種がころころ変わっちまうんや。ちょっと前はチワワが売れたのに、つぎはトイプードル。で、このプードルも近ごろじゃ売れ行きがにぶってやがる。日本人の飽き性はたまらんわ。競争相手も増える一方だしよ。ちっとも売れんようなってもうた。犬なんて売れなきゃただのゴミや。いや、ゴミ以下か。ゴミは金かからねえが、犬は生きているだけで金がかかるんやから。

で、このゴミの有効利用をクッシンが思いついたんや。それが犬の当たり屋。しかも溝部を狙って、慰謝料を二重取りするアイデアまで出してきたんだからよ。さすがクッシンやな」

緑川の絶賛に、串間が鼻を高くする。その腐りきった関係に、宗近は吐き気がした。

宗近が怒気をぶつける。

「串間、おまえあれだけ俊平に世話になっておいてどういうつもりだ！」

串間がわざとらしく眉を上げる。それから語気を荒らげはじめる。

「あのねえ、あんた何かかん違いしてるけど、俺は溝部が嫌いなんだよ。獣医？　ふざけんじゃねえよ。あいつら動物看護師なんて見下してやがるんだよ。獣医の手下ぐらいに思ってんだよ」

と串間が地面を蹴りつける。

「くそが。受験に失敗し続けた俺を、溝部は笑ってやがんだよ。あそこのスタッフもペットの飼い主も全員がだ。なめくさりやがって」

興奮のあまり、顔一面が燃えさかっている。さっきの冷淡ぶりが嘘のようだ。これが串間の真の姿なのだ。俊平も宗近もそれを見破れなかった。

緑川がなだめる。

「まあまあクッシン。ええやんか。だから溝部への仕返しのために金もぎとってやったやろ。ありゃすっとしたな」

「まあな」

串間が機嫌をなおした。緑川が宗近の方を見やる。

「ただおまえが途中で邪魔に入ったときはあせったわ。あんたみたいなのがいるって聞いてへんかったからな」

宗近はあの疑惑を口にした。

「……おまえが八年前の吾妻殺しの犯人なのか？」

緑川と串間が立ちすくんだ。意識の外からの質問だったのだ。二人ともかなり動揺している。

緑川が探るように尋ねた。

「……なんでおまえがそんなこと知っとんねん？」

まちがいない。今の反応がその答えだ。宗近が軽蔑の声を上げる。

「なんて奴らだ。人まで殺してやがるのか」

緑川が開きなおった。

「あれは事故や。事故。ちょっとしめてやるつもりでやっただけや。まさか吾妻の野郎があんなにひ弱やと思わへんかった。年少送りになるのはまっぴらごめんや。だから宅間を身代わりにしただけや。これもクッシンのアイデアやけどな」

現場には串間もいたのか。こいつらは子供の頃からともに悪事を働いてきたのだ。とんでもないダチ同士だ。

「動物殺しの噂も本当なのか？」

緑川が、感心したように眉を上げた。

「おまえほんまに社長か？　探偵ちゃうんか。よう知っとるな。そうや、ペットを殺すってのはええストレス発散になるんや」

と串間の手からバットをとる。

「こうバットで犬をフルスイングするんや。といっても簡単やないで。犬を一撃で殺すのは難しいんや。技術がいる。知っとるか？　昔は保健所の連中は、バットで野犬を殴り殺しとったんや。今みたいにガスがあらへんかったからな。野良犬どもの脳天にバットを振り下ろして、撲殺してたんやぞ。すげえ時代やろ。

それ聞いてよお、俺もやってみたなったんや。でも金属バットはあかん。木製バットやないとな。それで真芯でとらえると、犬はいちころで死によるんや。あの感触はたまらんで。見本みせたろか」

緑川がケージを開けた。そして中から一匹の子犬をとり出した。白のかわいらしい犬なのだが、ぐったりしている。

「これは病気持ちでもう売りもんにならん。まあ病気持ちやなくても、子犬が売れる時期ってのは短いからな。それを過ぎたらただの金食い虫や。エサ代もばかにならへん。だから売れ残った犬はどうすると思う？」

緑川が氷柱のような笑みを浮かべる。宗近が声をふるわせて叫んだ。

「やめろ！　やめるんだ」

宗近を無視して、緑川は串間に犬を手渡した。

「クッシン、久しぶりにあれやるか」

「了解」

串間が犬を両手で抱える。緑川は、バットのグリップをにぎってかまえた。腕の筋肉をふるわせ、力をため込んでいる。

恐怖が喉の水分を蒸発させる。頭では必死で叫んでいるのだが、それが声にならない。

串間がタイミングを計り、犬をほうり投げた。緑川が一気に力を解放する。ぶんと強烈なスイング音がなる。それと同時に犬の悲鳴が上がった。バットは犬の腹部に命中し、犬は壁際までふきとんだ。ぴくりともしない。すでに絶命している。

「ナイスホームラン」

と串間が声をかけ、緑川とハイタッチする。串間が絶賛する。

「ミドちんフォームかえた？　いい感じだね」

「ええやろ」

緑川が得意そうにバットをかまえる。

こいつらは本当に人間なのか？　悪魔が仲良く語り合っている。宗近にはそう見えてならなかった。

緑川がくるりと振り向いた。

「さてと、じゃあ社長さんの相手したろうかあ」

串間が笑って訂正する。

「ミドちん、社長じゃなくて元社長ね」

「ああ、そうやそうや。会社追い出されたんやったな。じゃあ無職くんと遊ぼうかあ」

と緑川がにたにたと笑う。

「どうしよっかなあ。こいつ八年前の事件のことも知っとんもんなあ。犬殺ってテンション上がってもうたしなあ。もう一度フルスイングしようかなあ」

宗近の目の前でバットをちらつかせる。体の芯がしびれるような恐怖を感じる。宗近はそれを必死で抑えこみ、声をしぼり出した。

「……そうやって颯太を殺したのか?」

「颯太?」

緑川がぽかんとする。宗近が吠えた。

「とぼけるな!」

串間が説明する。

「ミドちん、ほらっ、ドリームランド殺人事件で殺された中学生だよ」

「おーっ、あれかあ。最高だよな。あれっ」

と緑川が歯を剝き出しにした。

「そうや。こいつもドリームランドで殺っちゃうか。今のトレンドだしな」

串間がやんわりと止める。

「ミドちん、無理だよ。今はあの事件のせいでドリームランドはがっちり警備されてるから忍び込めないよ」

「そうかあ。いいアイデアやと思ったんやけどなあ」

緑川が残念そうに眉を下げる。だがすぐに目を輝かせた。

「じゃあ、あれの筆おろしするかあ」

筆おろし？　その響きに、宗近は悪寒がした。

緑川が部屋の隅に脚立を置いた。それをのぼり、天井の板を開ける。そこに頭を入れて、何やらごそごそしている。

だがすぐに下りてきた。その右手に握ったものを見て、宗近は放心した。

「……嘘だろ？」

緑川が自慢げに否定する。

「嘘じゃねえ。モデルガンでもねえぜ。ものほんのピストルだ」

と恍惚（こうこつ）とした表情で持ち上げる。

そこで宗近は思い出した。そういえば緑川は、暴力団とも付き合いがあるのだ。

「トカレフやノリンコみたいなちゃちな代物（しろもの）ちゃうからな。人民解放軍の拳銃や。金が入ったからな。やっと手に入ったんや」

串間もたまげている。

「ミドちん、それってマジで本物なの？」

「おう、そうや」

緑川が胸をはって答える。

「ほんと苦労したで。漫画じゃ拳銃バンバン撃ってるけどなあ。ものほんのチャカなんて日本じゃまず手に入らへんからな」

まるで、子供がおもちゃを自慢するような口ぶりだ。

「人殺すのにバットは骨折れるからなあ。こいつの筆おろしにはもってこいやろ」

串間が同意する。

「そうだね。元社長が失踪しても誰も疑問をもたないしね。どこかで自殺したって思うだけだ」

狂信的な目つきで、緑川が宗近に銃口を向ける。

恐怖が、骨の髄まで染み込んでくる。当然だ。今目前で、拳銃をつきつけられているのだ。だが、宗近は奥歯を噛みしめた。気圧されるものか。気合いで負けたら、勇気も力も出てこない。こんな状況だからこそ、弱みは絶対に見せてはいけない。

宗近が緑川をにらみつける。

「素人に拳銃を扱えるわけがない」

聞きかじった知識で抵抗を試みる。緑川が鼻で笑った。

「残念。俺は韓国に行ってピストル撃ちまくってんのや。この前中国マフィアにまちがわれたからな」

「それ最高」

と串間がふき出した。

宗近は激しく悔やんだ。まさかこれほど危険な奴だとは。二階堂の話を聞いた時点で、雨宮刑事に連絡するべきだった。

そのときだ。外から車のエンジン音が聞こえた。緑川と串間が顔を見合わせる。どちらの表情にも驚きの色が浮かんでいる。

串間が急いで玄関に駆け寄る。わずかに戸を開けて、外の様子をたしかめる。

「車だ。誰かがきた」

「誰だ？」

と緑川も動揺する。

宗近は思わず叫びそうになった。俊平だ。俊平がメールを見て駆けつけたのだ。さっき串間を乗せて車を出すとき、宗近はこの場所を教えるメールを打っていた。

だが喜びはすぐに後悔へと変わる。このままでは俊平までもが犠牲になる。とくに串間が危ない。あいつは俊平を憎んでいる。何をするかわかったものではない。

宗近は喉もつぶれんばかりに叫んだ。

「逃げろ、シュン！」

「この野郎！」

緑川が近寄り、宗近の頬に蹴りをいれる。頭がゆれ、強烈な痛みを感じた。脳震盪を起こしたのか、意識が朦朧とする。

緑川は首にかけたタオルをとると、宗近の口に猿ぐつわをかませた。宗近はわめいたが、声が全部殺されている。

すると、串間がとつぜん笑いはじめた。外をのぞきながら、くつくつと笑っている。

緑川が不思議そうに訊いた。

「クッシンどないしたんや？」

「ミドちん、隠れて外の奴を家に入れてやろう。面白いことになってきた」

と二人が奥の部屋に引っ込んだ。警告を発する間もなく、戸がそろそろと開いた。誰かが顔をのぞかせている。それを見て、宗近は目を見開いた。

美沙だ……。

なぜここに美沙がいるのだ。宗近は激しく混乱する。

「どなたかいますか……？」

美沙がそろそろと戸を開ける。そして困惑の表情を浮かべる。無数のケージとその中にいる犬たち。柱にくくりつけられ、猿ぐつわをかまされた宗近。これで驚かなければどうかしている。

「三津間さん、大丈夫ですか？」

美沙が急いで駆け寄り、宗近の口にかまされたタオルをほどいてくれる。美沙が口を開く前に、宗近が叫んだ。

「冴木さん、逃げてください。今すぐ」

「逃がすわけねえだろ。こんな極上のプレゼントが飛び込んできてよ」

緑川と串間が姿をあらわした。美沙がびっくりして二人を見る。緑川が尋ねる。

「クッシン、この女知ってるか？」

「知ってる。動物愛護センターね。同じ犬殺し仲間じゃねえか」

「動物愛護センターの獣医だ。何度か医院にきてる奴だ」

美沙の顔が硬直する。それは、美沙に向けては禁句だった。

緑川が舌なめずりをする。

「まさか人殺しの前に女抱けるとはなあ」

宗近が一喝する。

「やめろ！　この人には手を出すな」

緑川は拳銃をケージの上に置き、ストレッチを開始した。

「いやあ、いいねえ。神様も粋なことをしてくれるもんだよ」

宗近は暴れた。だがロープは外れない。手首の皮膚がすり切れるだけで、びくとも動かない。

すると、美沙がおもむろに立ち上がった。まっすぐ緑川を見据えている。おびえている様子は微塵(みじん)もない。

「おっ、なんだ、なんだ。やる気か」

緑川が意外そうに眉を上げる。そして、からかうようにファイティングポーズをとった。

「ほらっ、かかってこいや。でも俺は女殴って犯す趣味はあらへんからな。できるだけ綺麗なままやりたいんや。だから、すぐにまいったせえよ」

宗近が止める間もなく、美沙は一直線に緑川に向かった。すべるようになめらかな足どりだ。一瞬で距離が縮まる。

緑川は微動だにできない。あまりの早技に、体どころか表情すら動かせないでいる。

美沙が一気に踏み込み、左拳で緑川の顔面を殴りつけた。いや、殴ったようには見えない。拳を刺した。その表現の方がぴったりくる。

拳が緑川を貫通する。そう錯覚するほど鋭い一撃だった。

緑川が後ろにのけぞった。

その刹那だ。美沙の右足が弧を描き、緑川の顎に直撃する。バレリーナでも、これほど足は高く上がらない。見事なハイキックだった。

その一撃が、緑川の意識をはじき飛ばした。緑川は膝からくずれ落ち、その場で倒れ込んだ。あやつり人形の糸がちぎれたみたいだ。

美沙は動きを止めない。そのまま串間との距離を詰める。

串間はまばたきひとつせず、ただぼう然としている。緑川が倒された現実を、まったく頭が受け入れていない。そんな顔つきをしている。

美沙は体を右にかたむけた。肘をくの字に曲げ、右拳を串間の腹に叩き込んだ。うっと串間の口から声が漏れた。そしてそのまましゃがみ込み、ゲロを吐いた。

美沙は四つん這いになった串間の横面に、下段蹴りを炸裂させた。

串間がふっ飛び、緑川と同様動かなくなった。仲良くダチ同士で倒れていた。

美沙が、そんな二人を冷静に見下ろしている。耳の中では犬の鳴き声だけが反響している。どこか他人ごとのように、宗近はその情景を眺めていた。

「三津間さん、大丈夫ですか？」

美沙の声で、宗近は正気に戻った。景色に色がつきはじめる。美沙がロープをほどいてくれ、やっと自由になった。

　宗近は息を整えると、呆然と尋ねた。

「冴木さん、これって……」

　美沙は平然と答える。

「だから鍛えてるっていったじゃないですか」

「いや、いくら鍛えてるっていっても……」

　宗近は、あらためて緑川たちを見下ろした。緑川は失神し、串間はうめいている。串間はまだしも、緑川は屈強な男だ。それを女である美沙が、いとも簡単にぶちのめした。まだとても信じられない。

　宗近は緑川と串間の手足をしばり、柱にくくりつけた。さきほどの宗近と同じ体勢にさせる。これで身動きはできない。

　美沙とともにいったん家から出て、宗近はスマホから電話をかけた。相手は雨宮刑事だ。事情を説明し、ここの住所を伝える。

　すぐに駆けつける、と雨宮は電話を切った。

　外の空気を吸えたせいか、やっと頭が冴えてきた。そこでようやく、忘れていた疑問を思い出した。

「冴木さん、でもどうしてここに……」

美沙は応じてくれない。

すたすたと車の方に進んでいる。宗近が乗ってきた俊平の車だ。美沙がその場でしゃがみ込み、車の下に手を伸ばした。びりっと何かを剝がす音がする。

美沙がこちらに戻ってくる。その右手には首輪があった。ガムテープで貼りつけていたようだ。

それが何を意味するのか、宗近には見当もつかなかった。

「……どうして首輪なんかを……」

美沙があっけらかんと答える。

「ほらっ、前に言ったじゃないですか。猫の生態調査のためにGPSつきの首輪を作ったって。それですよ」

「じゃあそれにGPSが」

「はい。三津間さんが心配で、溝部先生の家に寄ってこっそりつけておいたんです。念のために。

この車がどこか人気のない場所に行ったら、追いかけて様子を見ようと思ってたんです。でもそれが役に立ったみたいでよかったです」

「そうなんですか……」

俺ってそんなに頼りないんだな……宗近は少し複雑な気分になった。しかし美沙が機転を利かせなければ、今頃はどうなっていたかわからない。感謝しなければ罰が当たる。

「それにしてもさっきの技すごいですね」

美沙が照れ気味に答える。

「私子供の頃から空手やってたんですよ。全国大会にも何度か行ったことがありますし、今でも道場で練習してますから。あんな素人の男ならわけないですよ」

宗近はぽつりと漏らした。

「……まさに武家の女ですね」

「えっ、どういうことですか？」

「いえ、なんでもありません」

美沙には逆らわないでおこう。宗近はそう頭に叩き込んだ。

美沙が自分の車のトランクを開けた。そこから何かをとり出し、家の方へと戻ろうとする。宗近はびっくりして引きとめた。

「ちょっと冴木さん、どうするんですか？」

美沙が深刻そうに言った。

「あそこの犬、衰弱していたり、怪我していたりするので、戻って治療してあげないと」

手にしているのは治療グッズだった。おそらく常備しているのだろう。

「でも中に緑川と串間が……」

「大丈夫ですよ。身動きとれないですし、しばらく意識も戻りませんよ」

「でも万が一ということもあるから俺も行きますよ」

「三津間さん怪我してるじゃないですか、休んでいてください。それにもしあいつら暴れ出しても、またぶん殴っておとなしくさせますから」

華麗なハイキックが脳裏をよぎる。たしかに自分が行った方が邪魔になる。宗近はその言葉に甘えることにした。

美沙が家に入ると、エンジン音が聞こえた。

砂煙とともに車が向かってくる。雨宮にしては早すぎる。一体誰だろう、と宗近は身がまえた。

車が止まり、中から誰かが降りてきた。俊平だ。そういえば、あれは溝部病院の車だった。宗近が緊張の糸をゆるめる。

俊平が宗近に気づいた。こちらに駆けてきて、勢いよく尋ねてくる。

「ムッちゃん大丈夫か」

宗近はあきれ混じりの息を吐いた。

「……遅(おせ)えよ」

宗近はすべての事情を説明した。

緑川と串間が共謀して、マロンを殺した。その真実に、俊平は激しい衝撃を受けている。

俊平がうなだれて言った。

「そうか、やっぱり緑川と串間は昔からの知り合いだったのか……」

宗近が聞きとがめる。

「やっぱりってどういうことだよ」

「ムッちゃんが送ってくれたあの動画を見てね。緑川が僕につっかかっているときにムッちゃんが間に入ってくれただろ。あのとき一瞬、緑川が妙な方向を見たんだ」

宗近が首をひねる。

「そんなシーンあったのか。見過ごしてたな。気づかなかった」

「ほんの一瞬だったから無理もないよ。それにスマホの小さな画面じゃあれは気づかない。そしてその視線の先にいたのは串間だ。緑川の顔つきは、串間に何かを訴えてるように見えてならなかったんだ。話が違うぞってね。

そのときふと思ったんだ。もしかすると緑川は串間を昔から知ってるのかもってね。で、ムッちゃんが串間と一緒に緑川のアジトに向かってるってメールで送ってきただろ。だから急いで駆けつけたんだ。残念ながら当たってたみたいだね」

宗近はあっと声を上げそうになる。

颯太がひっかかったのは、そのシーンなのかもしれない。颯太はタブレットで動画を確認していた。タブレットはスマホよりも画面が大きい。だから俊平同様そこに気づき、緑川に疑惑を抱いたのだ。

安心したとたん、脇腹と頬がうずきはじめる。手首のすり傷も痛んできた。

「シュン、何か薬かバンソウコウ持ってないか？」

俊平が残念そうに答える。

「ごめん。持ってないや」

美沙が持ってないだろうか？　動物の治療セットがあるのだから、人間用もあるかもしれない。

一瞬迷ったが、美沙の車のトランクを開ける。無断だが、呼びに戻るのも気がひける。

いい匂いが漂ってきた。女性の車の匂いだ。

しかし目あての品はなかった。トランクを閉めようとしたとき、視界の隅であるものをとらえた。シートの一部にしわが寄っているのだ。

なおしておくか、と宗近がシートに手をかける。すると何かの感触があった。シートをめくると、タブレットが置かれている。宗近はなにげなく手にとってみる。最新式のタブレットだ。美沙もこういうものに興味があるのか。少し意外な気がした。元に戻そうとしたその刹那だ。体全体に電流が走った。記憶の歯車がかみ合う音が、宗近を混乱させる。

その豹変ぶりを察したのか、俊平が尋ねてきた。

「どうしたんだ。ムッちゃん？」

宗近がかすれた声で応じる。

「……これっ、颯太のタブレットだ」

俊平が目を大きくする。

「本当か？　どうしてわかるんだ？」

「角だ。右の角に傷がある。颯太のタブレットもそうだった。まちがいない」

「どうして美沙ちゃんが颯太くんのタブレットを持ってるんだ」

俊平が疑問をこぼした直後、宗近は立ちすくんだ。首が固定されたように、視線は一定方向に吸い寄せられる。

美沙がそこにいたのだ。

こちらを見つめているのだが、目の焦点が合っていない。どこかはるか彼方を見つめている。そんな風に見えてならない。

その瞳の色合いが宗近に教えてくれる。美沙は正常でないと。

俊平も美沙の存在に気づいた。俊平が息を呑んだ音が、宗近の耳にも入ってくる。

宗近の驚きがさらにふくらむ。美沙の右手には拳銃がある。緑川のものだ。さらに、その銃口は宗近につきつけられていた。

「……見つけちゃいましたか」

その声色で、宗近の予感は確信へと変わった。

「……まさか冴木さんが颯太を……」

殺したのかとは口にできない。確信が現実になるのを、少しでも遅らせたかった。

「ええ、そうです」

美沙があっさりと認める。

「なぜだ。どうして、颯太を殺したんだ！」

沈黙が流れる。重く深い沈黙だ。空間がゆがみ、時が流れる速度を遅くする。そんな種類の沈黙だった。

美沙が、放心したように言った。

「……私は疲れました。動物を殺すことに……大好きな犬や猫をこの手で殺すことに……疲れちゃったんです」

問いと答えが一致しない。ただ、これだけはわかった。美沙は完全に心を病んでいる。

俊平が諭すように言った。

「なあ、美沙ちゃん……その銃を下ろさないか。ゆっくり話し合おう」

美沙が俊平を見やった。そして微笑んだ。

宗近ははっとした。それは寂しげで、はかない笑みだ。けれど、この世のものとは思えないほど美しい笑みだった。

美沙が途切れ途切れに言った。

「溝部先生……私はあなたになりたかった……あなたのように動物の命を救う側に……光の獣医に……その世界にいたかった……」

銃口が宗近から外れる。美沙は、それを自分のこめかみにあてた。そして静かにまぶたを閉じる。

宗近はぞくりとした。数秒後の光景が、宗近の脳裏に貼りついた。それは、二度と引きはがせないほど絶対的なものだった。

『やめろ!』

遅い。まだか。心の叫びが実際の声となる速度が、宗近にはもどかしかった。美沙の人さし指が引き金にかかる。安全装置はかかっていない。緑川が外している。あのクソ野郎……。

「やめろ！」

ここで現実の声が喉を走り抜ける。美沙がささやいた。

「……ありがとう」

銃声が響きわたる。それに反応して犬たちが鳴きわめいた。鳥たちも驚き、いっせいに森から飛び立った。深い緑が大きくゆれている。

命という電源が切られ、美沙がくずれ落ちる。それは、すべてが一瞬のできごとだった。

宗近がよろよろと美沙に歩み寄る。銃を撃った方と逆側の頭部から血があふれ出ていた。

けれどその死に顔はおだやかだ。救われた。そう語っているような表情をしている。

どこからかパトカーのサイレン音が聞こえる。その音が近づいてくるが、宗近はなんの反応もできない。

パトカーから雨宮刑事と警察官が降りてくる。

美沙の死体を見て、雨宮が形相(ぎょうそう)を変える。宗近の肩をつかみ、怒鳴るように尋ねた。

「どうした、何があったんだ？」

宗近が、抜け殻のような声で答える。

「……彼女が颯太殺しの犯人でした。今その拳銃で自殺したんです」

「くそっ」

悔しさをぶつけるためか、雨宮は右足で地面を踏みつけた。そして吐き捨てるように言った。

「そうか。この女がチェルシー・ジョージの共犯者だったのか」

その言葉が、宗近を現実へと引き戻した。雨宮の発言を咀嚼（そしゃく）する間もなく、口から疑問が飛び出した。

「共犯者？　どういうことですか。彼女がチェルシー・ジョージだったんです」

「違う、そうじゃないんだ」

雨宮は強く否定した。

「チェルシー・ジョージは彼女じゃない。彼女はチェルシー・ジョージの手伝いをしてただけだ。チェルシー・ジョージ本人ではない」

「じゃあチェルシー・ジョージは誰なんですか？」

雨宮が宗近を見据えた。そして声をしぼり出した。

「颯太だ。殺された天野颯太がチェルシー・ジョージの正体だったんだ」

第五章

冴木美沙の遺書

みなさまがこれを読む頃には私はこの世にはいません。ですからこれまで誰にも伝えられなかった思いの丈をこれに記そうと思います。

私は小さな頃から動物好きでした。犬や猫はもちろん、鳥やは虫類も私にとっては親しい友人でした。もしかすると人間より動物の方が好きだったかもしれません。ひっこみ思案で内気な性格の私も、動物には自分のすべてをさらけだせました。

ただ、残念ながら私はペットを飼えませんでした。団地に住んでいたからです。犬が飼える一軒家に引っ越したい。両親にそう何度も駄々をこねました。うちは裕福ではなかったので、そう口にするたびに親が困った顔をしました。今考えると申し訳なかった。そう反省しきりです。

ですからペットを飼っている周りの友人がうらやましくてしかたありません。毎日のように友達の家にお邪魔してはペットと遊ぶので、「私と遊びたいんじゃなくてワンちゃんと遊びたいんでしょ」と怒られたほどでした。

成長するにつれ、私はこう考えるようになりました。

『動物と触れ合える仕事がしたい』

中でも私が心惹かれたのは、獣医という仕事でした。大好きな動物たちの命を救える。こんな理想の仕事はありません。獣医になる。そしてたくさんの動物の命を助ける。それが私の夢となりました。

獣医学部に受かるためにはそれ相応の学力が必要となります。ですから毎日勉強をかかさず続けました。それと並行して、空手も習うようになりました。心と体を鍛えることで立派な獣医になれる。十代の私はそう考えていました。

念願叶って北畑大学の獣医学部に合格しました。そのときの喜びは例えようがありませんでした。

学生時代は楽しかった。そう口にする人たちを、以前の私は軽蔑していました。過去をふり返ってもなんの意味もありません。とてもうしろ向きな考えだと思っていました。

ところが皮肉にも、私もそんな人間になりました。学生時代に戻りたい。何度そう祈ったことか。動物好きの仲間に囲まれて過ごすキャンパスライフ……それは、私の人生でもっとも輝ける時間となりました。

溝部先生と出会ったのはそんな大学時代でした。溝部先生は学内で有名人でした。なぜなら溝部先生は、大の動物好きだったからです。もちろん獣医学部ですから、みんな動物好きです。ですが、溝部先生のそれは度を越えていました。

溝部先生は、居場所がなくなった犬や猫を自分のアパートでひきとり、一人で里親を探していました。先生のアパートには、常時十四以上の犬や猫がいました。私も最初にそのアパートを訪れたとき、あまりに凄まじい部屋の状況に唖然としました。

壁際にはケージが山積みされ、床には新聞紙が敷き詰められていました。家具は必要最低限のものしかありません。とても人が住める環境ではなかったのです。ですが溝部先生はそんな部屋の中で、十四以上の犬や猫と仲良く暮らしていました。それは、とても幸せそうな姿でした。

動物のためにすべてを捧げる……。

そんな発言をする学生は、周りにも大勢いました。ですがそのほとんどが口だけでした。言い過ぎかもしれませんが、私にはそう見えました。

自分のすべてを懸けて動物を助ける。いくら獣医の卵といえど、そんな人間はいません。ところが溝部先生だけは違いました。自分の身をけずり、動物の命を守っていたのです。動物の声を聞くことができる。ただ獣医学部の誰も、溝部先生にはそんな噂もありました。普通ならば、誰もが鼻で笑う話でしょう。ただ獣医学部の誰も、それを一笑にふせませんでした。あれだけ動物のことを考えていたら、そんな能力も身につくかもしれない。みんながそう考えるほど、溝部先生は動物にすべてを捧げていました。

ただ溝部先生はやさしいだけの人ではありません。苛烈な側面もありました。

溝部先生は大学側に抗議をしていました。それは動物実験の廃止についてでした。動物を殺さずに獣医学を学べる方法、動物実験代替法というものがあります。欧米の大学では導入されている、生体実験を最小限にとどめたカリキュラムです。溝部先生は動物実験代替法を独学で勉強し、大学側に調査報告書として提出していました。それを大学でとりいれてもらえるように、働きかけていたのです。

他にも生体解剖とは別の方法で単位取得ができるようにしてくれ、と教授に直訴していました。とにかく動物の命を第一に考える人でした。学内で有名人になるのも無理はありません。

学生の中には、露骨に溝部先生を嫌う人もいました。あいつは現実と理想の区別がつかない、ただの理想主義者だ、と。

もちろん私もそう思いました。本音を言えば、私も動物実験はやりたくありません。ですがそれを拒否しては、単位をとることができません。獣医になることができないのです。現実的な視点に立つと、権威に逆らうことはできません。

ところが溝部先生は、それを平然とやるのです。そのとき他の学生から、溝部先生があの溝部動物病院のあとつぎだと教えてもらいました。

私も奈良出身ですので、溝部動物病院のことは当然知っています。なるほど。実家が裕福だからそんなこともできるのだ、と合点しました。さらに生活の心配がないからそんな悠長なことができるのだ、とむかむかしたほどです。

ただ、心の片隅で私は気づいていました。溝部先生は実家が貧乏だろうがなんだろうが、動物のためならなんでもするだろう、と。だからこそ、余計にいらだたしく感じたのかもしれません。

そして進路を選ぶ時期がきました。私の夢は、自分の医院を開業することでした。小さくてかまいません。自分の目が届く範囲で動物の命を救う仕事がしたい。そう考えていました。けれども、それはあくまで夢でした。

私の家は裕福ではありません。私の学費と仕送りも、両親が苦労して捻出してくれたものです。獣医として修業をつみ、独立して医院を経営する。女の身では銀行も貸ししぶるでしょう。私の夢は、とても叶うものではありませんでした。

そこで私は、生活の安定が得られる公務員獣医の道を選びました。獣医にとって、公務員獣医はあまり人気がありません。普通の獣医に比べて給与が低いからです。

けれども私にとって、安定とは何ものにもかえ難いものでした。

我が家は自営業です。街の小さな自転車屋を営んでいました。だから不景気になると、両親は悲鳴を上げていました。そんな不安定な暮らしが、子供の頃から嫌で嫌でたまりませんでした。ならば給与が安くても安定を得たい。さらにどうせ開業はできないのです。そこで公務員になる決意をしました。

私は奈良市の公務員採用試験を受け、無事採用されました。ただ今ふり返ると、これが私の不幸のはじまりでした。

奈良に戻り、公務員獣医としての生活がスタートしました。幸いにも勤務先は動物園でした。市営の動物園です。ここでの仕事は大変でしたが、充実したものでした。動物の命を救うという獣医の本分がここにはありました。

ライオンに麻酔をかけて爪を切ったり、オランウータンに吐瀉物を吐きかけられたり、いろんな経験をしました。動物をクレーンで運ぶために、クレーン免許も取得しました。

クレーンの運転が意外に楽しいものだとそこではじめて知りました。そのすべてが素晴らしい思い出です。

そして、動物愛護センターへの異動となりました。

ここの存在はもちろん知っていました。ですが、詳しい仕事内容は把握していませんでした。野良犬をつかまえて処分している。そんな程度の知識でした。できるならば殺処分にはたずさわりたくない。異動の知らせを聞いたとき、そんなことを思っていました。ですがそんな淡い期待は粉々に打ち砕かれました。

出勤初日、私ははじめてセンターに赴きました。

そこで見たのは、収容所に入れられたたくさんの犬たちです。私を見つけると、みんな尻尾をふってすり寄ってきました。凶暴な野良犬のイメージとはほど遠い、愛らしい犬たちです。とても人間に危害を加えるような犬たちではありません。

この子たちを殺す？

それは、到底受け入れることのできない現実でした。獣医になったのは動物の命を救うためです。少しでも動物に幸せになって欲しい。そのために日夜勉強を続け、晴れて獣医になれたのです。

人を治す医者はいても、人を殺す医者など存在しません。この世界にそんな仕事があるはずがありません。人が、世間が、国家が、そんな仕事を許すわけがないのです。

ところが同じ命を救うための仕事でありながら、獣医にはそんな役割が存在したのです。こんな身近に、しかも自治体が率先して行っている。それが、このセンターでの仕事でした。

私は気分が悪くなり、立ちくらみを起こしました。人目がなければ嘔吐（おうと）していたかもしれません。それは、かつて経験がないほどの混乱でした。

毎週火曜日と金曜日……それは地獄の釜を開く日でした。つまり、捨てられたペットの殺処分が行われる日なのです。

動物管理棟の自動制御のモーター音、異変を感じてわめきたてる犬たちの鳴き声、そして炭酸ガスを噴出する赤いボタンを押す感触……。

それらは猛毒となって私の心にぶちまかれました。皮膚がとけ、骨があらわになり、激痛でのたうちまわる。そんな気分でした。それは、一生消えることのない呪いの刻印でした。

はじめてこの手で動物を殺した瞬間、私は自身の一部が崩壊する音を聞きました。私はもう普通の獣医には戻れない。そう確信するほどの絶望的な響きでした。

それからも大好きな犬や猫を殺す日々が続きました。火曜日と金曜日の前日は一睡もできません。あの呪いが、私の眠りを妨げるのです。

動物愛護活動をしている方に、『ペット殺し』と罵られたことも数えきれません。この仕事は誰からも感謝されない。その事実にも、私は深く深く傷つきました。給与が減ってペットを捨てる人間がこれほどいることにも、私は衝撃をうけました。大きくなってかわいくなくなった、子供が飽きた……そんな些細な理由で、家族であるペットを殺してしまう……悪魔が乗り移り、彼らの口を借りているのだ。私は強くそう信じ込みました。とても同じ人間の所業だとは思えなかったからです。

あまりにショックをうける私を見かねて、「最初はみんなそうだよ。でもすぐになれるから」と職員の方がなぐさめてくれました。命を奪うことになれる？　そんな人間がどこにいるというのでしょうか？　他の職員とは表面上は仲良く接していましたが、私の心は遠く離れていました。

そんなときでした。溝部先生がセンターを訪れたのは。久しぶりの再会に、溝部先生は大喜びでした。少しでももらい手を増やすために、ここにいる犬猫の去勢と避妊手術をやっているそうです。もちろんそのすべてがボランティアです。

溝部先生は父親のあとを継ぎ、溝部動物病院で働いている。そう笑顔で教えてくれました。飼い主の誰もが信用し、動物のために命をかける獣医。まさに、溝部先生は獣医の光でした。

その一方、私は闇でした――

その手は黒く染まり、もう光の世界に戻ることはできません。

溝部先生と再会した夜、私は一人で号泣しました。涙がとまりませんでした。

センターを辞めたい。どこか他のところに勤めたい。そう願ったものの、私はすぐに気づきました。

私の手は動物を殺しすぎている。

こんな汚れた手では、もう動物は救えません。普通の獣医として暮らすことはできないのです。別の職業につくにしても、私は獣医以外に何もできません。ふたたび異動するのを待つ。それ以外の道はありませんでした。

強い光は一層影を濃くする。溝部先生は目もくらむほどの強烈な光でした。そのまっ白な光線は私を射ぬき、影をさらに濃いものへと変えてしまったのです。

今自分は闇の底に足をつけている。その足裏にどろりとした感触を感じる。溝部先生と再会したことで、私は自分の現在地に気づいてしまったのです。

私はもうお終い（しま）だ……そんな気分で過ごしていたある日のことです。

私は、とうとう彼に出会ってしまったのです。

それは、春日山原始林の遊歩道を散歩していたときのことでした。休日は無理にでも外に出て、新鮮な空気を吸う。そう心がけていました。そんなことでもしないと、頭がおかしくなりそうだったからです。

そこで一匹の猫に出会いました。綺麗な毛なみのロシアンブルーでした。首輪もしているので、どこかの飼い猫でしょう。飼い主と一緒にハイキングにでも来て、キャリーバッグから逃げたのかもしれません。このまま放っておくことはできません。私はその猫を捕まえることにしました。

すると猫はびっくりして、林の奥へと逃げてしまいました。私はあわててあとを追いかけました。

駆けながらも、またかと心がふさぎました。センターに勤めてからというもの、動物が近寄ってこなくなったのです。動物は人間以上に敏感です。私から漂う死の匂いを嗅ぎとっているのかもしれません。

猫は、袋小路にいました。私はしゃがみ込み、おいでおいでと声をかけました。そして右手をさし出しました。

そのときでした。猫がとつぜん私の指をかんだのです。鋭い痛みが走り、血がふきこぼれました。

　鮮血の赤……。

　それが闇の扉を開く鍵となりました。解き放たれたその扉からは、おびただしい量の泥水が襲いかかりました。その腐敗した水には、憤怒と殺意が入り混じっていました。

　私は猫の首をしめ上げました。猫は悲鳴を上げ、狂ったように暴れ回りました。その姿を見て、私の体をあるものが貫きました。

　それは強烈な快感でした。

　見たい。もっとこの猫がもがきくるしむ姿を見たい。この小さな体に残る命の火を、この手でかき消したい。私はさら力を込めました。猫がぐったりしはじめたその瞬間、私は我に返りました。あわてて力をゆるめ、その猫を解き放ちました。そして頭を叩き割るような頭痛のあとに、激しい悪寒が全身を包みました。

　私は、今動物を殺そうとした……。

　犬や猫を殺処分するうちに、私は狂い出してきたのです。

　動物好きの獣医・冴木美沙——もうそれは遠い過去のものでした。私は動物を殺すことに快感を覚えはじめている。その気づきは、まさに恐怖そのものでした。

　そのときでした。背後から声がしました。

「なんや。殺さへんの？」

　私は、ぎょっとしてうしろを振り返りました。

　そこに一人の少年が立っていました。ブレザー姿の中学生でした。ひょろりと背が高く、さわやかな笑みを浮かべていました。清潔感にあふれ、上品そうな子供でした。ですがこんな場面で出会ったせいか、現実感がまるでありません。長年この森で暮らしている妖精が、突如として出現した。私にはそんな風に見えました。

「その猫殺さへんの？」

　彼はもう一度尋ねました。私は口を開くことができません。さきほどの衝撃が、声帯を痺（しび）れさせていたのです。

「じゃあ俺が殺るで」

　少年はつかつかと歩み寄ると、猫の首根っこをつかみました。そしてポケットからナイフをとり出しました。鈍い光を放つ鋭いナイフでした。

　彼はそれを首筋にあてると、真横にかき切りました。一筋の赤い線が浮かんだ直後、血管から血がふき上がりました。

　あざやかな手際でした。聴覚が切断されたように、私には何も聞こえませんでした。まるでモノクロの無声映画を見ているような感じでした。

彼は私に近寄り、血染めのナイフを渡しました。そして微笑みを投げかけました。

「ほらっ、お姉さんもやってみて」

私はナイフを受けとり、ふたたび猫に近寄りました。あざやかな毛なみは血で染まり、目は大きく見開かれていました。

ほんの数時間前まで、この猫は幸せだったでしょう。ペットとして飼い主の愛情を一身に受けていた。そんな愛らしい猫が、今は見るも無残な姿になっている。この世界の縮図がそこにはありました。

私は、猫の腹部にナイフを刺しました。肉をつらぬく感触が手に伝わりました。さきほどの快感が復活し、それで全身がうちふるえました。

少年が拍手をしました。

「うまい。うまい。お姉さん、最高やん」

そしてやさしく私に笑いかけました。それはあまりに残酷で、あまりに妖艶な笑みでした。

彼の名が、天野颯太でした。

この近くの中学校一年生で、動物を殺すのが趣味だ。彼は得意げにそう語りました。それは読書や映画鑑賞のように、ごくごく健全な趣味だとでもいいたげな口ぶりでした。

彼は野良猫を捕まえては、さっきのように殺しているとのことでした。ここは彼の狩り場のひとつで、偶然私を見かけて声をかけてきたのです。

私は、黙ってそれを聞いていました。

動物を快楽のために殺している。その残忍すぎる告白を聞いて、私の心は静かなままでした。

善悪の観念は、はるか彼方(かなた)にふき飛んでいました。彼と私は同じ種類の人間でした。とても彼を非難することなどできません。

颯太くんと私は仲間になりました。

動物を殺すためにコンビを組んだのです。二人で協力して猫を捕まえ、一旦隠し場所に閉じ込めました。颯太くんは、人気がない空き家をよく知っていました。私は知りませんでしたが、今は空き家がどんどん増えているそうなのです。

ただ空き家は最適な隠し場所ではありません。そこで颯太くんは、奈良ドリームランドの跡地に目をつけました。

八年前に殺人事件があって以来、あそこには誰も立ち寄りません。さらに南地区にいたっては、警備はないに等しいほどずさんなものでした。拾った猫を隠しておくには絶好のポイントでした。

そこに入って、私は呆然としました。

私も奈良の人間です。幼少の頃、ドリームランドで遊んでいました。ここは楽しい思い出ばかりです。ところがそんな夢の楽園が、今は見る影もありません。かわいいうさぎやくまの置物のある売店、老女の魔女の人形が出迎えてくれるおばけ屋敷。それがうす気味悪い廃墟に変貌しています。子供の頃に胸をときめかせていたメリーゴーランドも朽ち果てています。時が経つことの無情さを、その遊具が教えてくれました。

動物を捕獲すると、私達はその売店やおばけ屋敷に置いておきました。建物の中に入れれば、いくら動物たちが鳴きわめこうが、外からは絶対聞こえません。

颯太くんはすぐに動物を殺しません。幾日か放置して衰弱させ、抵抗する体力と気力がなくなった頃を見計らい、じっくりと惨殺するのです。

動物を殺す日は彼が決めました。そのスケジュールがメールで送られてくるのです。まるで遠足のしおりのように、心がうきたつ文章でした。

夜中にドリームランドに忍び込み、そこで待ち合わせをしました。

二人でゴム手袋をはめ、ケージから猫をとり出しました。颯太くんはその日の気分によって、殺害方法を変えました。

しめ殺したり、鈍器で殴り殺したり、ナイフで刺し殺したり……ありとあらゆる方法で動物をなぶり殺すのです。

廃墟の遊園地で、嬉々として動物を殺害する中学生……。

悪夢が現実に起こるとすれば、まさしくあの光景でした。

私はその具現化した悪夢を、ただ呆然と眺めていました。颯太くんは生き生きとした表情で、動物を拷問していました。そして存分に殺戮を楽しむと、颯太くんはその死骸を写真に撮りました。あのタブレットで撮影するのです。

彼はこれまで殺害した動物を、すべて写真におさめていました。それは彼のコレクションでした。

美沙さん、これが俺の宝物なんだ。颯太くんはそう不気味に笑っていました。これほど恐ろしいコレクションは、この世に存在しません。

颯太くんと出会ってから私の日常はこうなりました。

昼にペットの殺処分をし、夜は颯太くんが動物を殺すのを見学する。自分の心が少しずつ崩壊する。そのひび割れる音が、胸の中でずっとなり響いているのです。

そして颯太くんは、あまりに賢い子供でもありました。

彼の演技は見事という他ありません。彼の作り上げた仮面はありえないほどぶ厚く、ありえないほど頑丈でした。だから誰も、彼の素顔を見破ることはできませんでした。先生、クラスメイト、近所の人間……その誰もが、彼を聡明な人間だと思い込んでいました。

颯太くんはその気になれば、世界中の人間をあざむくことができたでしょう。それほどその演技は完璧でした。

溝部先生と知り合いだ、と颯太くんの口から教えてもらいました。

溝部先生はやさしい人です。他人を疑う。先生の頭にはそんな概念すらないでしょう。だから颯太くんの裏の顔を知るよしもありません。

自分と同じように動物を愛している。さらには獣医を志している。そんな子供を溝部先生が嫌うわけがありません。まるで我が子のように、颯太くんをかわいがっていました。

一度、溝部動物病院に伺ったとき、溝部先生と颯太くんが話しているのを見かけたことがあります。

それを見て、私はぞっとしました。

動物好きの優しい獣医と、夜な夜な動物の殺戮をくり返す中学生……あまりに皮肉すぎるとり合わせでした。そんな二人が、仲むつまじく接しているのです。さすがの私も、思わず顔をそむけました。

そして次第に、颯太くんの殺戮の衝動はエスカレートしていきました。

猫だけでなく犬も殺したいけど、野良犬は今はいない。どうすればいいか、と私に相談してきたのです。

そこで私は捨てられた犬を回収せずに、颯太くんに横流しするようになりました。どうせ奪われる命なのだから結果は同じことです。ならば颯太くんの要望を叶えてやろう。私はそう考えました。そして今ふり返ると、それを当然のことだと思っていた時点で、私はもうおかしくなっていました。

休日にはドッグランに赴き、飼い主の隙を狙って犬を盗んだこともありました。颯太くんは大変喜んでくれました。まるで王様に生けにえを捧げる臣下のような気分でした。

ただそれだけでは数が足りません。そこで颯太くんは、悪質なペットブリーダーからネットで犬や猫を購入し、それを殺すようになりました。

ところが颯太くんは、もうそれだけでは満足できなくなりました。

ある日、彼は弾んだ声でこう言いました。

「美沙さん、やっぱり一番殺して面白いのは、飼い主が愛情を持って育てたペットやわ。そんなペットを殺すのが一番おもろい。さらにペットが消えて悲嘆にくれる飼い主を見たら最高やろうね」

もう彼が、悪魔の化身にしか見えませんでした。そして私は、その悪魔の虜になっていました。私は、堕落する快感におぼれていたのです。

ただ、飼い主のいるペットを盗むのは至難の業です。散歩中は飼い主がいるので、犬を盗むのはまず不可能です。猫はおおかた家の中にいます。

そこで颯太くんが考え出したのが、空き巣に入ってペットを盗むというものでした。

私は付き添わなかったのですが、彼はそれを実行に移しました。そして念願通り、盗んだペットを殺害している様子でした。

「空き巣って簡単やわ。みんな不用心過ぎやで。あとやっぱりちゃんと飼われてるペットを殺すのめちゃめちゃ気持ちええ。とくにあのペット殺したの最高やったわ」

颯太くんは得意げにそう語っていました。さらにこんなことも言っていました。

「小坂凜っていうクラスメイトおるんやけど、その子の犬、庭で放し飼いになってんねん。だから、その犬盗んで、しばらくしてから見つけた言うて返したったんや。そしたらむちゃくちゃ感謝されたわ。ほんでもう俺、英雄扱いや」

どうやら颯太くんは、その小坂凜という女の子が好きなようでした。この子にもこんな人間らしい感情があるのか。私はその点に驚きました。そしてそういう部分が存在するからこそ、颯太くんの恐ろしさがより際立つのです。

すると、颯太くんが冷徹な笑みを浮かべました。

「溝部先生の医院におるペット全部殺してもええけどな。さすがにそれやったら俺ってバレてまうからなあ」

颯太くんは溝部先生を嫌っていました。当然です。悪魔の少年からすれば、天使の獣医は天敵なのです。

溝部先生を慕っているふりをしているのは、それを裏切ったときの快感を得るためです。次に颯太くんが狙いをつけたのが、彼の同級生である木崎まどかでした。彼女はペットの三毛猫・ミドリを飼っているのです。まどかちゃんはミドリを溺愛していました。それが颯太くんは気に食わなかったのです。

彼は木崎家に空き巣に入ってミドリを盗みました。ペットがいなくなったのならば、必ず自分に相談してくる。今、自分は名探偵と呼ばれているから。彼はそう断言していました。

「ミドリが消えて泣きじゃくるまどかを間近で見たい。それをたっぷり堪能してからミドリを殺すんだ。そのためには自分が探偵役となって、ミドリを捜索するのがいい。そうだ。溝部先生にも協力してもらおう。ミドリの亡骸(なきがら)を溝部先生に見せつけて、心の底から悲しんでもらおう。これこそ一石二鳥だ。そうくつくつと肩をゆらすのです。

私は何か、誕生日のサプライズパーティーの計画を聞いている気分でした。この子はどこまで残虐になるんだろう。どこまで悪の道をつき進むのだろう。それを見届けたい。そうわくわくしている自分がいたのです。そして颯太くんのもくろみ通り、事態は進展していきました。

そのとき、溝部先生の友人である三津間さんに出会いました。溝部先生と一緒に、彼がセンターの見学に来たのです。

実は、三津間さんのことは颯太くんから聞いていました。変な奴とミドリ探しをするはめになった。彼がそうぼやいていたからです。

三津間さんはあたたかい人に見えました。それは、溝部先生とはまた違う種類のやさしさでした。

「ムッちゃんは僕の唯一の親友なんだ」

溝部先生は、屈託のない笑みでそう教えてくれました。その笑顔を見て、私はとても意外に感じました。

というのも、先生に友達がいるなど聞いたことがなかったからです。大学時代も、誰かと一緒にいる光景を見たことがありません。

溝部先生の親友は動物以外にいない。極端なことを言えば、動物さえいれば人間の友達などいらない。てっきりそんな人だと思い込んでいました。そんな溝部先生が、三津間さんを親友だと言っている。それが、私には大変な驚きでした。そこで少し、三津間さんという人に興味がわきました。

その夜、颯太くんはミドリを殺害しました。私はその場にはいませんでしたが、彼がメールで教えてくれたのです。ドリームランドで殺し、春日山原始林に死骸を放り捨てた。その場所を、溝部先生にメールで伝えたとのことでした。

さらに、颯太くんはカイトという柴犬を盗んでいました。カイトの飼い主である九条さんは、近所でも有名な愛犬家でした。愛情を注がれたペットであればあるほど、それを殺したときの快感は莫大になる。だから颯太くんはカイトを標的にしたのです。

颯太くんから連絡が入り、私はドリームランドに向かいました。売店の柱にカイトがくくりつけられていました。エサも水も与えていないので、吠える元気もありません。

「ちょうど明日が殺す頃合いかな」

颯太くんは満足そうにカイトを見下ろすと、さらりと言いました。そして顎に手をやりながらこう付け足しました。

「動物もいいけど、人も殺したいな」

動物虐待をくり返す人間は、いずれ人を殺すようになる……。

とうとうそのときがきたのだ。私はぞくりとしました。遠からずその一線を越える日がくる。彼と出会ったときから私はそう感じていました。

　すると、颯太くんが手を打ちました。

「溝部先生がええかもな。ほんまむかつくやつやし。カイトを殺したあとに溝部先生を殺ろっかな」

　溝部先生を殺す……。

　そのひと言が、悪魔の呪縛から抜け出すきっかけとなりました。長く泥の中に埋まり続け、息も絶え絶えだった魂が絶叫しました。溝部先生を殺させてはならない、と。溝部先生は獣医の光です。先生のおかげでペットたちが救われている。安心して暮らせている。溝部先生は、かつての私がなりたかった理想の姿でした。

　颯太くんは本物の悪魔です。動物だけでなく、もう人まで殺す欲望を抱いている。もちろん彼にも同情する余地はあります。でも溝部先生を殺すことだけは絶対に許せません。

　そこで私はようやく正気に戻ったのです。さらにそれがきっかけで、こんな決心が生まれました。溝部先生は殺させない。そして私は、この悪魔を育てた責任をとらなければならない。

　つまり、私が颯太くんを殺すのです。

　彼はこの世にいてはならない。今さらながらそれに気づいたのです。

　私は、彼にこんなお願いをしました。

「カイトを殺すときはぜひ声をかけて。あと溝部先生を殺すのなら一緒に計画立てましょ」

「うん。ええよ。カイトは明日殺って、溝部先生を殺す段取りはそれから考えよっか」

と颯太くんが満面の笑みで了承しました。

翌日、私はショッピングモールでロープを買いました。颯太くんの命を奪うための準備でした。

偶然三津間さんに会い、一緒に食事することになりました。まさかこれから私が人を殺すとは、彼は思いもよらなかったでしょう。

そこで三津間さんとの会話から、犯人がチェルシー・ジョージと名乗っていることを知りました。

チェルシー・ジョージとは、ヴィクトリア朝時代に暗躍した犬泥棒です。いかにも彼らしいネーミングでした。チェルシー・ジョージの正体は颯太くんだ。もちろん三津間さんはそれを知りません。おそらく三津間さんの頭のどこにも、そんな考えはなかったでしょう。真実を知る私ですらも、まだそれが現実だとは思えません。誰も彼の正体を見破ることはできないのです。やはり私が彼を殺すしかない。そう決意をあらたにしました。

三津間さんと別れると、少し酔いを覚ますためにあたりを散歩しました。夜風が心地よく、いつまでも歩いていたい気分になりました。

約束の時刻がきました。酔いもなくなり、頭も澄みわたっていました。

今日はメリーゴーランドでカイトを殺る。颯太くんはそう言っていたので、私はそこに直行しました。

うす明かりの下、颯太くんは夢中でカイトを殺していました。すでにカイトの命は絶えていました。足がペンチで切断され、首は血でまっ赤に染まっていました。私の到着まで彼は我慢できなかったのです。

できることならばカイトを無事帰してやりたかった。動物を殺されて胸が痛んだのは久方ぶりのことでした。

私は背後から忍び寄りました。颯太くんはナイフをカイトの腹に刺し、腸をひきだそうとしていました。彼の残虐性は日増しに加速していました。

私はロープを彼の首にかけ、一気にしめ上げました。彼は首をかきむしり、必死に抵抗しました。振り返る暇も与えません。自分の身に何が起きているかもわからなかったでしょう。

私は渾身（こんしん）の力を込めました。やがて彼はぐったりしました。うなだれて腕がだらんとしました。

相手は悪魔なのです。まだ油断はできません。私は念のためにさらにしめ続けました。もう完全に颯太くんが息絶えた。それを確認してからようやく手を放しました。

私はナイフやペンチなどの道具、さらに彼のかばんをまさぐり、タブレットを回収しました。そして左手で手紙を書き、バス停のベンチの上に置きました。

ここは誰も訪れない場所です。何もしなければ、颯太くんとカイトの死体がいつ見つかるかわかりません。早く飼い主の九条さんの元に、このカイトの亡骸を届けたかったのです。手紙を見た人が通報すれば、警察が駆けつけます。いずれカイトの飼い主が九条さんだとわかるでしょう。

それからの騒動はみなさまもご存じのとおりです。颯太くんを殺すと決意したとき、私は自殺するつもりでした。たくさんの動物たちとひとりの人間を殺した罪悪感……そこから早く逃れたかったのです。

すぐにでも死ぬつもりでしたが、荷物の整理や遺書を書くために思ったよりも手間どりました。何しろこれほど長い文章を書いたことがありませんから。警察のみなさまにも多大なご迷惑をかけてしまいました。

センターのみなさん、獣医の仲間、溝部先生、そしてお父さん、お母さん。あなたたちをだまして申し訳ありませんでした。

それと三津間さん、子犬の譲渡会で柴犬と九条さんを出会わせてくれたことを感謝しています。最後にあの子を助けることができた。それだけでも救われた気分でした。

溝部先生があなたを親友だとおっしゃった意味がよくわかりました。これで心おきなくあの世に旅立つことができます。

動物の命を救う……。

私ができなかったことを、あとはみなさまにお任せします。これ以上少しでも殺処分されるペットがでないためにもこの遺書は公開してください。もう二度と私のような人間があらわれないことを祈って。

それでは、さようなら。

冴木美沙

第六章

1

宗近は警察署の会議室にいた。

雨宮が声をかけてくる。

「どうですかな。少しは落ちつきましたか？　私達もマスコミの対応に大わらわですよ。三津間さんのところにも押し寄せてきてるでしょう」

「ええ、まあ」

宗近はあたりを見回した。圧迫感のある白い壁が囲んでいる。安っぽいテーブルとパイプ椅子。黒板がうしろに置かれている。

「マスコミはもうなれたんですが、ここはまだちょっとなれませんね」

雨宮が快活に言った。

「そうですな。普通の方にとって警察署はあまり気分のいいものじゃありませんからな。でも取調室よりはこの会議室の方がまだましでしょう」

「そうですね。あそこはもう二度と入りたくありません」

美沙が自決して三日が経った。

その後宗近と俊平は警察署に連れて来られ、長い時間取調べをうけた。緑川の件では、「だから勝手に行動するなと言ったんだ」と雨宮にこっぴどく説教された。

美沙の遺書は、彼女の自宅に置かれていた。荷物は綺麗に整理整頓され、部屋は丁寧に掃除されていた。形見わけの手配までされていたそうだ。いかにも美沙らしい最期だった。

女性警官がお茶をもってきてくれる。雨宮はひと息で呑み干した。そして満足そうな息を吐いた。

「さて、どこからお話ししましょうかな」

宗近は間髪入れずに訊いた。

「どうして颯太がチェルシー・ジョージだとわかったんですか?」

「でしょうな。あなたならまっ先にそれが気になるはずだ」

雨宮が納得顔でうなずく。

「まず天野颯太が殺されたときにあきらかに様子がおかしい人物がいました」

宗近が身を乗り出した。

「誰ですか?」

「天野颯太の両親です」

葬式での二人の姿を思い浮かべた。宗近がすんなり受け入れたので、雨宮が目を瞬かせた。

「それほど驚かれませんね」

「いや、あの二人はちょっとできすぎているというか。おかしいなと感じてましたので」

「ほうっ、勘づかれてましたか」

雨宮が軽快に眉を上げる。そして冗談めかして言った。

「三津間さん、警察官になられませんか?」

「警察官ですか?」

と宗近がぎょっとする。雨宮が膝を詰めて言った。

「観察力がおありでネットにも精通している。今の時代の警察官には必要な能力ですよ。それに私の立場では手放しで褒められませんが、緑川のアジトに乗り込む行動力と胆力もある」

「まあ、元ですが起業家なんで」

「たしかにリスクを負ってビジネスをするには、両方とも必要な能力なんでしょうな。それは警察官にも必要なんですが、どうも近頃の若い連中はそれに欠けている」

雨宮が不満をあらわにする。

「だから三津間さんが警察官になってくれると助かる。刑事として思う存分私が鍛えますよ。今無職ならばちょうどいい。ともに奈良を守りましょう」

「嫌ですよ。かんべんしてください」

こんな得体の知れない人の下で働くのならば一生無職でいい。それにこの世でもっともなりたくない職業が警察官だ。

「それは残念だ」

と雨宮がにたにたと言った。その目は不気味に光っている。老獪な古狸とは、こんな感じの人間を指すのだ。宗近は嫌な汗をかいた。

雨宮が声を元に戻した。

「三津間さんのご指摘通り、天野颯太の両親は表向きは理想の夫婦でしたが、実状は違いました。あの二人の仲は険悪で、すでにあの家庭は崩壊しておったのです。いわば仮面夫婦というわけですな。二人とも家に帰ることもなく、外で遊び歩いとったそうです」

そういうことか、と宗近は口の中でうめいた。俺は信用されてるからちょっとぐらい遅くなっても大丈夫だ。颯太はそう言っていたが、裏にはそんな意味があったのだ。

「ただあの両親が犯人ではありません。その夜遊びのおかげで、きちんとしたアリバイがありました。

そこで我々は、ドリームランド内と近くの雑木林を捜索しました。凶器を発見するためにです。するとそのかわりに、雑木林の中から犬や猫の死体が続々と出てきたのです。すべて土に埋められていました。チェルシー・ジョージの犠牲者たちです。どれもこれもひどい拷問をうけた跡がありました。むごいもんですな……」

と雨宮がにごった息を漏らした。宗近もそれを想像して、気分が落ち込んだ。

雨宮が気をとりなおして続ける。

「そして天野颯太に疑いをもつきっかけとなったのが、クラスメイトの浦崎くんの話です。天野颯太が小坂凜の飼い犬を自分で隠し、それを見つけたと嘘をついた一件です。三津間さんはこの話を知ってましたかな？」

雨宮がこの話に興味を示していた。浦崎がそう口にしていた。

「ええ、浦崎くんから聞きました」

と宗近がうなずく。雨宮がそこで声を強める。

「それを聞いてどうもひっかかったんです。溝部先生に送られたメールの文面とその行動から推察するに、チェルシー・ジョージには愉快犯的な気質があります。人をだますことに快感を覚えるタイプの人間です」

宗近も同じ推理をした。ただ、宗近はその犯人が緑川だと思った。

「自作自演で小坂凜やクラスメイトからの賞賛を得る。いかにもチェルシー・ジョージらしい行動です。それに小坂凜という女の子は学校でも人気があるそうですな。天野颯太は彼女の気をひくためにそんなことをしたのでしょう。冴木美沙の遺書からも、その推理は的中してましたな。彼女の犬でなければ殺されていたかもしれません」

雨宮が宗近に目を据える。

「そこで私は、天野颯太がチェルシー・ジョージだと仮定しました。まずはこの仮定を元に捜査を進めることにしたのです。

天野颯太がチェルシー・ジョージである確証を得る必要があります。残念ながら溝部先生に送られたメールの送り主はわかりませんでした。匿名ソフトが使われていたので、海外のサーバーを経由していました。もう少し労力と時間をかければ何とかなるかもしれませんが、苦労してＩＰアドレスをつきとめても、それが犯人につながるというものでもありませんからな。その線は早々にあきらめました。

天野颯太の部屋も捜索しました。いたって普通の中学生の部屋でしたよ。チェルシー・ジョージである証拠は何も見つかりません。ナイフなどの殺害道具や空き巣用の小道具もありません。ただ彼は溝部先生の医院で動物の世話をしていたので、犬のリードやブラシなどはありました。ただその中でひとつ妙なものがありました。これです」

雨宮が、テーブルの上にあるものを置いた。レンズとアンテナがついた小さな機械だ。

「これは?」

「ペットカメラです。なんでもこれで留守中にペットの様子を確認できるそうです。便利な時代ですな」

「これの何が妙なんですか?」

「天野颯太はペットを飼っていない。だからこれは必要ない。溝部動物病院のものでもありませんでした。じゃあなぜこんなものが部屋にあったんでしょうか?」

宗近は首をかしげる。たしかにおかしい。

雨宮が先を続ける。

「あと木崎まどか邸の空き巣の件も再調査しました。三毛猫のミドリの盗難事件です。捜査員が入念に近隣の住人への聞き込みをしました。ですが、事件前に怪しい行動をしていた人間は見つかりませんでした。空き巣犯は犯行前に家を物色するのが常套手段です。とくに木崎まどかの家は母親が専業主婦で、ほぼ家の中にいる。侵入するには難易度の高い家です。なのに家を物色した気配がない。これは不思議でした。

ただ、そのときある証言が出てきました。近所の老人が話してくれたんですがね。木崎家の近くに公園があるのですが、その公園で天野颯太らしき人物を見たとね。それも空き巣事件の数日前でした」

宗近が猫にかまれた公園だ。ずきりと宗近の右手がうずいた。

「ベンチに座ってずっとタブレットを眺めていたので、気になってたそうなんです。近ごろの子供は公園で遊びもせずに、ずっとあんなもんを眺めている、と憤慨しておりました。まあ気持ちはわからんでもありません。うちの子供たちも四六時中スマホをいじっておりますからな」

雨宮が浮かない顔をする。最近の父親らしい悩みだ。

「それがこのペットカメラとつながりました。おそらく天野颯太はこのペットカメラで家を撮影し、タブレットでその映像を確認していたのです。門の陰にでも置いておけば、まあ気づかれることはありません。これなら怪しまれずに家を観察できる。そして木崎まどかの母親が外出した隙を狙って、まんまとミドリを盗んだのです。九条邸のカイトを盗んだときも同じ手口を使ったんでしょうな。いやあ実にうまい手です」

と雨宮が賞賛の声を上げる。宗近は複雑な気分になった。

「そのあたりで天野颯太の両親が白状しました。息子は動物を虐待していたとね。そこで天野颯太がチェルシー・ジョージだと断定できました。

ただ問題は何も解決されていません。天野颯太殺しの犯人は誰なのかという難問は残されています。現場には遺留品もなく、置き手紙にも指紋はありません。まさに八方ふさがりの状態でした」

「ですがチェルシー・ジョージには共犯者がいた、と雨宮さんはおっしゃってましたよね。あれはどうしてわかったんですか？」

「三津間さん、ペットのマイクロチップはご存じですか？」

「なんですか、それ？」

と宗近が妙な顔になる。雨宮がすぐに教えてくれる。

「私も今回はじめて知ったのですが、ペットの身元をあきらかにするために、最近ではペットの体内にマイクロチップを埋め込むんだそうです。首輪は外れる危険性はありますが、マイクロチップならなくなる心配はない。それを専用のリーダーで読み込めば、個体番号が表示され、無事飼い主の元に帰ってくるという仕組みです」

「そのマイクロチップがどうしたんですか？」

「はい。その天野颯太が殺して埋めたと思われる犬の死体にマイクロチップがあったのです。早速飼い主と連絡をとってみると、ドッグランで遊ばせていた際にとつぜん行方不明になったペットでした。飼い主はずっとその犬を探していたらしく、亡くなったと伝えたときはその場で泣きくずれられました」

木崎まどか母娘と九条老人を思い出した。ペットを亡くして嘆き悲しむ人はもう見たくない。

「飼い主をなだめて、その犬が行方不明になった正確な時間を聞きだしました。するとですな、おかしなことが判明しました。その時間には天野颯太は学校で授業を受けていたのです。ならばドッグランで犬を盗めるわけがありません。そこで、チェルシー・ジョージには共犯者がいることがわかったわけです」

「なるほど。そういうことだったんですか」

と宗近は納得した。警察の捜査力とは凄まじいものだ。

「状況から察すると、天野颯太とその共犯者はなんらかの理由でもめた。そして共犯者が彼をしめ殺した。私はそう推理しました。しかし、そこから捜査は完全に行き詰まりました。共犯者に至る手がかりがどこにもなかったからです。そんなときにあなたから連絡がきて、冴木美沙の死体を発見したというわけです」

雨宮の長い説明が終わった。どちらも口を開かない。空白の時間が流れていく。トラックが通過したのか、窓ガラスが小さくふるえた。

雨宮がため息を吐いた。

「まさか女性が犯人だったとは思いもよりませんでした。強烈な力でしめ殺していたので、検死官も男の仕業に違いないと断定しておりましたからな」

宗近が力なく言った。

「冴木さん鍛えてるって言ってましたから……知ってますか雨宮さん、あそこの動物愛護センターの職員の方々は、筋トレしている人ばかりなんですよ。なぜだと思いますか？」

「さあ、わかりませんな」

雨宮がすぐに降参する。宗近が苦い声で述べる。

「理不尽なペットの飼い主たちへの怒りを、ベンチプレスにぶつけるからだそうですよ。そうでもしないと、とても耐えられない仕事だそうです」

「そうですか……」

雨宮が切なそうに漏らした。

「私も刑事生活が長いですが、今回みたいなやりきれない事件ははじめてだ」

同感だ、と宗近はうなだれた。

これほど理不尽で、これほど感情の行き場のない経験はしたことがない。もう頭の中がぐちゃぐちゃだ。

犯人が美沙だった……。

その衝撃は、まだ一向におさまらない。未だ余震のように、宗近の心をゆさぶり続けている。

美沙の遺書を読み、宗近は真実を知った。

チェルシー・ジョージの正体が颯太だった。そのことよりも、美沙がそこまで心を病んでいたことの方がこたえた。その事実に、宗近は胸がはりさけそうになった。

美沙からのサインはあった。なのに自分はそれに気づかなかった。あの時点ならば、まだどうにかなったはずだ。この不幸の連鎖を止めることができたのだ。そのことを、宗近は終始後悔していた。

すると、雨宮がとつぜん顔をしかめた。

「そうそう、あとあの悪党二人のことですがな。緑川と串間」

「どうなりましたか？」

「とりあえず動物愛護法違反と銃刀法違反で逮捕し、検察に身柄を送致しました。余罪もごろごろ出てくるし、八年前の殺人事件の真犯人だという事実も出てきたし、これからが大変ですよ。まあ進藤がはりきっとりますがね」

「ご迷惑をおかけします」

と宗近が頭を下げる。

「何も三津間さんのせいじゃありません。あんな悪党を逮捕できてよかったです。GPS発信器を使って尾行したという件も目をつぶっておきますよ」

それを体現するように、雨宮が片目をつぶる。中年男のウィンクは気味が悪い。それから補足するように言った。

「あと、冴木美沙の形見わけの品を預かっとるんですわ。溝部先生宛ですがね。封筒に名前が書いてありました。これを溝部先生に渡しておいてくれませんか？」

雨宮がかばんから封筒をとり出した。几帳面な字で、『溝部先生へ』と書かれている。

宗近が封筒を受けとりながら尋ねる。

「中を確認してかまいませんか？」

「ええ、どうぞ。手紙などはなかったのでまあかまわないでしょう」

封筒から出てきたものを見て、宗近は動きを止めた。

それは、猫の首輪だった。

雨宮が眉をひそめて訊いた。

「どうかされましたか？」

宗近がはっとして応じる。

「いえ、なんでもありません。ありがとうございます。ちゃんとシュンに届けておきますので」

雨宮と別れ、警察署を出た。誰もいないのを見計らい、宗近は猫の首輪を確認した。まちがいない。

宗近は空を見上げる。太陽がその姿を消し、灰色の雲が一面を覆っていた。それは、宗近の心と同じ風景だった。

2

カメラが俊平に向いている。スタジオにいる関係者も普段の倍以上はいる。竹内プロデューサーもかなり興奮していた。当然だ。今日の特別番組の視聴率を考えると、興奮せずにはいられない。それがテレビマンの習性だ。

俊平は、自分でも不思議なほど落ちついていた。いつも番組収録の際には緊張する。喉がかわいて鼓動が速くなる。けれど、今はそれが一切ない。美沙の自殺を目のあたりにして、感情の一部が壊れてしまった。そうとしか思えない。

俊平はあたりを見回した。いつものセットだが、装飾が豪華になっている。

右隣の席には、ペット好きで有名なタレント・一色洋子がいる。三十代後半とは思えないほどの美貌をほこっている。とてもローカル番組に出演するタレントではない。彼女は動物愛護運動に熱心で、その手のイベントによく顔を出している。この番組にはぴったりの人選だ。

さらに同じ愛犬家であり、関西では知名度のある芸人の平平イチロー。ニュース番組のレギュラーももっている知性派タレントだ。

他にも人気アイドルグループの一員で、バラエティー番組で売り出し中の小山メグ。元警視庁捜査一課の刑事で、全国ネットでも知られている犯罪コメンテーター袴田義一。袴田は、ドリームランド殺人事件関連の番組でたびたびコメントをしていた。

この短期間でよくこれだけのメンバーが集められたものだ。俊平は素直に感心した。竹内が奮闘したのだ。

いつもなじみの河田アナウンサーもいる。緊張した面もちで、台本をチェックしていた。ディレクターの秒読みがはじまる。声がうわずっていた。彼もかなり緊張しているのだ。キューがだされ、河田が口火を切る。

「今日は予定を変更し、報道特別番組『奈良ドリームランド殺人事件はなぜ起こったのか？』を放映いたします」

順番に出演者を紹介する。報道特番なので、全員が神妙な面もちをしている。自分の番が回ってきたので、俊平も小さく頭を下げた。

ドリームランド殺人事件の概要をまとめたＶＴＲがはじまる。

荘厳な音楽とナレーションとともに、奈良ドリームランドの廃墟が映し出される。

河田が事件の流れをパネルで説明する。平平イチローや小山メグが疑問を投げかけると、袴田が解説を加える。それぞれが自分の役割をよくわかっていた。

一旦ＣＭをはさむと、河田が口を開いた。

「迷宮入りかと思われた奈良ドリームランド殺人事件。しかし事件は意外な結末を迎えます」

続けて美沙の写真が映し出される。平平イチローが、「美人やな……」とぼそりと漏らした。

そして、美沙の遺書が紹介された。

この遺書は週刊誌に全文掲載され、今、全国を震撼させている。

被害者である天野颯太が、動物虐待をくり返していた。中学生が同級生の家に空き巣に入り、ペットを盗み出していた。さらに、動物愛護センターの職員である冴木美沙がそれを手伝っていた。しかも、その美沙が天野颯太を絞殺した犯人だった。そして最終的に、彼女は拳銃自殺を遂げた。そのすべてが衝撃的すぎる。俊平も未だに信じられない。

遺書には俊平のことが詳細に書かれている。そのおかげで、俊平は一躍時の人となった。溝部動物病院にはマスコミが殺到している。話を聞かせてくれ、と口々に叫んでいる。けれど、俊平はひたすら口を閉ざしていた。

ただ俊平は一言だけこう言っていた。

「この番組ですべてを語ります」

と。

雨宮の取調べが終わるとすぐに、俊平は竹内に連絡をとった。そして特別番組を編成して欲しいと頼み込んだ。

「うちみたいなローカル局ではなく、全国ネットでやった方がいいんじゃないですか」

竹内はそう躊躇(ちゅうちょ)したが、俊平は聞き入れなかった。この番組はいつものスタッフでやりたかった。

俊平の決心のほどを知ると、竹内が意気込んだ。そしてすぐに動いてくれ、番組が実現する運びとなった。系列のキー局もこれを聞きつけ、全国ネットでの放映が決まった。

ＶＴＲが終わる。河田が口を開いた。

「冴木美沙の遺書から、被害者である天野颯太くんが動物虐待をくり返していたという大変ショッキングな事実が判明したんですが、中学生がこんな残虐なことをするものでしょうか？　袴田さん」

「ええ、未成年が動物虐待をするケースはあります」

袴田が重々しくうなずいた。

「そして子供時代に動物虐待をしていた人間は、将来的に殺人を犯す可能性があります。この冴木美沙の懸念は無理からぬことでしょうね。かといって、それを止めるために殺人を犯すのは論外ですが」

「なるほど」

と河田が引きとり、俊平に顔を向ける。

「溝部先生はこの二人とお知り合いで、事件に巻き込まれた関係者の一人でもありますが、まずは天野颯太くんについてはいかがですか？」

俊平がおさえた声で答える。

「……そうですね、颯太くんに関してはショックだったとしかいいようがありません」

とうとう沈黙を破り、俊平が事件について語る。そのせいか、スタジオ内も緊張に包まれる。

「うちの医院で飼ってる犬の散歩を手伝ってくれるような動物好きの少年だとばかり思っていました。学校のクラスメイトからも人気があり、賢く明るい子供でした。まさか裏でそんな残虐な行為を働いていたなんて、今でも信じられません」

袴田が解説を加える。

「典型的な演技性パーソナリティ障害です。周囲の人間をあざむくことに快感を覚える人格障害です。優秀な獣医である溝部先生をだますことは、彼にとっては最高の快楽だったのです」

河田が話を先に進める。

「では冴木美沙はどうでしょうか？　溝部先生と彼女は大学の先輩後輩という関係だそうですね」

「ええ、冴木くんは聡明で、獣医としても優秀な女性でした。同じ奈良出身ということもあり、大学時代からの親しい後輩でした」

「遺書には動物愛護センターに勤めてからおかしくなったとありましたが、動物愛護センターについてわかりやすく説明してもらえませんか？」

「はい。動物の保護と管理、捨てられた犬猫の処分をする施設です。冴木くんはそこでペットの殺処分をしていました」

　重い沈黙が生じる。小山メグがひそひそと尋ねる。

「殺処分って……ワンちゃんとかネコちゃんを殺しちゃうんですか？　本当に？」

　俊平が冷静に応じる。

「はい。以前より数は減りましたが、現在でも全国で年間四万匹の犬猫が殺処分されてます」

「そんなに」

　小山メグが悲鳴を上げ、空気がさらに重みを増した。

　俊平が続ける。

「私も冴木くんも動物が好きで獣医になりました。動物の命を救うことを使命に日夜努力を続けています。ですが同じ志をもちながらも、彼女は動物の命を奪う仕事につきました。私はそれを不憫に思いました。どうにかしてその苦痛をやわらげてやりたい。そう手助けをしてきたつもりです。けれどもそれはあくまで表面上のことでした。ただのおろかな自己満足でした。彼女の心の悲鳴に、私はまるで気づかなかった。

　愛する動物を殺し続けた結果、彼女の精神は崩壊にいたった。無理もありません。私も同じ立場にいたのならば、きっとそうなるに違いありません。その心のひび割れに、天野颯太が入り込んだ。彼女は最終的にはその罪に気づき、動物を颯太くんの魔の手から救おうとした。

もちろん彼女の行動は許されません。どんな理由があろうが、人の命を奪っていいはずがありません。

あの事件以来、私の胸の中には後悔しかありません。彼女を一番理解できたのは同じ獣医である私です。なぜわかってやれなかったのか。もし私が気づいてやりさえすれば、こんな悲惨な結末にはならなかったのではないか。今でも悔やまれてなりません……」

懺悔が終わった……。

テレビを通して自分の罪を吐露する。それが、美沙に対する俊平のつぐないだった。

小山メグが耐えきれずに泣いている。その痛切な泣き声が、スタジオにこだましている。

一色洋子と平平イチローの目もうるんでいた。

河田が切実な声で問うた。

「冴木美沙は、最期に『二度と私のような人間があらわれないことを祈って』と書き残し、この世を去りました。溝部先生、一体私たちはどうすればいいでしょうか?」

俊平はすぐには応じない。

一度まぶたを閉じ、荒れ狂う心を整える。その上で本心を探りあてる。それをありのままに口にするのだ。

俊平が目を開いた。とつとつと語りはじめる。

「これは私たち一人一人の問題です。かわいいから、寂しいから、子供が欲しいと言ってるから。そんな安易な理由でペットは飼ってはなりません。

ペットを飼う。それは一生をかけてその子の面倒を見るということなのです。ひとつの命に対して責任を負うことなのです。自身の子供を育てるような覚悟が求められるのです。ペットはものではありません。飼えなくなった。だから捨てる。そんなことが許されるはずがありません。ペットを自分の子供だと思えば、その行為の罪深さがわかると思います。

そのような人々は、ごくごく些細な理由で保健所や動物愛護センターにペットを連れてきます。ここに来ればペットは殺処分される。それがわかっていながら連れてくるのです。中にはペットに飽きたからここで処分してもらい、また新しいペットを飼う人もいます。彼らは自分自身ではペットを殺しません。一番辛く、過酷な、命を奪うという作業は他人にまかせるのです。その役目を担わされているのが、センターの職員たちです。獣医です。動物が好きな人間です。つまり冴木くんのような方々です。

ペットとはなんでしょうか？　ただのおもちゃ？　ぬいぐるみのようなもの？　そうで

はありません。ペットは家族です。しかもただの家族じゃない。人間でも、無心で家族を愛せる人は皆無に近い。仲が悪く、喧嘩ばかりしている夫婦や家族はいくらでもいます。けれどペットは違います。あなたが飼い主である。あなたが家族である。それだけで彼らは、あなたを一心に愛してくれるのです。

男、女、老人、子供、金持ち、貧乏、外見がいい、よくない、社会的地位がある、ない。そんなこと動物は一切考えません。なんの条件もなしに、あなたに無償の愛を注いでくれるのです。それは私達にとって唯一無二の存在とはいえないでしょうか？

ペットの飼い主だけではなく、そうではない人たちも『ペットとはなんなのか？』と自分の心に問いかけてほしい。

そして動物愛護センター、ペット業界の現状、我々がやっている動物愛護活動を知ってもらいたい。

まずは知ること。この世のあらゆる問題を解決するには、それ以外に方法はありません。目をそむけたくなるような現実を直視する。まずはそこからはじまるのです。

どうすれば不幸なペットが減らせるのか？　今のペットたちが置かれている現状を認識してから、みなさんで考えていただけないでしょうか。それが私と亡くなった冴木くんのささやかな願いです」

ふたたび静寂に包まれる。スタジオ内の全員が、考えにふけっている。その表情を見て、俊平は確信した。自分の想いはみんなに伝わったのだ。

竹内が大きな拍手をする。出演者たちも手を叩き、スタジオが拍手で包まれる。

俊平は軽く礼をし、体全体でそれを受けとめていた。そこにはいつもの笑顔はなかった。

3

「ただいま」

俊平がリビングの扉を開ける。

「おかえり」

と宗近が返事をする。宗近はソファに座り、焼酎の水割りを呑んでいた。

俊平は冷蔵庫に向かい、缶ビールと冷やしたコップをとり出した。宗近の対面に座り、プルトップを開ける。そして静かにコップに注いだ。コップからあふれ出る寸前で泡が止まる。

「お疲れ」

宗近がコップを持ち上げる。俊平がそれに重ねる。キンという軽快な音がした。

俊平がコップに口をつける。疲れが、気泡とともにぬけ落ちる。

「久しぶりだね。ムッちゃんとこうして酒を呑むのは」

「……まあな、いろいろあったからな」

宗近は感慨深げに漏らした。

「……そうだね」

俊平が静かに同意する。いろいろあったどころではない。もう台風が暴れ回ったかのように、信じられないことが連続した。

空気が沈むのを嫌ったのか、宗近が明るく言った。

「そうだ。見たぞ、テレビ。すげえ反響だな。ネットのニュースサイトでもトップになってたぞ。おまえよく外歩いて帰ってこれたな」

番組終了後、視聴者からの意見が殺到し、スタッフは対応に大忙しだった。視聴率がとんでもないことになりますよ。竹内がそう狂喜乱舞していた。

ペット愛好家たちが、SNSで自身のペットへの想いを書き込んでいる。殺処分されるペットを減らす。それにはどうすればいいか。そんな議論も活発に行われている。

俊平の投じた一石が、全国に火をつけたのだ。局から出ると、報道陣が待ちかまえていた。俊平は、その質問にひとつひとつ丁寧に応じた。そしてどうにか一段落したので、やっと帰宅できたのだ。

俊平が軽くコップを持ち上げた。

「これで少しでも天国の美沙ちゃんが喜んでくれたらいいんだけど……」

「だな」

宗近がしみじみとうなずいた。すると、

「なあ、シュン」

と続けざまに呼びかけてきた。

「何？」

宗近がさらりと言った。

「おまえ、どうして颯太を殺したんだ？」

俊平は、コップをテーブルに置こうとしていた。だが宗近の一言で、その動きを中断する。時が止まったかのように、コップが静止している。

俊平は宗近の顔色を窺った。

宗近は真顔で俊平を見据えている。冗談っぽさは一切ない。ただその瞳は淡くゆらめいている。

俊平はコップを持ち上げた。それを口に運び、ビールを喉に注ぎ込んだ。さっきよりもずいぶん苦く感じられた。

俊平が確認する。

「ごめん。聞きとれなかった。ムッちゃん、なんて言ったんだい？」

宗近が声に気を入れる。

「何度でも言ってやる。シュン、おまえ、どうして颯太を殺したんだ」

俊平が鼻から息を吐いた。

「ムッちゃん、いい加減にしてくれ。冗談にしても悪質すぎる」

宗近は何も言わない。かわりに紙袋からあるものをとり出し、テーブルの上に置いた。

それは、猫の首輪だった。

「なんだ。猫の首輪じゃないか。これがどうしたんだ」

俊平は抑えた声で切り返した。だが、心臓は激しく波打っている。

宗近がじとっとした声で重ねる。

「これは冴木さんが形見分けとしておまえに残したものだ。彼女はどうしておまえにこんなものを渡したかったんだ？」

「さっぱりわからないな。僕は猫を飼ってないしね」

「嘘をつくなよ。シュン、これはおまえのものだ。以前、おまえは冴木さんと一緒に猫の生態調査の協力をしたそうだな。そのとき使ったのがこのGPS付きの猫の首輪だ。冴木さんは記念に、一人ひとつずつその首輪をもらったと言っていた」

「じゃあ美沙ちゃんが僕に自分の首輪をあげたかったってことじゃないのか」

「いやそうじゃない」

宗近が首を横にふる。そしてふたたび紙袋に手を入れ、また何かをとりだした。俊平は目を大きくした。

それはもうひとつの首輪だった。

宗近が、二つの首輪を手にして比べる。

「こっちは冴木さんの首輪だ。これを車の底にはりつけてGPSで俺の居場所を特定し、緑川から助けてくれた。まあこの首輪は命の恩人みたいなもんだ。冴木さんが自殺したときから、俺はこれをポケットに入れっぱなしにしていた。

で、今日雨宮刑事からシュンへの形見分けとして、このもうひとつの首輪を預かった。おかしいよな。首輪は一人ひとつだったはずだ。なぜ、冴木さんは首輪を二つも持ってたんだろう？」

「わからないよ。一人ひとつだったんだけど、彼女はなぜか二つもらったんじゃないか」

「それはない。俺は猫の生態調査を依頼した奈良先端大学の教授に確認した。きちんと一人ひとつずつ渡したってさ。じゃあ話はこうとしか考えられない。もうひとつの首輪。これはまちがいなくシュンのものだ。だから冴木さんはおまえに返したんだ」

俊平が手を叩いた。

「わかった。じゃあそれは僕の首輪だとしよう。でもどうしてそれで僕が颯太を殺したことになるんだ」

「ここからは俺の推測だ」

と宗近が前置きする。

「冴木さんはシュンの首輪をどこで手に入れたのか？　俺は颯太のかばんの中からだと考えてる。

冴木さんは嘘をついてる。冴木さんは颯太を殺してない。ドリームランドに到着したとき、颯太はすでに殺されてたんだ。何者かの手によってな。

冴木さんはさぞかし驚いただろうな。自分が殺そうとした人間がすでに殺されていたんだから。

そして冴木さんは颯太の荷物を物色した。そこでGPS付きの猫の首輪を発見した。もちろん自分のものではない。颯太と関係があり、この首輪を持っている人物。それは一人しかいない。つまりシュン、おまえだ。そこで冴木さんはおまえが犯人だとわかったんだ」

俊平が冷静に問うた。

「どうして僕の首輪が颯太くんのかばんにあるんだ？」

宗近が鋭く言った。

「おまえが入れたんだ。おまえは颯太を追跡するためにその首輪を利用した。そして奈良ドリームランドにいることをつき止め、あいつがカイト殺しに夢中になっているところを、背後からしめ殺したんだ」

俊平はふき出した。

「ムッちゃん、それはちょっと無理があるよ。仮に僕が殺したとしよう。でもどうして美沙ちゃんが僕をかばうんだ。意味がわからない」

宗近は複雑そうな息を吐いた。

「それは俺にもわからない。ただ彼女はこう考えたんだと思う。彼女はおまえを救いたかったんだ。

遺書の中で、彼女はおまえを光に例えていた。光を守るのは影の役割だ、と。だから彼女は殺人の罪をかぶり、自らの命を絶ったんだ。

ただ、冴木さんは自分がおまえを犯人だと気づいたことは、シュン自身に知っておいて欲しかった。だから首輪をおまえに返すことで、そのメッセージとしたんだ」

俊平は首輪を手にした。手の中にふっと明かりが灯った気がする。まるで美沙の魂が残っていたみたいに。

俊平はくすりと笑った。

「彼女が僕を救うために颯太くんを殺そうとした。それは遺書にも書いていたからまちがいない。でも僕が颯太くんを殺し、彼女が身がわりになった。その推理にはあまりに無理があるよ」

宗近は紙袋に手を入れ、三たび何かをとり出した。今度は首輪ではない。太い犬のリードだ。それも二本ある。

「……それは？」

俊平が尋ねる。ただ、今度は声のふるえが抑えられない。

宗近が硬い声で説明する。

「これは隣の日下部さんのラブのリードだ。警察署から帰ってくると、塀にかかった二本のリードが目にとまった。なぜ二本も必要なのか？　以前見たときは、日によって気分を変えるためだと思っていた。でも、そのとき心に何かがひっかかった。

ちょうど日下部さんがラブの散歩に行くところだった。そこで訊いてみると、日下部さんはこう答えてくれた。

前のリードがなくなったので、しかたなく新品のリードを買いなおした。でも数日後に、なぜか消えたリードが元に戻っていた。不思議なこともあるものね、と日下部さんは首をかしげてたよ。

そのとき、俺はふと思い出したんだ。そういえば以前、日下部さんがラブの散歩に行けなかったとぼやいていたことを。あのとき雨も降ってなかったし、日下部さんの体調も良さそうだった。なのに散歩に行けなかった？　疑問に思ったが、そのときはそれを捨て置いた。たいしたことじゃなかったからな。

けれど、今日その理由がわかった。それはリードが何者かに盗られたからだ。そしてリードがなくなったその日は、颯太が殺された日だった」

話が核心に迫っている。俊平は黙って聞いていた。

「リードは一体何に使われたのか？　もちろん犬の散歩じゃない。凶器に使ったんだ。颯太をしめ殺すためのな。冴木さんの自宅からは凶器であるロープが出てこなかった。じゃあ犯行に使われたロープはどこにいったのか？　それはここにあったんだ。

シュン、おまえは猫の首輪のＧＰＳで、颯太が一人ドリームランドにいることを知った。殺害するには絶好のチャンスだ。そこで凶器に使えそうなものを物色した。

もちろん家には包丁がある。だが、誰だって人を刺し殺すことには抵抗がある。とくにシュン、おまえのようにやさしい性格ならなおさらだ。

だから絞殺を選んだ。これならば殺人の抵抗は少なくなる。だが手ごろなロープがない。普通の家に丈夫なロープなんかないからな。

けれどそのときふと閃(ひらめ)いた。犬のリードだ。リードならば、十分ロープの代用品となる。だが医院にリードをとりに帰る時間がない。しかも医院ならば、串間や他のスタッフに見られる可能性もある。極力医院のものは使いたくないはずだ。

そこではたと気づいた。そうだ隣の日下部さんのラブのリードがあるじゃないか。ラブは大型犬だから、リードの太さも長さも十分だ。しかも日下部さんは、リードを塀にかけている。だから簡単に拝借することができる。

そしておまえはラブのリードで、颯太をしめ殺したんだ」

宗近が俊平をにらんでいる。

俊平はビールに口をつけた。コップを手で握りしめていたので、ずいぶんとぬるくなっている。よほど手のひらが熱くなっていたらしい。

宗近が補足する。

「あの日、おまえは体調が悪いと仕事を早めに切り上げ、家に帰っていた。俺はおまえが部屋にいると考えていたが、おまえの姿をたしかめていない。俺は疲れてすぐにベッドに入った。夜中におまえが帰宅してもまったく気づかなかっただろう。十分に犯行に及ぶ機会はあった。なあ、シュン。おまえだろ。おまえが颯太を殺したんだろ？」

口ではそう言っているが、目はこう語っている。認めて欲しくない、と。

やっぱりムッちゃんは親友だ……。

俊平はそう微笑んだ。そして深々とうなずいた。

「そうだ。ムッちゃんの言うとおりだ。

僕が颯太を殺した」

宗近の表情が一瞬でゆがんだ。どう感情を表現していいのかわからない。そんな面持ちをしている。

「さすがムッちゃんだ。まさにその推理通りだよ」

俊平が感服して続ける。

「僕はあの猫の首輪を使って、颯太くんの居場所を探しあてた。彼は常に自転車で移動してるから、とてもあとを追うのは不可能だったからね。だからあの首輪を利用した。マロンの交通事故の翌日、彼はうちの医院に立ち寄った。あのときかばんに首輪を忍び込ませたんだ。ラブのリードもムッちゃんの推理どおりだ。日下部さんには悪いことしたけどね。あれを凶器に使わせてもらった。

GPSで颯太くんがドリームランドに居ることをつきとめ、すぐに直行した。子供の頃以来立ち寄ってないドリームランドに、まさかこんな形で訪れるとは思いもよらなかった。人生は皮肉に満ちている。誰かが言ってたけど、まさにその言葉どおりだ。

メリーゴーランドで、颯太くんはカイトを殺していた。そのうしろ姿は、ありえないほど残忍なものだった。動物好きで聡明な少年が、廃園の遊園地で犬を惨殺している。今でも夢に見る光景だ。

すでにカイトは息絶えていた。できることなら助けてやりたかった。でも間に合わなかった。美沙ちゃんの遺書にも同じことが書いてあったね。僕も彼女と同じ気持ちだった。

僕は背後から忍び寄り、颯太くんの首を一気にしめ上げた。渾身(こんしん)の力を込めてね。ムッちゃんは知らないだろうけどね、獣医には力がいる。こう見えて僕は腕力には自信があるんだ。だから彼はすぐに息絶えた。実にあっけなかった。

しかし僕はパニックになった。覚悟は決めていた。けれどいざ本当に人を殺して、頭の中が激しく混乱したんだ。

そしてその場から一目散に逃げ出したんだ。だからタブレットと猫の首輪を回収し忘れた。けれどどうにか、ラブのリードだけは持ち帰っていた。日下部さんに返さなければという気持ちが、頭の隅に残っていたんだろうね。だから無意識のうちにリードは手にしていた。

人を殺した。その罪悪感から僕は立ちなおれなかった。一晩寝て、あれは夢じゃないかとも思った。リアルすぎる悪夢を見ただけだとね。

でもリビングに入ると、ムッちゃんのスマホに警察から電話がかかってきた。それでわかった。あれは夢なんかじゃない。僕は現実に颯太くんを殺したんだってね。そして僕はまたパニックに陥った。

僕が颯太くんをカイト捜索に誘ったことが要因で彼が死んだ。だから僕が狼狽している。ムッちゃんはきっとそう考えただろうね。でも実際は違う。僕が犯人だったからだ。あの電話が、それが現実だとはっきり示してしまったんだ。

これが真実だよ。颯太くんをしめ上げたときの手の感触は、まだ消えてくれない……」

と俊平は手のひらを見つめた。

美沙は、遺書の中でこう書いていた。自分の手はもう黒く染まっていると。それは俊平も同じだ。これはもう人殺しの手になったのだ。

その証拠に、あれ以来動物の心の声が聞こえない。医院にいるペットたちも何も語りかけてくれない。颯太を殺めたことで、その能力を失ったのだ。

そしてそれは、自分が獣医でいる資格を失ったことでもある。殺人犯になった今となっては、もう動物の命は救えないのだ。

宗近がわなわなと尋ねる。

「……なぜだ。どうして颯太を殺したんだ。奴がチェルシー・ジョージだったからか？　あいつが動物を虐待し続けることが許せなかったのか？」

苦悩が声ににじみ出ている。俊平が犯人だと気づいて以来、くり返し自分に問いかけていたのだろう。

俊平は頰をゆるめた。

「そうじゃない。もちろん彼の行いは僕には絶対に許せない」

と奥歯を嚙みしめる。思い出すだけではらわたが煮えくり返る。怒りで意識が朦朧とする。

俊平は深く息を吐き、心を落ちつかせる。

「でもそれだけで人は殺せない。それだけならば警察に通報して、彼に罪をつぐなわせた」

宗近が叫んだ。

「じゃあなぜだ！　どうしておまえは颯太を殺したんだ！」

俊平は、コップとビールの缶を手に立ち上がった。

「それをムッちゃんに考えて欲しいんだ」

そしてキッチンに向かった。余ったビールをシンクにこぼし、丁寧にコップを洗う。

宗近が、我慢できずに問いを重ねる。

「シュン！　一体どういうつもりなんだ？　自首するつもりはないのか？」

俊平は空き缶をゴミ箱に入れた。

「もちろん自首するつもりさ。美沙ちゃんは僕をかばって自殺したんだ……彼女を犯人のままにしておけるわけがない。早く自首をして、彼女の名誉を回復する。冴木美沙は善意に満ちあふれた獣医だと世間に認めてもらう。そうするのが僕の責務だ」

「なら今すぐ警察に行くのか」

「それはできない」

「どうしてだ」

「それはムッちゃんが真実にたどりついてからだ。心苦しいけど、美沙ちゃんにはそれまで辛抱してもらう。僕がなぜ颯太を殺したのか？　ムッちゃんにその動機をさぐりあててほしい。僕はそれを待ってたんだ。ずっとね……」

「おい、どういう意味だ」

俊平は答えない。扉のノブに手をかける。

「今日は疲れたからもう寝るよ。じゃあね。おやすみ」

そして、そのまま部屋から立ち去った。


宗近はその場で呆然としていた。さきほどの俊平の自白が、宗近の心をかき乱している。

本当に俊平が犯人だった――

雨宮に渡された猫の首輪を見た瞬間、宗近の脳裏をよぎった疑惑は真実だった。

なぜだ。なぜ俊平が颯太を殺したのだ。心のうちで、宗近は何度も何度も問いかけた。

けれどなんの答えも返ってこない。

颯太が動物虐待をくり返していた。動物を愛する俊平には、それがどうしても許せなかった。

宗近の導き出した唯一の答えがこれだった。だが、それを本人が否定した。嘘ではない。

この期に及んでそんな嘘をついても意味がない。そして最大の疑問が、さっきの俊平の頼みだ。

『僕がなぜ颯太を殺したのか？　その動機をさぐりあててほしい』

俊平は、もう自分が犯人だと自供している。警察にも自首するつもりだ。そう言っている。俊平がその約束を守ることに、なんら疑いの余地はない。

なのに、なぜその動機を語ってくれないのだ？　今さらそれを隠しても無駄ではないか。

『僕はそれを待っていたんだ。ずっとね……』

俊平の最後の言葉だ。ずっと？　つまりそんな以前から、俊平は颯太を殺すつもりだったのか？　いや、そんなはずはない。俊平が、颯太が犯人だと気づいた。それはつい最近の話だ。

頭がどうにかなりそうだ。宗近は立ち上がり、リビングの中をうろつきはじめた。こうでもしなければ、気分がおさまりそうにない。

すると、部屋の隅に目がとまった。俊平の娘・千絵のおもちゃだ。皿に鳥の絵が描かれている。それを回すと、鳥が飛んでいるように見える。

その瞬間だ。

頭の中で何かが弾ける音がした。脳が直接手でゆさぶられたような、強い衝撃が駆けぬける。宗近はスマホをとり出した。そして長野に電話をかけた。

4

翌朝、宗近は奈良市内のビルの一室にいた。

応接室だ。黒の大きなソファにおしゃれなコーヒーテーブル。本棚は動物関連の本がぎっしり詰まっている。

「おい、やっと観念したか」

扉を開けると、正雄があらわれた。ポニーテイルをゆらし、目尻にしわを浮かべている。

「すみません」

と宗近が軽く頭を下げる。

正雄が対面のソファに座る。

「まったくあれから何度連絡しても無視しやがって。で、いきなり会いたいっていうんやからな」

口をとがらせているが、機嫌を損ねてはいない。この人は拒否されなれているんだろう。

ここは溝部動物病院の本社ビルだ。

宗近は、今俊平がやっている医院しか知らない。子供の時分は、正雄はあそこで診療を行っていた。

ところが今は、こんな大きな自社ビルを持っている。ただのおかしなおっさんだと思っていたが、正雄はやり手の経営者だった。

宗近は正雄に連絡をとって、会う約束をとりつけたのだ。どうしても確認したいことがあったからだ。

「で、俊平の様子はどうや？　昨日はあいつのテレビのおかげでこっちにも取材が殺到して大変やった」

正雄が疲れた息を吐いた。ドリームランド殺人事件で、溝部動物病院も大騒ぎになっている。

「ええ、ここ数日は部屋にひきこもってましたが、やっと立ちなおったみたいですよ。元気です」

「まったく困った奴だ」

正雄がソファに体重をかける。

「あいつは獣医としての腕はいいんだが、精神的にもろいところがあるからな。何かショックなことがあると、部屋にひきこもって一歩も出えへん。二ヶ月前もそうで、今回もそうやろ」

宗近がひっかかる。

「二ヶ月前？　ああ体調が悪くて休んでたってシュンが言ってましたね」

「体調？　あんな頑丈な奴の体調が悪くなるか。何か精神的にショックなことがあったんやろ。理由は聞いとらんけどな」

二ヶ月前にショックなこと？　一体なんだろうか。気にはなるが、そんな些末な疑問はどうでもいい。

すると、正雄から話を切り出してくれた。

「で、なんや。訊きたいことってのは？」

宗近はそろそろと言った。

「実は……俊平の子供のことなんです」

俊平の娘ということは、正雄の孫だ。亡くなった孫を思い出させるのは気がひけるが、ここは重要な部分だ。

「……千絵のことか」

と正雄が声を暗くする。その正雄らしくない沈んだ表情に、宗近は胸を痛めた。

「あの子はかわいそうなことをしたな。たった一歳でこの世を去ったんやからな」

宗近は躊躇した。正直これ以上踏み込むのは酷だ。だがどうしても尋ねる必要がある。

宗近が語気を弱めて訊いた。

「その千絵ちゃんが亡くなったときのことを詳しく聞かせてもらえませんか？」

正雄が宗近を見据えた。どういう意図で尋ねているのか？　宗近の目の色でそれを探っている。

宗近が目に気迫を込める。興味本位で訊いているのではない。これは、どうしても知らなければならないことなのだ。その熱意が伝わったのか、正雄が深く息を吐いた。そして回想をはじめた。

「あれは四年前だったかな。ある日の夜、千絵が急にぐったりして動かなくなったそうや。それで嫁があわてて病院に向かったんやけどな。残念なことにそのまま亡くなってもうたんや。乳幼児突然死症候群、つまりＳＩＤＳというやつや」

宗近はびくりとした。

「ちょっと待ってください」

「なんや」

と正雄が不審な顔をする。宗近は慎重に問いかける。

「千絵ちゃんは、病気で亡くなったんですか？　交通事故や、その他の原因ではなく……」

「……そや」

と正雄が顔をしかめる。宗近はあわてて謝罪する。

「すみません、話を止めて。続けてください」

正雄がひとつ咳払いをする。気を入れ替えるためだろう。それから重い口ぶりで続ける。

「千絵が亡くなったことで、俊平と嫁は大喧嘩をした。というのも千絵が病院に運ばれたとき、俊平は犬の手術をしていた。娘が危篤中なんだから早く来てくれ、嫁は俊平にそう懇願した。手術をかわってやるから、千絵の元に向かえ。俺もあいつにそう言った。だがあいつはそれを断った。『自分の都合で、動物の命をほうり出せない』。そう言ったんだ。正直なことを言うと、動物を想う気持ちは俺よりもあいつの方が強い。それはムッちゃんもわかるだろ?」

宗近が黙ってうなずく。正雄が軽く息を吐いた。

「俺も獣医だ。だからあいつの気持ちもわかる。俺はそこで折れて、俊平の望むままにした。けれど嫁は違う。そんな獣医の考えなど皆目理解できない。

『あなたは娘の命よりも動物の命を優先した』

そう俊平を責め立てた。まあ嫁の気持ちもわかる。元々俊平は、そういう傾向があった。休日に家族で遊んでるときも、動物の容態が悪いとなったら一目散に病院に戻ったからな。

家族よりも動物を優先する生活を送ってたんや。そして千絵の死をきっかけに、嫁のその不満が爆発したんだ。そして二人は離婚した。それ以来俊平は独り身だ。もう結婚することは二度とないだろうな」

と正雄が顔をくもらせる。父親としては複雑な心境なのだろう。

「ありがとうございます」

と宗近は礼を言い、部屋を立ち去った。

にぎやかな商店街を歩く。その途中で人だかりがあった。餅屋が餅の早つきをやっている。みんなそれを見物しているのだ。

だが宗近は一切興味がわかない。頭の中が混濁している。思考が泥の海でもがいている。

昨日の晩、宗近は千絵のおもちゃが目に留まった。そして閃いた。

颯太は動物を虐殺していた。そういう人間はいずれ人を殺める可能性もある。ならば、もう颯太は殺人を犯しているのではないか。そしてその被害者が、俊平の娘の千絵だったのではないか。そう推察したのだ。

あの俊平が人を殺したのだ。娘を殺した颯太への復讐……もうこれしか思いつかなかった。だが正雄の話を聞くと、千絵は病死したのだ。誰かに殺されたわけではない。

それに冷静に考えてみると、殺人は大事件だ。千絵が殺人の被害者だったならば、もうどこかの時点で宗近の耳に入っている。ではなぜ俊平は颯太を殺したのだ。颯太がチェルシー・ジョージだったからか？　いや、それは俊平本人が否定している。

それにもうひとつ大きな疑問がある。

俊平は、どうやって颯太がチェルシー・ジョージだと気づいたのだ。颯太の演技は完璧だった。宗近も完全にあざむかれていた。俊平よりも自分の方が疑り深い。その自分が気づけなかったのに、なぜ俊平は颯太の正体を看破できたのだ。その理由もわからない。

解決の糸口はまずそこからじゃないだろうか。俊平は颯太の真の姿をとらえた。そのきっかけさえわかれば、俊平の動機も判明するんじゃないだろうか。大きな問題を解決するコツは、まずその問題を細分化することだ。そしてそのひとつだけに集中する。

あの完璧に見えた颯太の演技に、何かひずみがなかっただろうか。宗近は記憶の泉にもぐり込んだ。

目を皿にして探し回る。そしてある違和感を見つけた。あった。たしかに颯太の様子がおかしかった記憶がある。だがいつだ？　それが思い出せない。

とつぜんスマホがふるえる。長野からだ。宗近は思わず舌うちをした。なんて間の悪さだ。

宗近がしぶしぶ電話に出る。

「ミツさん、調べましたよ。昨日頼まれた件」

と長野のかん高い声が聞こえる。

「ここ数年間に奈良市内で子供が殺された事件なんてないっすね。ネットでも調べて、国会図書館でも調べたんっすけど、どこにもなかったっすわ」

「そうだろうな。実は俺のかんちがいで、そんな事件なかったんだ」

長野が声を裏返らせる。

「ちょっとなんなんっすかそれ。超絶無駄足じゃないっすか」

宗近が話を切り替える。

「それよりおまえ奈良に来いよ。しばらく一緒に奈良に住むぞ」

「えっ、奈良に住むんっすか」

さすがの長野も虚をつかれている。

「別にいいっすけど……でも俺みたいなさわやか男子が、そんなエキセントリックシティに住めますかね？　奈良って鹿と仏像と海賊がたむろしてるとこでしょ」

「なんで海賊がいるんだよ。奈良には海はねえよ」

「マジっすか。俺、沖縄の透き通るような青い海見て育ってきた人間だからそれはきついっすね。東京の汚ない海を見たときは、その場で泣きくずれたほど生粋の海人（うみんちゅ）ですから」

「嘘つけよ。おまえ生まれも育ちも東京じゃねえか」

付き合ってられない、と宗近はさっさと話をまとめる。

「とにかく来いよ。いつ来れる?」

「まあちょっと怖いっすけど、ミツさんがそう言うなら今日にでも行きますわ」

「今日かよ。はええな」

「生活用具なんかそっちで買えばいいし、財布とスマホがありゃ北極でもアマゾンでも行けますよ。俺に身支度は必要ないっすわ」

「財布……」

その一言が、宗近の頭の中を灯した。ぼやけていた記憶が鮮明になる。

宗近が大声を上げる。

「それだ。おい、おまえおてがらだ」

長野がどぎまぎとする。

「なんっすか。俺、なんか言いました?」

「あと、おてがらついでだ。おまえ人を殺したいときってどんなときだ?」

「どんなぶっこんだ質問なんっすか」

長野が一瞬動揺するが、すぐに話に乗ってくる。

「そうっすね。まあ普通なら金、怨恨、異性関係のトラブルでしょう。でも俺サトラーなんでそんなんで人は殺さないですねえ」

「なんだ。サトラーって？」

「ミツさん、知らないっすか。悟りひらいた人間のことっすよ。だからブッダは元祖サトラーなんっすよ」

「そんなおまえの造語知るわけないだろ。それより何かないのか？　これをされたらサトラーのおまえでも人を殺しちまうみたいなのが」

「まあ俺の服のコレクションが燃やされたらそれぐらいするかもっすね」

「そんなことで人殺すのか」

「そりゃそうっしょ。服は俺の歴史っすよ。司馬遷の史記みたいなもんなんっすよ。それが燃やされたらぶちギレちゃうのも当然っしょ。司馬遷だって青竜刀もって襲いかかってきますよ」

「そうだな、人それぞれ大切なものは違うよな」

宗近は、自分に言い聞かせるようにつぶやいた。そして俊平の顔を思い浮かべた。

大切なものは人それぞれ異なる。ならば俊平の大切なものはなんだ？　答えはひとつだ。それは動物以外に考えられない。

そしてその動物の中でももっとも大切なものは?

それは、自身のペットだ。

宗近が礼を言う。

「長野助かった。あと奈良に来るなら明日以降にしてくれ。今日はおまえの相手をしてやる暇はない」

と電話を切る。そしてすぐに家路を急いだ。隣人の日下部から話を聞く必要がある。

幸いにも日下部はいた。昨日借りたリードを返しにきた。インターホン越しにそう告げる。

日下部がすぐにあらわれる。

「もう返しにきてくれたの?」

「ええ、役にたちました。ありがとうございました。あとひとつ訊きたいことがありまして、俊平の家って以前犬とか猫を飼っていませんでしたか?」

日下部が即答する。

「飼ってなかったわよ。溝部先生お忙しいし独り身だからペットは飼えないっておっしゃってたわよ」

宗近が躍起になって重ねる。

「本当ですか？　絶対に？」

日下部が不審そうに答える。

「隣に住んでるんだからこっそり隠れて飼っていてもすぐにわかるわよ。うちのラブちゃんはとくに他の動物に敏感だし。絶対に気づくわよ。まちがいありません。それに室内に傷とかないでしょ？」

「……ええ、ありません」

「ほら、ごらんなさい」

日下部が得意そうに述べる。

「ペットを室内で飼っていたら傷のひとつやふたつは絶対にあるはずよ。フローリングにひっかき傷があったり机の脚をかじられたりね」

「そうですか……」

と宗近は気落ちした。

日下部に礼を言い、俊平の家に戻った。

長野の話を聞いて、宗近はこう閃いた。

俊平が颯太を殺した動機……それは俊平の飼っていたペットを、颯太が殺したからだ。

奈良を訪れる以前ならば、そんな考えは頭に浮かびすらしなかっただろう。ペットの復讐のために殺人を犯す。あまりに滑稽すぎて、一笑に付したに違いない。

けれど今はそうではない。人々がどれほどペットを大切にしているか。奈良に来てから、それを痛切に思い知ったからだ。

犬のカイトが亡くなったときだ。飼い主の九条は、切々とこう言っていた。

カイトを殺した犯人を、この手で殺してやりたい。

そうだ。自分のペットを殺されると、人はこんなうらみすら抱くのだ。

さらに俊平の動物好きは、他の人間の比ではない。もし俊平自身のペットを殺されたのならば、俊平は犯人を殺すかもしれない。それが宗近の導き出した殺人の動機だった。

けれどその考えは外れていた。俊平はペットなど飼っていなかった。

宗近は息を吐いて、気合いをあらたにする。

まだだ。もうひとつの閃きをたしかめる必要がある。宗近は二階に上がって、俊平の部屋に向かった。俊平は引きこもり生活を終えて仕事に戻っている。

俊平の部屋の扉を開ける。ここに入るのははじめてだ。

カーテンを閉め切っているのでうす暗い。隙間からわずかに光線が漏れている。宗近は電灯のスイッチを入れた。ベッドに机に本棚というたってシンプルな部屋だ。まるで学生の一室だ。

丁寧に整理整頓されている。ちりひとつない。俊平は自首すると言っていた。すでにその準備を整えているのだ。

宗近は本棚を見やった。獣医学会の広報誌や、ペット関連の本で埋まっている。すると棚の上にある財布を発見した。マジックテープでとめるタイプの財布だ。

やはりあった。颯太の財布だ。カイト探しをしていたとき、颯太は財布をなくしたと言っていた。おそらく緑川の騒動があった際、医院に財布を落としていたのだ。そして俊平がそれを拾った。ここから颯太がチェルシー・ジョージである証拠をさぐりあてたのだ。そう推理したが、どうやら的中していたようだ。

宗近は財布を調べ上げる。小銭が少しとICカード、あとは店のポイントカードだ。ポケットの多い財布だが、ひとつひとつ丁寧に開ける。左手が何かに触れる。切手ほどの大きさだ。宗近はそれをひきぬいた。それはデータ保存用のSDカードだ。

デスクにあるパソコンを立ち上げる。幸いにも、パスワードがかかっていない。

宗近は机のひきだしからカードリーダーを探し出し、パソコンにつなげた。そこにカードをさし込んだ。画像が表示され、宗近は思わず目をそむけた。

それは、動物の死骸写真だった。

犬猫だけでなく、鳩やすずめ、うさぎやその他小動物の写真もある。どれもこれも傷だらけだ。うつろな目を浮かべ、無念そうに横たわっている。

これが、颯太自慢のコレクションだ。

颯太は、財布をなくしたことを相当気にしていた。宗近が驚くほどうろたえていた。財布の中に見られたくないものがある。そんな様子だった。

大事なデータはSDカードに保存している。颯太はそう語っていた。颯太にとって大事なデータといえば何か？　それはこの写真のコレクションだ。美沙の遺書にも、そのことが書かれていた。これが颯太の宝物なのだ。

二つの要素をつなぎ合わせると、答えは自ずと出てくる。颯太は財布にSDカードを入れていた。大事なものだからこそ肌身離さず持ち歩いていたのだ。そして俊平は颯太の財布を拾い、このSDカードを発見した。その中の画像データを見て、颯太がチェルシー・ジョージだと悟ったのだ。

宗近はあらためて画面を見やった。颯太はこの写真を見て、快感にうちふるえていたのだ。やはりあいつは悪魔だったんだ、と宗近は怖気をふるった。とても正常な人間のやることではない。

ただこれを見て、俊平は颯太がチェルシー・ジョージだとわかった。それはまちがいない。

ふと、棚にある別のものが目に留まった。それは子供からの手紙だった。たどたどしい文字で、俊平への感謝の気持ちを綴っている。おそらく俊平が救ったペットの飼い主だ。それを読んで、宗近は再認識した。

そうだ。そうなのだ。俊平ほどやさしい人間はこの世にいない。あんなやさしい男が、殺人を犯すわけがないのだ。

実の娘の千絵が殺されたら、さすがの俊平も犯人に復讐をする。宗近はそう思ったが、冷静に考えるとそれすらもまちがっていた。

たとえ実の娘が殺されても、俊平ならば耐えるに決まっている。どれだけの心痛に苛まれても、その衝動を押し殺すはずだ。俊平とはそれほど心やさしい男なのだ。聖人がこの世にいるのならば、それは俊平以外に考えられない。そんな男が人を殺そうと決意し、それを実行した。一体あいつはどんな闇を抱えていたのだ？　動機を探り当てるどころか、想像することすらできない。

いや、あいつは嘘をついているのではないか。颯太を殺した。その告白は虚言ではないのか。美沙のように、他の誰かをかばっているのではないだろうか。もうその可能性しかない。

聖人が人を殺す動機……そんなものがこの世に存在するのか？

宗近は一階に下りて、リビングに入った。コーヒーメーカーのスイッチを入れる。ひと息入れなければ、頭が焼けつきそうだ。

機械が豆を挽く音がする。その間に、宗近はまたリビングをうろつきはじめる。

何かを考えるときの癖になってしまった。そして毎回のごとく、棚の上に目線が向けられる。鳥の回転皿とドールハウス。千絵のおもちゃだ。

その瞬間、宗近の脳裏に雷鳴が走った。

ちょっと待て。たしか正雄は、千絵が一歳で亡くなったと言っていた。この鳥の回転皿はまだしも、一歳の子がドールハウスで遊ぶだろうか？

まさか……。

宗近は大急ぎで二階へと駆け上がる。そしてふたたびパソコンを立ち上げる。

ネットで検索する。すぐに目的の情報と写真が見つかった。それからあの颯太の死骸コレクションを順に眺めていく。正直二度とこんなものを見たくはない。けれど確認しなければならない。そして、ある写真で手を止めた。

やはりあった。宗近はすぐさま家を飛び出した。ふたたび隣家の日下部を訪ねる。

インターホンを押すと、日下部が姿を見せる。宗近がまた訪ねてきたので、目を瞬かせている。

「どうしたの？　まだ何か用？」

　宗近が荒い息のまま尋ねる。

「日下部さん、二ヶ月前となりの家の様子がおかしかったことはありませんでしたか？」

「二ヶ月前？」

　と日下部が首をひねる。

「とくに何もなかったけど」

「本当ですか？　よく思い出してください。ほんのささいなことでもいいですから」

　宗近が執拗に問いつめるので、日下部もとまどっている。しかし腕を組んで、頭をひねりはじめる。

「そうだ。二ヶ月前ならおとなりに工務店が来てたわね」

　宗近が目を見開いた。

「工務店ですか？」

「ええ、溝部先生が庭でゴルフの素振りをしていたらクラブがすっぽぬけて割っちゃったそうよ」

「窓ガラスの交換……」

「あとそういえば電器店もきてたわね。新しくテレビ買い替えたそうだけど」

もうまちがいない。宗近は礼を述べて家へと舞い戻った。二階のパソコンでさっきの画像を確認する。そして口の端から声を漏らした。

「……あの、バカ野郎……」

宗近はウィンドウを閉じる。ふと、デスクトップ上に妙なフォルダーがあるのを見つけた。名前は『ｍｕｎｅｃｈｉｋａ』となっている。宗近は妙な胸騒ぎを覚えた。そしてフォルダーを開いた。

終章

1

俊平は、夕暮れの奈良公園を歩いていた。

平日のせいか人通りは少ない。もう観光客もいない。帰宅する高校生たちがちらほら見えるだけだ。

俊平は深く息を吸い込み、ゆるゆると吐いた。そしてあらためて前を向いた。草と鹿がオレンジ色に染まり、影がどこまでも伸びていく。

子供の頃、この伸びた影が帰宅の合図だった。

「シュン、そろそろ帰るか」

頬を夕日で染めた宗近がそう言い、二人で自転車に乗って帰る。それが、宗近と俊平の日常だった。

夕日を合図に家に帰る。今はそんな子供はいない。親からのメールか、スマホのアラームが合図だ。あのときの俊平と宗近という二人の少年は、遠い過去のものとなった。

ぶらぶら歩くと、むくの木と小さな丘が見えてくる。神様スポットだ。木の下に誰かが座っている。俊平は何も言わずに近寄り、そのとなりに腰を下ろした。

宗近がこちらに顔を向ける。

「時間どおりだな。シュン」

「まあね。僕は遅れないよ。遅れるのは昔からムッちゃんだ」

宗近が苦笑する。

「そうだな。まあ今日は俺がここに呼び出したからな」

二人でしばらく景色を眺める。夕日が作り出すじゅうたんを、鹿たちが優雅に歩いている。俊平がほっと息を吐いた。

「『茜さす帰路照らされど……』っていう椎名林檎の曲があるんだけどね。歌詞の中身はまったく違うんだけど、あの歌を聞くといつもこの景色を思い出すんだ」

「茜さす帰路照らされど……ね。たしかにそうだな。この夕焼け道が俺たちの帰路だったな」

ふたたび静寂が訪れる。あのときの記憶と目の前の景色はまるで同じだ。奈良は変わらない。ムッちゃんがそう言ってたな、と俊平は感じ入った。

宗近がとうとつに言った。

「俊平、おまえの亡くなった娘さんの名前は千絵って言うんだな」

俊平がうなずく。

「……そうだ。四年前に亡くなった」

あのドールハウスにその名が書かれている。宗近が気づかないわけがない。

すると、宗近がゆっくりと首をふる。

「俺はその千絵の話をしてるんじゃない。もう一人の方だ。おまえには娘が二人いた。そして、どちらも千絵という名前だった」

さすがムッちゃんだ、と俊平は心の中で賞賛する。とうとうここまでたどり着いてくれた。

宗近が淡々と続ける。

「四年前亡くなった千絵は、当時まだ一歳だ。リビングには千絵と書かれたドールハウスと鳥の絵が描かれた回転皿があった。俺は、それはその一歳の千絵のおもちゃだと思い込んでいた。

だがよく考えると、回転皿はともかく、ドールハウスは一歳の子供が遊ぶには対象年齢が少し高い。調べてみると、あれは三歳から遊ぶものだそうだな。つまりあの二つのおもちゃは、亡くなった千絵のものじゃない。もう一人の千絵のものだ。いや一人じゃないな。一匹か。

おまえのもう一人の娘は、ハムスターの千絵だ」

俊平は静かに目を閉じた。

まぶたの裏には、千絵が浮かんでいる。茶色の毛並みとつぶらな瞳をしたハムスターだ。

俊平はまぶたを押し開き、感心するように言った。

「……さすがムッちゃんだ。よく気づいてくれたね」

宗近が細い息を吐いた。

「あれだけヒントをくれたらな。颯太の財布をあんなわかりやすいところに置いてたのも、俺に見つけさせるためだろ」

俊平があっさり認める。

「ああ、そうだよ」

「颯太の死体のコレクション写真の中に、ハムスターがあった。あれが千絵だったんだ。さらに俺は、『ハムスター　おもちゃ』でネット検索した。ドールハウスはハムスターの格好の遊び場になる。調べなきゃそんなことぜんぜんわからなかったぜ。そして、あの鳥の回転皿も見つけたよ。あれはハムスターのおもちゃだったんだな。それにしてもハムスターの回し車って縦回転のものばかりだと思ってたが、あの皿みたいに横回転するものもあるんだな」

俊平がやわらかな笑みで応じる。

「珍しいだろ。他のハムスターとは違うものを買ってやりたくてね」

「日下部さんにも聞いた。おまえが二ヶ月前に窓ガラスを割ってガラスを入れ替えたってな。ゴルフクラブで割ったといっていたが、おまえはゴルフをやらない。嘘をついたんだ。なぜそんな嘘をつく必要がある。それは、人に知られたくない理由があったからだ。

それは何か？　空き巣だ。空き巣が窓を割って、家に侵入したんだ。もちろんその犯人は颯太だ。

颯太はおまえの家に忍び入り、千絵を連れ去っていったんだ。そのときは犯人が誰かわからなかっただろうがな。

おまえが二ヶ月前に仕事を休んだのは、千絵をさらわれて殺されたショックによるものだ。おまえは空き巣に入られても警察に通報しなかった。おそらくその時点で、犯人を自分の手で殺すつもりだったんだろう。どうだ。違うか？」

俊平が褒めたたえる。

「お見事。まさにそのとおりだ」

宗近が表情を沈ませる。そして探るように尋ねる。

「あのハムスターはおまえにとってそんなに大事なものだったのか？」

俊平が神妙な面持ちで答える。

「当然だよ。千絵はかけがえのない僕の宝物だった」

「……いつから飼い出したんだ？」

「三年前だよ」

俊平が遠い目をする。

「娘の千絵が病気で亡くなり、妻とも離婚した。彼女は半狂乱になって僕を責め立てた。彼女に非はない。すべてその指摘通りだった。あのときの僕はぬけがらも同然だった。そんなある日だ。医院によく来る子供さんが、僕にあるプレゼントをくれたんだ。それがハムスターだった。赤ちゃんが生まれたから先生にもらってほしいと言ってね。

僕は家ではペットを飼ってない。医院にたくさんの犬や猫がいるからね。別に家で飼う必要性を感じてなかったんだ。

ただハムスターならば自宅で飼える。その子の気持ちも嬉しかったから、もらうことにしたんだ。ハムスターなら犬や猫に比べて世話するのも簡単だしね。

そして名前は、『千絵』にした。

亡くなった娘があの世から帰ってきてくれた。ハムスターになってね。なぜだかそう思ったんだ。

僕はそのハムスターの千絵を、本物の娘のように育てていた。家に帰って千絵と遊ぶのが、僕の何よりの幸せとなった。あの回転皿で運動するのが、千絵は本当に大好きだった。ドールハウスのベッドで眠る千絵のかわいさったらなかったよ。ムッちゃんにも見せてやりたかったな。

そうそうハーネスのついたリードをつけて、リビングを散歩するのも好きだった。普通のハムスターはそんなもの嫌いなんだけどね。千絵はなぜかそれで散歩するのを好んだ。

休日は、奈良公園で散歩したりしたもんだよ。そのときばかりは鹿が近寄るのが怖かった。鹿が千絵に何かするんじゃないかと思ってさ。

僕は、千絵の存在を誰にも言わなかった。亡くなった娘の名前をつけたハムスターを飼っている。そんなことを聞いて、気分がよくなる人はいないだろう。同情されるのも嫌だったからね」

そこで俊平は息を継いだ。そして、あの日のことを思い返した。

「ところが二ヶ月前だ。家に帰ると千絵がいなかったんだ……窓が割られ、千絵の入ったケージごと盗まれていた。僕は気が狂いそうだった。もしかしたら庭にいるかもしれない。丹念に庭を探したが、千絵はどこにもいなかった。

その直後だ。メールが届いた。そこに千絵の死骸の写真が載っていた。チェルシー・ジョージからのメールだよ」

「そうか」

宗近がはっとする。

「ミドリが殺されたときに届いたチェルシー・ジョージからのメール。はじめて送られるメールにしては文面がどうもおかしかった。あれは二通目だったんだな」

俊平が軽くうなずいた。

「そう、あれ以前にメールは送られていたんだ。千絵が殺されてる写真を見て、僕は怒りで我を忘れた。自分が今どこにいるかわからないほどね。そして暴れ狂った。うちのテレビ新しいだろ。そのとき壊したんだ。そんなことするのははじめてだった。それぐらいしないと、一ミリの正気も保てなかった。

そうやって暴れ回り、やっと落ちつきをとり戻した。そしてそこで決心したんだ。犯人をこの手で殺そうってね……」

宗近が重苦しい息を吐いた。そこには、やりきれなさがたっぷり込められていた。

俊平が湿った声で続ける。

「だから僕は空き巣に入られたと警察に連絡しなかった。自分の手で犯人を殺すつもりだったからね。警察に邪魔をされたくはなかったんだ」

宗近はぼそりと問うた。

「颯太がチェルシー・ジョージだと気づいたのは、あの財布を拾ったからか？」

「そうだよ。でもそれまでは颯太くんが犯人だとは露ほども思わなかった。財布がなければ気づきもしなかった。ただ財布を調べてみようと思ったきっかけはある」

「なんだ？」

「浦崎くんっているだろ。あの気弱そうな」

宗近が即座に反応する。

「ああ、おしゃべり浦崎な」

「なんだ。ムッちゃんもあの話聞いたのか。颯太が小坂凜ちゃんの犬を隠していたって話」

俊平がおかしそうに言うと、宗近もそこで笑みを浮かべた。

「まあな、あいつ、雨宮刑事にもしゃべってたからな」

「以前その話を彼から聞いていた。でね、颯太くんの財布を拾ったとき、ふとそれを調べてみる気になったんだ。浦崎くんの話がなければ、絶対にそんなことはしなかっただろうけどね」

「シュンならそうだろうな。俺ならまっ先に中身を確認している」

と宗近がうなずく。俊平が眉根を寄せて言った。

「で、調べてみたらあのSDカードを見つけた。それをパソコンで見て驚愕したよ。まさかあれだけ動物の死体の写真があるなんて……そしてその中に千絵の死体の写真を見つけた」

あの衝撃は今でも忘れない。いや、一生忘れることなどできない。

「そこで彼がチェルシー・ジョージだと確信した。で、あとはこの前話したとおりさ……。

僕が、天野颯太を殺したんだ」

宗近は黙ったままだ。ただ草をひきちぎり、投げた。草は風にのり、夕日と溶け合った。

宗近が口を開いた。

「どうして颯太はおまえがハムスターを家で飼ってると気づいたんだろうな?」

俊平が斜め上を見やる。

「あとで思い出したんだけど、僕が親指を怪我していたときかもしれない。それどうしたのって颯太くんが訊いてきたからね」

「親指？」

「千絵を治療するときに親指をかまれてね。ハムスターの手当をするときにはよくあることなんだ。颯太くんはうちの医院のカルテをよく見ていた。勉強だと言ってね。そのとき医院にハムスターの患畜はいなかった。だから、僕が家でハムスターを飼ってると推測したのかもしれない」

　宗近は顔をしかめた。

「まったくとんでもない奴だな」

　俊平は答えない。もう颯太のことを思い返したくなかった。

　宗近が膝を寄せて尋ねてくる。

「おまえ、まだ俺に隠してることがあるだろ。パソコンの『ｍｕｎｅｃｈｉｋａ』というフォルダーのことだ。あの中には同窓会の案内状のデータがあった。俺は差出人の岡に連絡をとった。便利な時代だよな。今は二十年間音沙汰のなかったクラスメイトでもＳＮＳで連絡がとれる。あいつ今、福岡で画商やってるんだってよ」

「へえ、あの岡が？」

　俊平が愉快そうに眉を上げる。

「あんなへたくそな絵を描く人間が画商になれるんだね」

「だよな、俺もそう思った」

宗近がくっと笑った。そしてまた草をちぎった。

「岡が教えてくれた。同窓会なんか企画してないってよ。同窓会はなかったんだ。あの案内状を出したのはシュン、おまえだ。おまえは俺があれを見たら奈良にくると考えた。だから俺に案内状を出したんだ。岡の名前にしたのは、俺たち三人は仲が良かったからだ。

ここでおまえと再会したとき、今ふり返ると妙だった。おまえは十数年ぶりに俺を見たんだ。いくらなんでも、あんな遠くからすぐに俺だとわかるわけがない。おまえは俺がくるかもしれない。そう思いながら、ここで待ち続けてたんだ。だからあんな一瞬で俺だと見抜けたんだ」

俊平が笑い声を上げる。

「いや、ムッちゃんは中学生の頃とまったく変わってないよ。同じだ」

宗近が口をとがらせる。

「うるせえよ。あとあのフォルダーにあった他のデータだ。あそこには俺が社長時代にうけたインタビュー記事や、俺の会社の情報がたんまりと保存されていた。シュン、おまえは俺が東京で起業したことも、そこを追い出されて無職になってたことも知っていたんだな」

　俊平は首を縦にふった。

「もちろん。ムッちゃんは親友だからね。中学を卒業してからもずっと気になっていた」

「ならもっと早く連絡すればいいだろうが」

　俊平が声を低くする。

「……それはできない。できなかったんだ」

「どうしてだ？」

　宗近が首をひねると、俊平がおもむろに言った。

「ムッちゃん、この前話してくれた長野くんっているだろ」

　急に長野の名前が出たので、宗近が目をぱちくりさせる。

「……長野がどうしたんだよ」

「その話を聞いてね。僕は彼がうらやましかったんだ」

「うらやましい？　どうしてだ」

「中学を卒業してムッちゃんと別れてから、僕は気づいたんだ。僕は普通じゃないってね。大学に入ってそれがよくわかった。僕の動物に対する気持ちは異常だって。おかしいって。美沙ちゃんの遺書にも書いてあっただろ。僕は完全に浮いていた。誰もが僕を避けていた。

だから友達と呼べる人間は誰もいなかった」

　宗近がなぐさめの声をかける。

「そんなもん俺も同じだ。シュンと別れて以来、友達らしい友達なんてできなかったよ」

　俊平が首を横にふる。

「そうじゃないよ。ムッちゃんは、あえて作らなかっただけだ。友達というのは、時として邪魔になる。ムッちゃんには壮大な夢があった。起業家になって成功するというね。友達にそれを邪魔されたくなかっただけだろ」

　宗近は言葉に詰まった。図星だったようだ。

　俊平が声を大きくする。

「ムッちゃんは自分で気づいてないかもしれないけどね、器が大きいんだ。ありえないほどにね。そんな懐の深さがあるんだ。

　その長野くんは、おそらく僕と似ているんだ。周囲の冷たい目にさらされ、孤独を抱えて生きてたんだ。だからムッちゃんのような人間の側にいたがる。ムッちゃんは差別をしない。誰でもあたたかく受け入れてくれる。僕らのような人間にとって、ムッちゃんはかけがえのない人なんだ」

　宗近はかぶりをふる。

「大げさだ。俺はマザー・テレサじゃねえぞ、どちらかといえば人の好き嫌いも激しい方だ」

「それは口だけだよ。長野くんと僕がよくわかってる」

俊平がしみじみと述べる。それから浅く息を吐いた。

「ムッちゃんと別れてから、僕はいかにムッちゃんに頼っていたのかを思い知った。独り立ちしなければならない。そう心に決めた。だからムッちゃんと連絡をとろうとしなかった。自分が一人前になってから、ムッちゃんと再会したかったんだ。

でも千絵を殺され、その決心はもろくも消え去った。ムッちゃんの助けをかりたい。心の底からそう思った」

宗近が皮肉を込めて言った。

「会社を追い出されて暇なのもわかってたからな。なんせ花の無職だ」

俊平がかすかに笑う。

「まあね。それもある。でも心のどこかに、自分から連絡をとりたくないという気持ちも残っていた。だから賭けに出たんだ。

偽の同窓会の案内状を送り、神様スポットでムッちゃんがくるのを待とうってね。神様がムッちゃんに会ってもいい、そう許可してくれたのなら、ムッちゃんは奈良に帰ってくるはずだ。そう考えたんだ」

「で、見事その賭けに勝ったってわけか」

俊平が頰をゆるめる。宗近が小さく息を吐いた。

「おまえは俺に犯人を探す手伝いをして欲しかったんだな」

「いや、そうじゃないよ」

「どうしてだ？　現にそうだったじゃないか」

「まあそれも理由のひとつだけどね。一番の理由は、僕を理解して欲しかったんだ。ムッちゃんにね」

「理解？」

俊平が目線を上にする。あと少しで、日が森の中に沈もうとしている。

「ムッちゃん、僕はもし人間の方の千絵が殺されたとしても、とくに何もしなかったと思うんだ」

宗近の瞳孔が開いた。

「どういうことだ？」

「悲嘆に暮れたとは思うけどね。最終的には警察や司法の判断にまかせたと思う」

とそこで俊平は一拍置いた。そしてふるえる声で吐露した。

「でもハムスターの千絵を殺されたとき……僕はそれができなかった。自制することも思いつかなかった。犯人をこの手で殺してやる、すぐにそう決心した」

宗近が言葉を継いだ。

「その千絵が娘であり、そしてペットだったから……。小さなハムスターは、おまえにとって両方をかねた存在だったんだな。だから殺意を堪えることができなかった……」

俊平はうなずいた。そして自嘲するように言った。

「僕はこれから自首する。そしてその動機があきらかになれば、世間は僕を正気じゃないと言うだろう。それはそうだよ。僕はハムスター一匹のために殺人という最悪の罪を犯したんだ。ハムスターなんて一匹数百円だ。そんなものの復讐のために、人ひとりの命を奪ったんだ。狂ってる。誰も理解なんてできるわけがない。自分でもどうかしていると思う」

宗近は静かに聞いている。俊平が切々と続ける。

「だからムッちゃんに側にいてほしかった。僕が颯太を殺したときに、その動機に気づいて欲しかった。ムッちゃんに僕の心の中に入ってもらい、ムッちゃん自身の手で真実をさがしあてて欲しかった。その役割は、ムッちゃんにしか頼めなかった。だから、だからムッちゃんを奈良に呼んだんだ」

最後の告白が終わった……。

もう日は森の中に沈み込み、見えなくなっていた。だがまだ明るさは残っている。草原がさらに輝きを増している。

宗近が重い口を開いた。

「……シュン、わかったよ」

俊平が、弾けるように宗近の方を見やる。

「おまえの気持ちがな。ハムスターの千絵が殺されたことが殺人の動機だったこともよくわかった。

だが理解はできねえぞ。いくらなんでも颯太を殺すべきじゃなかった。千絵がおまえの娘でありペットであってもだ」

俊平が寂しげな笑みを浮かべる。

「……そうか、そうだね」

当然だ。こんな正気を失った男、誰も理解できるわけがない。それはムッちゃんでさえもだ。僕は、ただムッちゃんに甘えていただけだ……。

するとそのときだ。宗近が、はりのある声で言った。

「俺にはおまえを理解はできねえ。でもな、シュン、おまえを受けとめてやることはできる。これから世間はおまえのことを異常だと言うだろう。なんせたかがハムスター一匹のために殺人を犯した奴なんだからな。

けどな、俺はそんなおまえを受け入れてやる。おまえ言ったろ。俺は器がでけえんだ。懐がとんでもなく広いんだ。シュン、いくらおまえがおかしかろうが変態だろうが、なんでもいい。俺はおまえを認めてやる。

なんせおまえは俺の親友だからな」

と俊平の背中を叩いた。その感触が、体の芯をゆさぶる。宗近のやさしさが、胸の奥底にまで染み込んでくる。

俊平は心から礼を述べた。

「……ありがとう。それが聞きたかったんだ」

そうか、僕はムッちゃんのこのひと言を心待ちにしていたんだ。そして、それを聞くことができた。このひと言を心の支えにして、罪を償う日々を送ることができる。

宗近がさりげなく言った。

「自首は明日にするのか？　俺が雨宮刑事に連絡をとってやろうか。あの人なら悪いようにはしないぞ」

「いや、今から警察署に行って雨宮さんを訪ねるよ」

「そうか」

と宗近は肩の力をぬいた。俊平がふと尋ねる。

「ムッちゃんは東京に帰るのかい？」

宗近がほくそ笑んだ。

「帰んねえよ。俺はここに残る」

「残るって……何するんだ」

「おまえがいなくなるんだ。だから俺がここに戻ってやる。俺がこの奈良を守ってやる。だから安心して罪を償ってこい」

「そうか……」

と俊平は肩の力を抜いた。

もう大丈夫だ。ムッちゃんがここに、この奈良にいてくれる。それが俊平には何よりも嬉しかった。

それから二人で前を向いた。

太陽はもうその姿を消している。夕暮れは終わり、あたりは暗くなっている。

夜だ。夜がはじまろうとしている。そして自分も、これから人生の夜を迎えなければならない。長くて深い夜の底に沈み込むのだ。

けれど、その夜は永遠ではない。いつか必ず朝が訪れる。その朝が来るのを待とう。

すると宗近が硬い声を発した。

「おまえにひとつ伝えておくことがある。颯太のことだ」

俊平が首を横にふる。

「いや、もう颯太くんのことは……」

宗近が強い口調で言った。

「だめだ。おまえは知っておかなきゃならない。あいつの秘密を」

「秘密？」

「ああ、そうだ。雨宮刑事から教えてもらった。颯太の家は昔、ペットを飼ってたんだ。秋田犬だそうだ。両親を含めた颯太一家は、その犬をたいそうかわいがっていた」

初耳だ。ペットを飼ったことはない。颯太は以前そう言っていた。

「ところがある日、颯太が散歩中に事故が起こった。颯太があやまって犬を逃がしてしまい、車に轢(ひ)かれて死んだんだ」

俊平はぎくりとした。まさかそんな不幸があったなんて……。

「それからだ。あの家族が変わったのは。元々颯太の両親は夫婦関係が悪く、喧嘩(けんか)も絶えなかった。だがペットを飼ったことで、それがおさまっていたらしい。そのペットが家族をつなぎとめるくさびだったんだ。

けれどそのくさびが消えてなくなった。両親の仲は険悪になり、激しくののしり合うようになった。そしてその憂さを解消するためか、ついには颯太に暴力をふるうようになった。児童虐待ってやつだ。あいつの体にはその跡があったそうだ。だから雨宮刑事は、浦崎に颯太と一緒にプールへ行ったことがあるか訊いていたんだ」

俊平は衝撃を隠せなかった。颯太がチェルシー・ジョージだと気づいたときよりも、胸のうちがうごめいている。

宗近が暗い声で続ける。

「颯太はその虐待から逃れるため、ある行動に出た……。それが動物虐待だ。動物を拷問し、その死体をリビングにぶちまける。暴力に対抗するには、それ以上の暴力を見せつけるしかない。颯太はそう考えたんだろうな。そしてその作戦は成功した。颯太におびえた両親は、あいつへの暴力を止めたそうだ。

だが思わぬ問題が生じた。颯太はそれ以後も動物虐待が止められなくなった。皮肉なことに、あいつは両親から受けた虐待を自らが繰り返してしまったんだ」

宗近がそこで一息入れる。そして声を深く沈ませる。

「ここからは俺の想像だけどな、だから颯太はおまえを憎んだんだ。もしあの犬が事故に遭わず、自身の中に眠る暴力性にも気づかず成長できたのならば、颯太はきっとおまえのような立派な獣医になっていた。冴木さんと同じく、颯太にとってもおまえは憧れの人間だったんだ。だがその未来は颯太にはもう訪れない。自分はすでに悪魔になってしまったからだ。その絶望的な想いが、おまえへの嫉妬に繋がったんじゃないか」

俊平は黙っていた。頭の中がぐちゃぐちゃで、返す言葉が出てこなかった。

宗近が沈痛な面持ちで言った。

「颯太がやったことはとうてい許されることじゃない。でもな、あいつもかわいそうな奴だったんだ。不幸な子供だったんだ。それだけはおまえに知っておいて欲しかった」

俊平の脳裏に、颯太の顔が浮かんだ。そしてその中の颯太は、笑顔で動物と触れ合っていた。俊平の医院にいるペットたちだ。

あれは、あの笑顔は、仮面ではなかったのかもしれない。本当の颯太の姿だったのかもしれない……。

すると宗近がポケットに手を入れ、何やらとり出した。

「おまえに渡したいものがあるんだ」

それを見て、俊平は驚愕した。

それは、小さなひもだった。ハーネスにリードがついている。

千絵のものだ。

俊平がわなわなと尋ねる。

「こっ、これどうしたんだい？」

宗近が説明する。

「浦崎に颯太の家の住所を聞いてな。さっき行ってきたんだ。あいつの両親に線香をあげさせてくれと言ったら、すぐに中に入れてくれた。

颯太はシュンを目の敵にしていた。だから記念に千絵のものを保管しているかもしれない。そう思って訪れたんだ。ケージのような目立つものはなかったが、机のひきだしの中にこれを見つけた。ネットでハムスターグッズを調べておいたからな。すぐにわかったよ。これ、千絵のものだろ」

俊平が声をふるわせ、ハーネスを受けとった。

「そうだ、千絵のものだ……」

宗近が安堵の息を漏らした。

「そうか、よかったな。最後に形見の品だけでも返ってきて」

俊平はハーネスを握りしめた。千絵のぬくもりが伝わってくる。

その瞬間、何か熱いものが頬を濡らした。

それは、涙だった。

「千絵……千絵……」

もう二度と会えない娘に呼びかける。

パパ――

返事だ。これまでなんの反応もなかったのに。ここにきて返事が聞こえてきた。

それは、まぎれもなく千絵の声だった。

動物を愛し、動物にすべてを捧げる。そんな人間にしかその声は聞こえない。その心の声を聞きながら、俊平は動物の命を救ってきた。

けれど颯太を殺して以来、俊平にはその声が聞こえなくなっていた。

なのに今、その声がまた聞こえている。しかも千絵だ。亡くなったはずの千絵の、娘の声が胸のうちで響いている。そして、その千絵がこう口にした。

颯太くんを赦(ゆる)してあげて――

ああ、そうか、そうなのだ。颯太も動物と同じだ。ひとつの命なのだ。彼は両親から受けた虐待の影響で、あんな罪を犯してしまった。颯太も被害者の一人なのだ。

そんな当たり前のことに、俊平は今ここで気づいた。宗近と千絵が教えてくれたのだ。

そしてその小さな小さな娘のおかげで、動物の声を聞く能力がよみがえった。

僕は、僕は……戻ることができたんだ……。

もう獣医の仕事はできないだろう。でもこの罪を償い終えれば、またなんらかの形で動物の命を救うことができる。千絵が、その赦しを与えてくれたのだ。

わかった。千絵、わかったよ……。

嗚咽が止まらない。涙が、涙が次々とあふれ落ちてくる。

背中に手が触れる感触がする。俊平は顔をぐしゃぐしゃにして、そちらの方を見やる。

宗近だ。宗近がさすってくれている。

もう何も言うな、と宗近が首を横にふる。

ありがとう……ムッちゃん、本当にありがとう……。

声にしたのか、胸のうちでつぶやいただけなのか。涙の海で、もうそれすらわからない。

でもどちらでもいい。宗近にならきっと伝わっている。

そして、千絵のハーネスをもう一度握りしめた。

その感触を手のひらに感じながら、俊平はさらに嗚咽した。

この作品は徳間文庫のために書下されました。
なお本作品はフィクションであり実在の個人・団体などとは一切関係がありません。

徳間文庫

私(わたし)を殺(ころ)さないで

2019年2月15日 初刷

著者 浜口倫太郎(はまぐちりんたろう)

発行者 平野健一

発行所 東京都品川区上大崎三―一―一 目黒セントラルスクエア 〒141―8202 株式会社徳間書店

電話 編集〇三(五四〇三)四三四九 販売〇四九(二九三)五五二一

振替 〇〇一四〇―〇―四四三九二

印刷 製本 大日本印刷株式会社

ISBN978-4-19-894443-8 (乱丁、落丁本はお取りかえいたします)